KB004127

바위틈 운명이라도

저자 이호훈

푸른솔

바위틈 운명이라도

효당의 삶에 담긴 격동의 근현대·1932~

2019년 6월 12일 초판 인쇄
2019년 6월 24일 초판 발행

저자_이호훈
발행자_박흥주
영업부_장상진
관리부_이수경
발행처_도서출판 푸른솔
편집부_715-2493
영업부_704-2571
팩스_3273-4649
디자인_여백 커뮤니케이션
주소_서울시 마포구 삼개로 20 근신빌딩 별관 302호
등록번호_제 1-825

© 이호훈 2019

값_14,000원
ISBN 978-89-93596-91-5 (03810)

이 책은 푸른솔과 저작권자와의 계약에 따라 발행한 것으로 무단 전재와 복제를 금합니다.
본사의 서면허락없이는 어떠한 형태나 수단으로도 이 책의 내용을 이용하지 못합니다.

바위튼 운명이라도

효당의 삶에 담긴
격동의 근현대 · 1932~

저자 이호훈

푸른솔

여든여덟째 계단에 올라 생(生)의 기억을 내려다보니

누구나 살아온 행적은 있다. 일 년을 한 계단으로 친다면 나는 무려 여든여덟 계단을 올라왔다. 인생의 끝자락에 서서 지나온 계단을 심호흡하며 내려다보니 희비애락(喜悲哀樂)으로 점철된 삶이 나를 올려다본다.

어려운 가정, 험난한 시대에 태어나 수많은 고통과 수난을 겪으며 그래도 용하게 살아남아 여기까지 온 것도 조상의 덕이고 신명의 은혜로 여긴다. 하지만 평생 동안 부족한 능력과 우둔한 지략으로 성공도 실패도 아닌 삶을 살아온 것이 한스러울 따름이다. 단지 남에게 티끌만치도 해를 끼치거나 부담을 준 일도 없고 경제적으로도 근검절약하여 타인에게 채무나 채권도 없이 출생 원점으로 회귀한 것을 나름대로 보람으로 생각하고 앞으로 남은 생도 오직 나의 분수대로 살다 끝맺을 것이다.

내 생은 처음부터 화려하게 살 환경도 의사도 없었으므로 범부로 살아온 것에 남부끄러울 것도 없다. 그저 내 살아온 자취를 알리고자 이 글을 쓸

뿐이다. 집안에 아버지도, 아버지의 아버지도 기록을 남긴 바 없고, 그 위 조상님들도 학문은 하였으나 아무런 기록조차 남겨 둔 것이 없으며, 단지 족보와 묘비에 있는 것이 전부라 이에 아쉬운 마음이 들어 자손에게 자랑스러운 삶은 아니지만 가정을 위하여 어려운 세태를 겪어 온 내 실화를 남겨두고 싶었던 것이다.

유년기와 성장기에 가정의 어두운 장막을 미처 거두지 못한 상태에서 연속 두 번에 걸쳐 남과 북, 피아(彼我)에 복역하는 과정에서 신명이 주신 예지의 도움으로 슬기롭게 대처하여 가정을 지키고 내 길을 개척하는 데 성공한 것이 내가 살아온 성과의 전부라고 하여도 과언이 아니다.

제대 후 공무원 생활에서는 고지식하고 책임감만 지나쳐 출세의 지혜를 소홀히 한 것이 과오라 할 수 있으나 공직자로서의 소임을 충실히 다하였음을 자부하며 단지 세상이 나와 더불어 서로 맞지 않았을 따름이라 생각한다.

넉넉지 않은 공직자의 가정에서 태어난 우리 2남 3녀가 다 자라 각기 주어진 학업에 최선을 다하여 모두 명문대학을 졸업한 것이 부모로서 더할 수 없는 영광이라 생각한다. 현재 사위 둘은 대학교수이고 한 사위는 기업의 중역을 지냈으며, 장남은 소신껏 교육계에서 열심히 한 우물을 파고 있고, 막내는 국립대학교의 의대 교수로 재직하고 있으니 자녀에 대한 소욕(所欲)은 다한 것으로 생각한다.

가난한 집안에 냄비 하나 물려받지 못한 고아 같은 나와 결혼한 아내는 공무원의 쥐꼬리 월급으로 아이들을 뒷바라지했고, 신경이 극히 예민한 나를 헌신적으로 내조했다. 아이들이 다 제 갈 길을 최선을 다하여 찾아가는 것도 이 사람의 덕으로 생각하며 고마운 마음 잊지 못한다. 그 많은 고생과 과중한 무게를 덜어주지 못해 죄스러운 생각 금할 길 없어 남은 생이라도 최선을 다하여 봉사하고자 한다.

내 인생을 있는 그대로 회상하고 기록하여 이 세상에 왔다 간 흔적이나마 남겨 두고자 한다. 당시의 세사 풍류(世事 風流)와 사회상을 소상히 적으니 후일에 참고가 되기를 바란다. 16년 전에 1부를 기록하였지만 부주의로 소실되어 다시 기억해 내려니 까마득하기만 했던 생각이 난다. 88년 전에 태어나서 기억할 수 있는 데까지 더듬어 올라가 보면 그 옛날 일들이 구름 속에 아득하기만 하고 꿈결 같게만 느껴지니 지나온 자취를 제대로 찾을 수 있을는지 걱정도 되었지만 그래도 가치 있는 일이라고 단정하고 시작해 보기로 하였다.

차례

서문 - 여든여덟째 계단에 올라 생(生)의 기억을 내려다보니

1부: 식민지 생활, 그리고 전쟁

1. 유교 가풍의 대가족에서 태어나다   13

2. 살기 위해 고향을 떠나다   17

3. 환향하여 소학교에 입학하다   28

4. 제2차 세계대전, 그리고 고통과 기근   32

5. 광복 후 무정부 과도기의 혼란 속에서   54

6. 먼 길 떠나신 어머니를 그리며   58

7. 새어머니가 들어오시고 동생은 떠나고   63

8. 삼촌들의 출가와 출사   66

9. 해방 후, 세상 밖을 갈망하다   72

10. 6·25 전쟁과 함께 막살이가 시작되다   82

11. 가족을 살리기 위해 의용군에 입대하다   87

12. 전란 속, 정중동의 흐름이 이어지다   100

13. 형을 대신하여 육군에 지원 입대하다   107

14. 제주도 훈련소의 이상한 병영 생활   120

15. 극적으로 형을 만나다   145

16. 철도기술요원으로 출동하다   154

17. 육군본부로 전출 명령을 받다   159

18. 제2군 사령부 수송참모부로 이동하다   167

19. 대학생이 되다   169

20. 평생의 반려자를 만나 보금자리를 꾸미다   173

21. 군 생활을 마치고 사회인이 되다   178

2부: 전후 복구와 경제성장기

22. 국가 공무원이 되다   187

23. 엄격한 공무원 사회에 첫발을 내딛으며   193

24. 행정주사보 시험에 합격하다   198

25. 고생 끝에 마련한 다섯 식구의 보금자리   203

26. 승진과 객지 생활, 그리고 고마운 사람들   206

27. 행정사무관으로의 승진, 포항으로 향하다   216

28. 대구로 금의환향하다   223

29. 경북체신청의 창설, 보험 최우수청을 만들다   230

30. 통신 분야의 획기적인 발전 사업이 시작되다   235

31. 특수한 집단에서 특별한 경험   242

32. 체신청에서의 여유롭고 활기찬 생활   245

33. 체신청 우정과로 다시 돌아가다   248

34. 공직 생활의 변환기를 맞다   254

35. 한국통신으로 이동하여 공무원 신분이 종료되다   258

36. 대구지사 감사실장으로 영전되다   265

37. 공직 생활 말미에 이르다   269

38. 내 생애의 전부인 공직을 마치고 정년퇴임을 하다   278

39. 퇴임 후 소박한 생활을 꾸려가다   280

1. 조부
2. 조모
3. 아버지_사랑채에서
4. 어머니_외할아버지 환갑 때
5. 결혼식_대구 무영당 사택에서
6. 형님과 아버지
7. 대학졸업
8. 군대시절

1부

식민지 생활, 그리고 전쟁

工轉賣하여 工差額...

...가을 廉價로 買入하는 行爲나

外(鄮行爲)와 같이 絕對的商行爲의

有償取得을 目的으로하는 ...을 加工 然後取得

고이 製造加工하여 ... 있다. 別獨에 意思로

將來 有利하게 購入하여 工差行에 利潤하려는 意思.

證券의 供給契約 役稅購買와 及材로 引渡高價

期에 廉價로서의 競行하고 工差額을 別獨하는것을 目的

行爲 ... 韓이나 固有의 商이나 ... 伯價이 있는것을 ...

하여 ... 營別活動에 ... 行爲나 商法은 商

... 商行爲 營業的 ... 商行爲라 하여...

"... 商人의 概念의 기초 基本이"

1

유교 가풍의 대가족에서 태어나다

성주 이씨 집안의 가족들

삼신할머니가 우리 집에 나를 점지해 주신 환경부터 설명해야겠다는 생각이 든다.

우리 집은 성주 이씨(星州 李氏)이고, 내 증조부는 학문을 전혀 하지 않았지만 근검절약하고 부지런히 일하여 재산을 100석까지 모았으며 다른 마을에까지 농토를 많이 가지고 있어 가을이면 소작인들로부터 많은 곡수(穀數, 논밭에서 나는 곡식의 양)를 받았을 정도로 자수성가한 분이었다. 그러나 학문을 못한 평생의 한이 있어 이를 2세에게 이루어 보려 하였다. 증조부는 슬하에 2남 2녀를 두었는데 장남이 우리 할아버지다. 우리 할아버지에게는 농사일을 일절 시키지 않으시고 오직 학문에만 전념하도록 했으며 유교의 가풍을 세우고자 노력하셨고 사대부 집안의 전통예절을 지킬 것을 강하게 염원하셨다. 그래서 여동생들의 출가도 인근 고을의 유수한 집안과 인연을 맺으려고 노력하셨다. 큰 왕고모(할아버지의 누이동생)는 양반 집안인 월항면 등개(현재 월항면 안포동)의 경산 이씨 집으로 출가하셨고, 작은 왕고모는 그 당시 명문가로 이름을 떨치고 일제에 항거하며 독립운동을 한 유명한 집안인 초전면 고산정(마을 이름)의 공산 선생 문중으로 출가하셨다. 할아버지는 성주 도씨 집안과 인연을 맺으셨다.

아버지는 성산 여씨 집안과 혼인을 하셨는데, 나의 외할아버지는 명문인 성산 여씨의 유학자 집안 태생으로 그 기상이 당당하고 고고하셔서 일제강점기 때는 단발령을 거부하고 작고하실 때까지 상투머리를 지키신 완고한 유학자였다. 가정의 예절도 주자가례(朱子家禮, 관혼상제 예의에 관한 사항을 담은 책)를 따라 엄격히 지키셨고 가야산 준령의 산간벽지 농촌이면서도 자녀들이 학문을 소홀히 하는 것을 용납하지 않을 만큼 학문을 숭상하셨다. 여자는 학문을 하지 않던 그 당시 풍조에도 불구하고 어머니는 학문을 하시어 문장에 능하였다.

당시 가족은 할아버지, 할머니, 아버지, 어머니, 큰 삼촌(東熙), 큰 숙모(벽진 이씨), 큰 고모(벽진면 매수동 야동의 능성 구씨 가문으로 출가, 당시 미혼), 둘째 삼촌(東發, 소야 삼촌, 당시 미혼), 작은 고모(수륜면 사창의 순천 박씨 가문으로 출가, 당시 미혼), 셋째 삼촌(東達, 당시 미혼), 넷째 삼촌(東轍, 당시 미혼), 형(一勳)으로 한집에서 11명이 살았다.

현몽(現夢)과 함께 태어나다

출산이 임박한 어느 날 새벽, 할아버지가 꿈에 도복을 입은 백발의 신선이 나타나 "아직 자고 있느냐. 집안에 산기가 있으니 태어나면 이름을 범이라고 지어라" 하는 꿈을 꾸고 잠에서 깨자마자 아이 우는 소리가 났다고 한다. 그래서 나의 아명(兒名)은 현몽(現夢)대로 범으로 불렸고 관명(冠名)도 범 호에 공 훈, 호훈(虎勳)으로 명명되었다. 이를 신기하게 여겨 출산한 사실을 숨긴 채 며칠을 지냈으며, 그 후 집안에 위인이 출생했다고 온 집안이 환호하였다고 한다. 할아버지가 칠 일째 날에 아이를 들여다보니 젖이 네 개가 있고 몸집이 우람하여 역시 범상한 아이가 아니라고 온 식구가 모두 근신하고 조심하였다고 한다.

어릴 때 기억나는 몇 가지

내 나이 네댓 살 무렵, 골목에 엿장수가 가위질하는 소리를 듣고 엿을 사 달라고 졸랐다. 그 당시 이 엿을 먹으려면 곡식이나 고물, 고무신 등을 주고 사 먹어야 했다. 현금이 귀하여 돈을 주고 이를 사 먹는 경우는 아주 잘 사는 집 이외에는 불가능하였는데 어린아이가 이런 사정을 알 리가 없었다. 어머니와 할머니가 달래었지만 듣지 않고 한사코 조르니 마당에서 일하시던 아버지가 참다못해 매를 들고 매질을 하였는데, 무서워 울면서 높은 뜰로 뛰어 올라갔으나 계속 따라와 회초리를 쳐 어린 볼기에 핏줄이 나도록 맞은 기억이 있다. 이 사건은 이후로 내가 아버지를 매우 무서운 존재로 인식하는 계기가 되었다. 마루에서 밥을 먹다가도 아버지가 마당에 나오시면 깜짝 놀라 먹던 밥을 멈출 정도로 무서워했다.

열세 명의 식구, 기우는 가세(家勢)

내 나이 여섯 살 되던 때였다. 일본은 동양척식주식회사라는 기구를 통하여 조선의 지역 중추 세력인 지주(地主)층을 몰락시킬 목적으로 대부금을 빌려주고 이를 일시에 갚게 하는 정책을 폈는데, 토지 가격마저 급락시켜 지주층의 변제 능력을 무력화하였다. 이로써 대부분의 지주층이 몰락하는 운명에 처하게 되었는데, 우리 집도 여기에서 자유로울 수 없었다. 오히려 다른 집보다 훨씬 빨리 침식당했다. 할아버지는 낙후된 집안을 학문으로 중흥시키려는 증조부의 평생 소망에 부응하기 위하여 학문에 성을 다하시며 재물을 가벼이 여기고 청렴(淸廉)과 청빈(淸貧)을 자랑으로 하는 유교 윤리를 철저히 궁행(躬行, 몸소 실행함)하시어 곤궁의 고난이 처참한 지경에 이르게 되었다. 그 당시 동생 상훈이가 태어나고 사촌 두훈이도 출생해 식구 수는 13명으로 늘어났고 가세는 먹을 식량을 감당하기 어려울 정도로 곤궁한 상황이었다. 거기에 흉년까지 겹쳤으니 살아갈 방도가 막연하여 고향을 떠나는 가족이 속출하는 지경으로 치달았다.

당시 고향을 떠나는 사람들은 주로 만주 북간도나 일본으로 갔고 미국 쪽으로 이민가는 사람도 있었으며, 국내에서는 함경도나 평안도 쪽에 공업지역이 많아 막노동판의 품팔이라도 남쪽보다는 한결 먹고살기가 쉬워 북쪽으로 임시 이사하는 사람들이 많았다.

2

살기 위해 고향을 떠나다

여섯 살, 아버지가 있는 곳으로

고향땅에서도 자작하는 농가의 일부만이 겨우 겨우 생명을 유지했고 그나마 농토 없이 소작을 하는 사람들은 목숨을 연명할 방도가 없었다. 소작인들은 소작료로 소출의 3~4할을 냈고 거기에 공출이라는 명목으로 양곡을 일제에 빼앗기고 나면 불과 얼마 남지 않았다. 소작농은 소작 농토를 구하기가 어려웠고 어쩌다 지주의 선심으로 농토를 구하면 큰 은혜라고 여기며 감지덕지하였으니 살아가는 것이 지옥고행이 아닐 수 없었다. 궁여지책으로 마을 사람들은 살 방편을 찾아 북간도로, 만주로 집단 이주를 하였고, 우리 집도 이 난시(亂時)를 이겨 낼 수 없어 원산으로 이주하게 되었다.

아버지가 야동(지금의 매수동)의 큰 고모부, 사창의 작은 고모부와 함께 원산으로 자리를 보러 떠나셨는데 얼마 후에 가족 일부를 아버지 있는 곳으로 보내라는 편지가 왔다. 아버지는 4남 2녀 중 장남으로 할아버지는 장남이 고향을 떠나는 것은 부모와 선조를 떠나는 것이라 단정하고 한사코 만류하셨다고 한다. 그러나 도저히 그 많은 식구를 먹여 살릴 수 있는 방법이 없어 잠시 떠나지만 돈을 벌어 환향(還鄕)을 하겠다고 약속하니 할아버지도 용납할 수밖에 없었다고 한다.

그래도 장손인 형은 차마 보낼 수가 없어 고향에 남게 되고 어머니와 나, 동생 상훈이만이 아버지가 계시는 곳을 찾아가게 되었다. 그때 내 나이가 여섯 살이었고 동생은 돌을 지날 무렵이었다. 이제와 생각해 보면 어머니는 사대부 집 규수로 좋은 환경에서 곱게 자랐고 반촌(班村, 양반들이 모여 사는 동네)의 예의범절과 지덕(智德)을 갖추었으며 출입이라고는 친정에 가는 것밖에 모르는 분이셨는데, 천리 타향 머나먼 곳에 어린 자식들을 데리고 어떻게 가실 수 있었는지 지금도 의아하다. 당시 외삼촌 두 분 중 한 분이 동행하셨다고는 하나 나는 전혀 기억이 없다. 지금은 모두 고인이 되신 지 오래되었으니 확인할 길도 없다.

지금 어렴풋이 기억에 남는 것은 그 당시 어머니의 모습이다. 대구역이었는지 왜관역이었는지 기차역에서 동생을 업은 채 회색 보따리 하나는 머리에 이고 하나는 들고 계셨는데 머리에 인 보따리 사이로 빠져나온 쪽진 머리가 참 고달파 보였다. 기차가 도착하자 기차 출입구 쪽으로 우르르 이동하면서 어머니의 보따리에서 유리병 하나가 빠져나와 땅에 떨어졌다. 아마도 보따리에 넣어 둔 참기름 병이 미끄러져 땅바닥에 떨어진 모양이었다. 그 후에 어머니가 어떻게 하셨는지는 잘 기억나지 않는다. 다만 어수선하고 공포에 싸여 당황하신 모습이 지금도 기억에 생생하다. 다시 돌아온다고는 하였으나 세상사 모두가 여의치 않은 난세에 당시 열 살밖에 되지 않은 큰아들을 떼어 놓으려니 남달리 정 많고 눈물 많던 어머니는 차마 발길이 떨어지지 아니하였을 것이며 그 심정은 이루 말할 수 없었을 것이다.

함경도에서의 낯선 생활

원산에 무사히 도착하여 아버지가 계신 곳으로 찾아갔다. 우리는 셋방을 살았는데 아버지는 토목공사장인지 건축공사장인지는 알 수 없으나 막노동판에서 일하셨고 아침 일찍 가셨다가 저녁 늦게 오시니 서로 얼굴 볼 새가 없고 어느새 이런 생활이 일상이 되었다. 어머니도 집에서 그저 밥이나 하고 우리나 보고 계시는 것이 아니라 아버지가 못하게 하셨는데도 불구하고 도로공사장에서 잔자갈을 깨는 작업을 하신 것으로 안다. 지금은 자갈을 깨는 기계가 있어 채석장에서 크고 작은 돌을 기계로 적당한 크기로 부수어 내면 되나, 그 당시에는 잔자갈이 필요하면 인력으로 적당한 크기로 쪼개어 만들었다. 송판으로 2미터 정도의 사각 되를 만들어 여기에 메워 넣었는데 몇 되를 채웠는가에 따라 노임을 쳐주었다. 당시 노임은 얼마인지 모르겠으나 우리 어머니는 체격이 크고 키도 보통 사람보다는 커 아마 남보다는 일을 많이 하셨으리라 생각된다.

나는 집을 지키며 동생 상훈이를 돌보는 일을 맡았는데 어머니가 어쩌다 집에 일찍 오실 때는 손을 다쳐 오시곤 했다. 쇠망치로 돌을 친다는 것이 손가락을 때려 부상을 입고 더 이상 일할 수 없었던 것이다. 아마도 이왕 객지에 돈을 벌려고 나온 것이니 무슨 험한 일이든 하여 빨리 고향으로 돌아가시려고 그랬던 것 같다.

어머니는 양반 집에 맏딸로 태어나 꺼질까 날까 귀하게 자라서 출가한 심심산골 연약한 여인이셨다. 그 몸으로 시가의 빈한(貧寒)한 가정과 개방적이고 거칠며 통제하기 어려운 환경에서 그동안 겪어 보지 못한 여러 가지 고통을 체험하셨을 것이다. 게다가 처절한 굶주림까지 겪게 되셨으니 그 하루하루가 어떠했을지 짐작이 된다. 지금 생각하면 애처롭고 눈물겹기 그지없다.

지금 기억으로 처음 살았던 곳은 원산인 것으로 짐작되고 여기서 이사를 한 번 하였는데 배를 타고 밤에 간 것으로 보아 해안도시인 것으로 추정된다.

밤배를 타고 나진으로 이사하다

함경북도 나진 부두의 일이 노임도 많이 주고 일거리가 많다는 소문을 듣고 ㅅ 수륜면 최 서방(최성순), 넷째 삼촌이 먼저 가 보고 여건을 미리 파악한 뒤에 이사를 결정하게 되었다. 그러나 그 당시는 거주의 이전이 자유롭지 못하던 시절로 이주를 위해서는 일본 관청의 허가를 얻어야 했다. 나진으로 갈 결심은 했는데 관의 허가를 받을 수 없으니 야간에 몰래 가는 수밖에 없었다. 그래서 이삿짐이라고 해야 솥과 냄비, 이부자리와 입을 옷 몇 벌밖에 없는 짐을 낮에 남몰래 다 싸놓고 밤중에 부두로 나와 밤배를 타고 이사를 떠났다.

나진으로 향할 때 아버지와 어머니는 혹시나 탄로나 지 않을까 두려워하여 우리들에게 조용히 하라 시키고 고개도 못 들게 하셨다. 배가 출항하여 얼마만큼 간 이후에야 이제는 되었다고 안심하셨다. 풍랑이 전혀 없었는지 배라고는 처음 보고 처음 타는 것이었지만 배인지 기차인지조차 모르고 타고 있다 잠이 들었다. 한참을 자고 깨어 보니 배는 계속 움직여 나가는데 맞은편 선창으로 달빛에 비친 잔잔한 물결이 보였다. 그것이 무엇인지 몰라 어머니에게 물어보니 바다라고 하여 바다와 배가 이런 모습이라는 것을 난생처음 알게 되었다.

한반도 최북단 나진의 겨울

이사 온 나진은 한반도의 최북단으로 추위가 엄청났고 사람들의 인심이 선천적으로 강하고 억센 지역으로 이방인이 살기에는 쉽지 않은 험한 곳이었다.

　　당시 나라의 경제는 농업으로 자급자족하며 생계를 지탱하는 어려운 여건이라 공장이라든지 기계 문명은 아무것도 없이 단순 노동밖에 방도가 없었다. 그래도 이남에서는 소작농이라도 재주가 좋은 사람은 농토를 생활의 기간(基幹)으로 삼아 살아갈 수도 있지만, 이곳 이북 지방은 농토가 있다 하여도 여름이 짧고 엄청 추운 곳이라 농사짓기에는 여러 가지 여건이 좋지 않았다. 당시 일제의 계획은 남쪽은 농사로 일본 본토의 모자라는 식량을 보급하는 지역으로 활용하고, 북쪽은 공업을 활성화하고 토건과 교통로를 확대하여 대륙 진출의 발판으로 삼고자 하였다.

　　아버지도 농촌에서 자랐으나 할아버지가 농사일보다 학문을 익히고 농감(農監, 지주를 대신해 소작인을 지도·감독하고 소작료를 받아들이는 일)으로 가계를 이으려고 하셨기 때문에 농사일은 전혀 할 줄 모르고 사시다가 가세가 기울고 생계가 어려워지자 새로이 배운 노동판에 뛰어들었으니 어떻게 지내셨는지, 얼마나 고생하셨는지 짐작하고도 남는다. 반촌의 의식과 가례 등을 엄격히 지키는 것을 가문의 긍지요 자랑으로 삼을 때인지라 행신(行身)깨나 하는 집안은 사시사철 손님을 접대하느라 집안의 부인들은 한여름에도 버선발로 생활하였고 농사일에는 전혀 나오지 않았다. 들판의 식사 운반도 머슴들의 아내들을 동원하였고 하인들이 하는 것으로 알았다. 성주 지방은 더욱 더 전통적인 생활방식을 강하게 고수하던 곳이었다.

　　그러던 것이 시골이고 도회고 할 것 없이 신학문을 해야 앞서간다는 의식의 일대 변혁이 일고 있었다. 수백 년 동안 지켜온 풍습이며 가풍이 거센 세파에 날아가는 혁명이 진행되고 있었고 백성들의 의식 또한 이 격동의 시기에 갈피를 잡지 못하고 되는대로 호구(糊口)나 해결되면 만족하는 식으로 변하고 있었다. 가정의 부인들도 집안일만 전담하지 못하고 살기 위해 막노동도 마다 않고 해야 했다. 쪽진 머리를 잘라 비녀를 팔고 파마를 하는 아낙네도 차차 늘고 있었으며 폐쇄된 우리 고을에도 이러한 새바람이 예외가 될 수 없었다. 차츰 부인네들도 민촌의 아낙들이나 입는 통이 넓은 바지를 입고 들일을 보았다. 오일장에는 남정네들만이 가재도구를 사고 농작물을 내다 팔았었는데, 이제는 부인네들이 시장에 가서 자급이 안 되는 신발과 제수 등을 알뜰히 마련하였으므로 남정네들의 시장 나들이는 차차 줄어가는 형세로 변해 가고 있었다. 이렇게 모든 것이 현실적인 사고로 점차 변해 가고 있을 때 이조 오백 년 유교의 비합리적 생활 방식은 가혹하게 심판받고 있었다.

세계 열강이 서로 우리나라를 놓고 먼저 차지하려고 각축전을 벌이고 러일전쟁과 중일전쟁 틈 속에 우리나라는 국제 교역과 세력 확장의 전쟁터가 되어 있으니 온 나라 국민은 갈팡질팡 이판사판(理判事判)으로 국가의 통치력을 기대할 수가 없었다. 나라가 백성을 위한 위민정치를 못하였으니 기근과 질병으로 비명에 가는 백성들이 부지기수였다. 숭문(崇文) 양반의 지존정신으로 살아가던 지배 계층은 무너지고 폐쇄 사회에서 시대의 변화를 거부하며 안일하게 살아가던 대가를 모질게 당하고 있었다.

우리 집이 바로 그 표본이었다. 농가이면서도 지게를 지면 천인으로 여기고, 어렵고 빈곤한 가세(家勢)일지라도 도복을 입고 숭조(崇祖)하여 종당에 나가고, 문인들과 교류하며 학문으로 소일하는 것이 사대부 집 행세이자 조상의 바람이라고 여기고, 끼니를 때울 게 없어도 내색은커녕 자랑으로 삼고, 재물을 가벼이 여기고 우신(友信)과 체면(體面)을 생명으로 생각하였다. 이러한 시정(時情)도 알아 줄 때라야 지키고 버티어 나가지, 주위 천하가 다 어려우니 그런 사고로는 고생을 면할 수가 없었으며 버티어 나갈 수도 없었다. 그래서 고향에서는 남의 눈이 있어 차마 막노동은 못하고 객지로 가서 갖은 고생을 몸소 겪을 수밖에 없었다.

이러한 격랑(激浪)의 시기에 아버지는 가장으로서 의식(衣食)을 해결할 아무런 방책이 없고 무기력하나 그렇다고 막연히 손을 놓고 있을 수도 없었다. 일가친척도 사정은 같으니 도움을 바랄 수도 없었다. 사람들은 연명할 대책도 막연하였고 전망도 전혀 없었으니 무작정 집을 버리고 객지로 나가 입 하나라도 덜어야 하는 도리밖에 없는 처절하고 처참한 지경이었다. 이런 이유로 아버지도 부두에서 막노동을 하였고 어머니도 체질적으로 맞지 않는 공사판에서 일을 하였던 것이다. 나라님은 무엇을 하고 죄 없는 백성들이 가족과 집을 버리고 뿔뿔이 흩어져 굶주리고 노동에 시달리며 살아야 하는가!

나진으로 이사 왔을 당시에는 셋방을 얻어 잠시 살았는데, 그때의 기억은 전혀 없고 그 사정을 체험한 어른들은 다 고인이 된 지 오래되었으니 다시 알 도리가 없다. 아버지는 부두에서 하역 인부로 일하셨다. 이곳은 다른 곳보다 일거리가 풍부하고 임금도 좋은 편이라 계속 있기로 결정하셨다.

손수 오막살이 우리 집을 짓다

아버지는 당분간 나진에 머물기로 결정하였으니 고향으로 편지를 보내 큰 고모부와 작은 고모부를 불러 어려운 난국을 넘겨야겠다고 생각하셨다. 여기에 막내 삼촌도 같이 오게 되니 우리 식구 넷에다 세 사람이 불어나 식구가 일곱 명이 되어 방이 하나로는 되지 않았다. 아버지는 땅을 빌려서라도 우리 집을 마련해야겠다고 생각하고 수소문을 한 끝에 부두 시가지에서 멀리 떨어진 산언덕 위의 부두가 내려다보이는 밭 임자에게 승낙을 얻게 되었다.

집은 토굴 같은 움막 형태로 지었는데 흙벽돌을 만들어 포개어 담벼락을 만들고 출입구는 앞쪽으로 두 개를 내고 봉창도 뒤쪽으로 두 개를 내어 두 칸짜리 집을 지었다. 지붕은 산에서 나는 풀을 베어다 이었다. 부엌과 방 하나는 칸막이 없이 한 공간으로 지었다. 그 지방은 추위가 심하기 때문에 대개 부엌과 방은 분리하지 않은 형태로 집을 지었다. 그러니까 부엌의 열기로 방안의 공기를 데우기 위해 한 공간에서 취사할 수 있는 구조로 지은 것이다. 우리 식구가 방 하나, 고모부 식구가 방 하나를 쓰도록 지었고, 이것으로 일단은 토굴 같은 움막이지만 추운 지방의 겨울을 버티어낼 수 있고 웬만한 양식집보다 아늑한 집이 되었다.

앞문을 열고 누워서 밖을 내다보면 산 아래 부두가 내려다보일 만큼 경관도 제법 좋은 편이었다. 바다 저 멀리 흰 거품의 긴 꼬리를 그리며 어디론가 분주하게 지나다니는 배도 보이고 뱃고동 소리도 지척에서 들리니 문만 열면 이 모든 것이 내 것이라 고대광실이 부럽지 않았다. 심산유곡에 집을 지어 아침에 문을 열면 온 산이 내 정원이니 신선이 따로 있느냐 하는 옛 시인의 시상(詩想)이 떠오른다. 비록 집은 볼품없었지만 제법 별장 같은 위치에 자리하고 있었다.

아버지는 부두 가시고 어머니는 미역 건지시고

청진, 나진은 정어리가 엄청 많이 잡히는 지역이었다. 정어리는 기름이 많은 한랭성 어류로 일본은 이 정어리를 잡아 기름을 이용하였는데 정어리기름을 짜는 공장에 많은 인부들이 필요했다. 일본은 지하자원이 없는 나라로 석유 등 기름이 귀해 동물성 또는 식물성 기름으로 이를 대용하였다.

아버지는 여기에서 일을 하셨다. 어머니는 해주에서와 같이 건설 현장의 잡일을 할 만한 곳이 없었지만 집에서 살림만 할 형편이 아니었기에 산에 가서 땔나무를 해 오거나 해변에 나가서 미역을 건져 오기도 하며 겨울을 지내게 되었다. 막내 삼촌은 어린 학생으로 요즈음 같으면 중학교에 입학할 나이였으나 돈을 벌기 위해 일자리를 구해야 하였고 어느 큰 식당에 심부름꾼으로 들어가게 되었다. 삼촌은 얼굴이 잘 생기고 체구도 작아 누구에게나 호감을 샀고 성질이 온순한 편이어서 식당 주인에게도 사랑을 받았다.

하루는 그 식당 주인 아이가 신다 버린 가죽구두를 가져와 동생 상훈이에게 주었다. 그 당시에 가죽신이라고는 구경도 할 수 없었고 검정 고무신도 사 주면 닳을까봐 고이 간직해 두고 맨발로 다니기가 일쑤였으므로 가죽신발은 대단한 선물일 수밖에 없었다. 그런데 상훈이는 어려서 가죽구두가 귀한 것인지도 모르고 감자밭에 들어가 놀다 한 짝을 잃어버렸으니 야단이 났다. 이를 찾으려고 며칠을 헤매어도 끝까지 찾지를 못해서 동생은 내게 여러 번 쥐어박히고 울었으며, 망가진 감자밭 주인이 어머니를 찾아와 항의해서 나도 어머니께 엄청 매를 맞았던 기억이 생생하다.

삼촌은 식당에서 일을 마치고 집으로 올 때는 종이에 싼 쌀 누룽지를 한 보따리씩 가져 왔는데 그게 그렇게 좋을 수가 없었다. 꽁보리밥도 누룽지 하나 생기지 않도록 밥을 지어 먹었고 그렇게라도 끼니를 거르지 않는 것에 감사했으며 그 다음 끼니까지 먹을 것이라고는 아무것도 없었던 때였으니 삼촌이 가져 온 쌀 누룽지는 우리들에게 최상의 선물이 되었다. 누룽지를 싼 보자기도 고급 천이어서 귀하게 간직하며 좋아하였다. 가끔 삼촌이 식당에서 자고 집에 돌아오지 않을 때가 있었는데, 그런 때는 늦게까지 삼촌을 기다리다 지쳐 잠이 들었다.

할아버지의 간곡한 편지

나진에서의 생활이 2~3년 지나갔지만 고향 소식은 들을 수가 없어 항상 고향 걱정만 할 수밖에 없었다. 천리 원거리이니 내왕하는 사람도 있을 수가 없었고 조그마한 소문도 들을 수가 없었다. 허나 간혹 편지는 오가고 하였으니 그 편지로 대강은 짐작하였고, 가정의 어려운 사정은 객지에서의 근심 걱정을 생각하여 사실대로 쓰지 않았으니 소상한 일들은 짐작만 하는 것이었다. 둘째 및 셋째 삼촌이 일본으로 징용 간 소식도 편지로 알게 되었다. 집안의 식구는 많고 농토는 넉넉지 않아 아마 큰 삼촌도 일본 땅으로 징용갔다 하나 아무래도 자원하여 간 것 같았다. 할아버지께서는 완고한 기질로 돈에 대한 가치를 남달리 과소평가하시었으니 돈을 벌려고 타국에 간다는 말은 하지 못하고 거짓말을 하고 몰래 도망가다시피 가셨을 것이다. 처음부터 사할린으로 가셨는지, 일본 본토에서 다시 사할린으로 옮겨 가셨는지는 알 수가 없으나 어쨌든 결국 사할린으로 가셨다.

사할린은 원래 소련 영토였으나 러일전쟁에 패한 소련이 전쟁의 배상조로 일본에 양여한 영토로 워낙 미개하고 추운 지방이라 생활 여건은 극악한 곳이었다. 일본은 신 영토 개척 사업으로 벌목과 탄광 개발을 적극적으로 했고 여기에 소요되는 인력은 조선 사람으로 확보하였다. 어렵고 위험이 많은 일을 하니 노임은 후하게 주었으므로 삼촌은 이런 위험을 무릅쓰고 빨리 돈을 벌어 고향으로 돌아오겠다는 일념으로 일찍부터 그리로 옮겨가신 것으로 짐작되었다. 삼촌은 고향에 아들 둘을 할아버지에게 두고 떠나셨는데, 그때는 삼촌이 영영 살아서 돌아오지 못할 줄은 누구도 짐작하지 못하였으리라.

고향에서는 할아버지가 가장이었으나 실은 할아버지도 생활 능력은 없었다. 그러니 장남인 아버지 책임하에 살아가게 된 것이다. 아버지는 우리 식구뿐 아니라 삼촌 셋과 숙모, 그리고 사촌까지 대 식솔과 어떻게든 살아가야 했으니, 당시 아버지의 심리적 고통이 매우 컸을 것으로 짐작된다. 그동안 할아버지는 객지에서 보내 준 생활비로 생계를 유지하면서 사대 봉제사(奉祭

祀)를 받들고 종친의 일족들과 친교를 유지하며 인근의 일가친척들과도 정리를 돈독히 하고 있었다. 그러나 가족이 산지사방으로 분산되어 있으니 항상 불안해하시고 변고가 있으면 돌이킬 수 없는 불행이 되리라 생각하시어 어려운 일을 겪더라도 고향에서 겪어야 한다는 생각으로 아버지에게 집으로 돌아오라는 편지를 여러 번 하셨다. 하지만 아버지는 생각한 목표가 이루어지지 않아 돌아가겠다는 말만 하고 돌아가지 않았다. 할아버지는 집 떠난 자식들이 지시대로 따르지 않으니 극단적인 처방으로 자신이 병으로 위독하다는 편지를 보내왔다. 이 편지를 받고 아버지는 반신반의했지만 혹시나 할아버지에게 불효를 저지를까 싶어 돌아가지 않을 수 없었다.

그때 내 나이는 아홉 살이었으나 그때까지 동무도 하나 없었다. 집이 동리에서 떨어진 외딴 집이라 이웃도 없었고 친척도 없었으니 하루 종일 동생 상훈이나 돌보며 집 주위에서만 지냈다. 그래서 공부가 무엇인지, 학교는 왜 가야 하는지조차도 몰랐으며, 경상도 사투리를 써서 함경북도의 억센 말투와도 어울리지 못하였으리라 짐작된다. 그러다가 고향으로 돌아오게 되었다.

3

환향하여 소학교에 입학하다

나진에서 고향으로 돌아오다

할아버지가 위중하다는 편지를 받고 고향으로 돌아가기로 결정하였는데 우리만이 아니고 고모부 두 분도 같이 돌아가야 하니 문제가 간단하지 않았다. 때는 겨울을 지내고 해동할 무렵으로 기억한다. 세계 열강인 미, 영, 소, 불, 중, 이, 일 등은 공산주의 국가와 이를 저지하고 팽창을 막으려는 국가들 사이의 복잡한 이해관계로 얽혀 어느 나라를 막론하고 전쟁의 위험을 안고 있던 시기였다. 우리가 고향으로 돌아온 다음해로 생각된다. 전 세계는 전쟁에 휘말려 태평양전쟁이 일어났고 열강의 각축전이 최고조에 달하던 때였다. 식당 주인의 부탁으로 막내 삼촌은 얼마간 더 머물다가 돌아왔고 우리는 고모부 두 분과 함께 고향으로 돌아오게 되었다.

제2차 세계대전 발발, 수탈과 흉년

1941년 12월 8일 일본군이 미국 하와이 섬을 공격하여 제2차 세계대전이 시작되었다. 일본과 독일, 이탈리아가 연합하였고 미국을 비롯한 영국, 소련, 프랑스가 연합하여 유럽과 아세아 남양군도에서 전쟁을 하게 되니 전 세계가 전쟁터가 되었다.

　일제는 한국을 속국으로 만들어 국민이 견딜 수 없을 정도로 수탈하고 억압했다. 이에 조선 민중들은 견디기 힘들어 타국 땅, 즉 몽고, 북간도, 하와이 같은 세계 각지로 삶을 찾아 뿔뿔이 흩어졌다. 그 대신 일본인들이 건너와 갖은 혜택을 누리면서 영원한 생활 터전의 기반을 만들어 가고 있었는데 그 대표적인 사례가 바로 토지 가격을 급락시켜 조선 상류사회를 몰락시킨 동양척식주식회사였다. 게다가 중국과 시베리아로 세력을 확장하기 위해 철도 건설 사업을 벌였고 여기 소요되는 막대한 재원을 충당하기 위하여 세금을 수탈하고 징용이라는 강제동원령으로 노동력을 착취하였다. 조선인은 민족의 장래를 거론할 여유는 물론 먹고살 방도가 없어 세계 각지로 이주해 가는 등 고향을 등지고 정처 없이 떠나는 민족 대이동 시기를 맞고 있었다.

　일제강점 이후 30여 년간 나라 안 백성들의 시달림과 핍박은 극도에 달하였으며, 거기에다 전쟁마저 일어나 가렴주구의 방법은 더욱 혹독해졌다. 그 원성이 하늘을 움직였는지 기고만장한 일본 놈들은 스스로 자기가 묻힐 구덩이를 팠는데, 그것이 제2차 세계대전이라고 할 수 있을 것이다. 전쟁이 일어나지 않아도 생활의 고행은 지옥과 같은 지경인데 전쟁을 일으킨 일본의 핍박은 한층 더 심해졌다. 여태까지는 재물의 수탈과 일본 본토 또는 조선의 건설에 이바지하기 위한 인력의 유상 동원 형태만 취하였으나 이제는 전쟁 수행을 위한 인력의 강제 징발까지 겸하니, 이를 피하기 위하여 청장년층은 타향으로 도망가야 하는 어려움까지 겹치고 있었다.

　농토 경작자는 대다수가 소작농으로 추수기에 소작료로 생산량의 2~3할을 물어야 다음해 그 토지를 경작할 수 있었으며, 또 공출이라는 이름으로 경작 면적과 생산량에 따라 몇 할을 정부에 바치고 나면 얼마 되지 않는 곡식이 남았다. 거기에 전년도 식량의 절대량 부족으로 빌린 장리(長利)라는 사적인 대여 양곡을 갚고 나면 곡식은 추수 후 2~3개월을 지탱할 양밖에 남지 않아서, 다시 다음해 추수까지 또 장리 곡식을 빌려야 하는 악순환이 계속되었다. 그러한 국민 기근의 상태라 조석으로 때가 되면 육신이 온전한 사람도 골목에 와서 밥을 빌어먹는 자들이 많았다.

가정마다 식량을 해결하기 위한 최선의 방법이 강구되었으니 해가 짧은 겨울에는 아침을 늦게 먹고 점심은 무나 배추뿌리 몇 개로 요기해서 저녁때까지 견뎌야 했다. 어른들은 어른대로 굶주림과 싸워야 했지만 특히 비참하고 애석한 것은 어린아이들을 제대로 먹이지 못하는 것이었다. 일제는 이러한 사정을 인정하기는커녕 오히려 이런 약점을 역이용하여 조선인을 타지로 내몰았고 고리대금업을 하여 민족의 자존심마저 지킬 수 없는 처절한 생존의 고통으로 빠져들게 하였다.

벽진소학교에 입학하다

나진에서 귀향하던 해 나는 만 여덟 살에 벽진소학교를 다니게 되었는데, 나진에서 학교에 다니지 않았는데도 불구하고 바로 2학기에 입학했다. 그때 형은 4학년에 재학하고 있었다. 그 당시 소학교에는 나이 많은 학생들도 많고 결혼한 학생들도 있었다. 전통의식의 뿌리가 깊은 성주 고을에서는 행세를 하고 사는 문중 집안 자제들은 일제가 만든 학교에 가는 것을 기피하였고, 그런 학문을 하는 것을 친일적 사저(思底)가 있는 것으로 생각해 아무리 관에서 권해도 학교에 보내질 않았다. 그러나 일제강점의 종기(終期)를 예측할 수도 없고 다른 교육기관이 따로 있는 것도 아니어서 하는 수 없이 적령기를 지나서 입학하거나 나이에 따라 고학년에 편입하는 일이 많았으니 같은 학년이라도 많게는 5~6세나 나이 차가 있었다.

2학기에 편입한 나는 학교 생활이 생전 처음이었으니 매사가 어렵고 자신이 없었다. 진도를 따라갈 수가 없었고 선생님의 말씀도 이해하지 못하는 대목이 많았다. 국어 시간에는 독문을 시키는 경우가 많았는데 나를 지목할까 봐 항상 겁을 먹고 있었다. 학업 성적은 낙제를 겨우 면할 정도였을 것이다.

학교에 내는 월사금(수업료)이 많지는 않으나 항상 기일을 맞추지 못하여 두 번 세 번 선생님에게 독촉을 받았으며, 이게 싫어 학교에서 도망칠까 하는 생각마저 들 때가 한두 번이 아니었다. 선생님은 월사금을 내지 못하는 아이들을 앞으로 불러내 못 내는 사유를 대라고 하였는데 변명도 한두 번이지 항상 같은 말을 하는 것도 두렵고 서러워서 항상 전전긍긍하였다. 입는 옷도 홑바지 저고리를 입고 다녔으며 한겨울에도 내의 한 번 입어 보지 못하고 찬바람에 그대로 노출되었다. 먹는 것도 부실하여 빼빼 마른 몸에 얼굴색은 시퍼렇고 얼굴에 잔털이 송송하며 핏기마저 없으니 볼품이라고는 한 곳도 없었다. 눈망울만 새까맣게 움푹 들어간 몰골이라 항상 외모에 대해 열등감을 느꼈고, 스스로를 전형적인 촌놈으로 여기며 위축된 자세로 지냈으므로 성격 형성에 많은 영향을 미쳤으리라 생각된다.

4

제2차 세계대전, 그리고 고통과 기근

아버지는 일본으로 가시고

　　아버지는 나진에서 귀향한 후 고향에서는 도저히 장래 계획의 여망이 없어서 집을 지켜야 한다는 할아버지의 간곡한 만류에도 불구하고 일본으로 가셨다. 일본은 이미 셋째 삼촌이 먼저 가 계신 지가 수년이 되었다. 등개의 왕고모는 결혼한 장남과 차남을 데리고 일찍 일본으로 건너가서 기반을 닦았다. 작은 일거리지만 하도급을 맡아 조선인 인부를 고용해 공사 관련 일도 하고 집에서는 한방이라 하여 조선인 노동자의 숙식을 제공하는 일종의 하숙업도 하여 안정되고 여유 있는 생활을 하였다. 아버지는 곧바로 그리로 가셨다.

　　당시 일본의 돈벌이는 조선과는 비교가 안 되는 임금 수준으로 열심히 일하고 절약하면 귀국 후 안정된 식생활은 물론 상류 생활을 할 수 있었다. 그러나 막노동을 하는 무지몽매한 하류 인생들은 노임을 받으면 객지의 서러움과 외로움을 술로써 달래며, 또한 도박을 하여 고생해서 번 돈을 전부 날려 버리고 다시 노동판에 나가는 결과 없는 악순환을 겪는 자가 많았다고 한다. 하지만 우리 삼촌은 이십 대의 젊은 나이에다 건장하고 황소 같은 힘으로 지독하게 일하여 임금을 많이 받았으며 절약하고 검소하게 생활하여 많은 돈을 모았다. 아버지는 노동하는 체질이 아니었으나 열심히 일하고 남달리 절약하여 상당한 돈을 벌어서 고향 할아버지에게 송금하였다.

할아버지는 많은 식구를 부양할 능력이 없는 처지인데도 고을 내의 이름 있는 선비들과 교류하며 학문을 논하고 사시사철 도포에다 큰 옷을 입고 매일같이 출입하셨으니, 집안에 당장 땟거리가 없어도 걱정은커녕 해 놓은 밥 때에 손님을 모셔 오는 경우가 허다하였다. 그래서 모자라는 식량으로 최소한의 밥을 짓는 형편에 손님이 오시면 부엌의 안식구들은 먹을 밥이 없어 누룽지나 다른 나물로 허기를 면했으니 그 고생이 처참하였다. 그러나 얼마 가지 않아 이런 최악의 상태마저 유지할 수가 없어서 안골의 산과 마지막 남은 논 서 마지기를 담보로 소재지 여진사(呂進士)에게 돈을 빌려 쓰고 농사는 다시 우리가 소작하는 데까지 몰락하였다. 그것도 일시적인 미봉책에 불과하여 그 다음은 빌려 쓴 돈을 갚을 길이 없어서 새로 지은 기와집 사랑채를 넘겨주고 그 옆자리에 간소하게 사랑채를 새로 지었다.

전시(戰時) 중의 학교 생활

전시 이전부터 일제의 식민지 토착 상류층 몰락 정책과 할아버지의 경제에 대한 사고가 맞아 떨어져 생활 형편은 극도로 궁핍한 상태로 전락하여 고향에서의 하루하루는 그야말로 뼈를 깎는 고통의 연속이었다. 이러한 처지이니 학교에 가는 것만으로도 감지덕지했고 연필 하나 제대로 마련하지 못한 채 다른 아이들이 학교 가는 시간에 따라가고 오는 것이 고작이었다. 3학년쯤 되었을 것이다. 아침에 학교를 가려고 책보자기를 다 준비하고 있어도 밥을 주지 않았다. 집안은 고요하기 그지없고 할머니, 어머니, 숙모 모두가 부엌에서 할 일 없이 앉아 있었다. 나는 영문도 모르고 아침밥을 안 준다며 트집을 잡고 안 그래도 가기 싫은 학교에 안 가려고 떼를 썼으니 어머니 마음은, 또 할머니 속은 얼마나 쓰라렸을까. 아침밥을 거르고 학교에 가니 다른 아이들과 쾌활하게 어울리는 것이 주저되고 입은 옷이 항상 남루하다고 생각되어 위축된 학교 생활을 하였다.

우리 마을에서 학교까지는 뒷동산을 넘고 냇가를 건너 소재지(所在地)를 지나야 하므로 보행거리가 만만치 않았다. 겨울에 간혹 게다 끈이 떨어지면 어찌할 방법이 없어 한 손으로는 게다를 들고 한 발에는 게다를 신고 걸었다. 절룩절룩 걷다 보면 다른 아이들과 점점 거리가 멀어지니 이를 따라 잡기 위하여 아예 양쪽 게다를 다 들고 맨발로 쫓을 때가 한두 번이 아니었다. 엄동설한에 눈이라도 꽁꽁 얼어붙어 있으면 발이 견뎌낼 수가 없었다. 발이 시린 고통을 느끼다가 그 정도가 지나면 감각마저 없어졌다. 그렇게 맨발로 가다가 냇가에 돌이라도 차면 발끝에서 빨간 피가 흐르나 종이도 귀하여 닦을 수도 없고 그저 아픈 발을 움켜쥐고 주저앉았다가 그대로 갈 수밖에 없었다. 그렇게 얼마간 걷다 보면 피가 응고되면서 발가락과 양말이 한데 엉겨 붙어 딱딱하게 굳었다. 이렇게 고통스럽게 학교를 오가면 다른 아이들의 신발이 탐날 때가 있었으니, 사람이 사물에 극도로 집착하고 고통을 심하게 당하면 수단을 가리지 않고 가지고 싶다는 심사가 일어나는 것이다.

3학년 때부터는 교습 과목이 변경되었는데 내선일체(內鮮一體, 일본을 내국이라 하고 조선을 선이라 하여 일본과 조선은 한 몸이라는 뜻)라 하여 조선말 과목을 없애 버리고 학교에 등교하면 일본말로만 대화를 하여야 했다. 어쩌다 실수로 조선말을 하면 급장이 알고 이름을 적어서 선생에게 보고하였고 일주일에 한 번 토요일에 여는 아침조회 반성회 때 조선말을 한 학생을 호명하여 전교생 앞에 불러 세워 다음부터는 잘못이 없도록 하라는 주의를 주었다. 그러므로 아이들은 학교에 가면 호명되지 않기 위해 일본말만 하려고 무진 애를 쓰게 되었다.

학교에는 조선인 선생이 많았으나 일본인 선생도 상당수 있었다. 그 일본 선생들은 젊고 애국심이 투철한 골수분자들로 전쟁에서 부상당한 상이군인들이었으니 군국주의 일본에서 군의 위상이 얼마나 높은지 알 수 있는 반면, 왕에 대한 충성심이 철저한 이들이 조선인에게 세뇌교육을 얼마나 철저히 시켰을지 짐작이 간다. 이들은 아이들에게도 전쟁 수행을 위한 내핍(耐乏)을 강요하였고 스파르타식 체력 훈련을 시키기도 했다. 그 실례로 선생이 스스로 웃통을 벗고 맨발로 뛰면서 학생들에게도 북풍이 휘몰아치는 꽁꽁 언 운동장을 맨발로 수없이 돌게 하는 강인한 훈련을 시켰다.

한번은 남선생 한 명이 새로 부임했는데 한겨울에 일본 훈도시, 즉 씨름선수가 시합 때 매는 샅바 같은 것을 팬티도 없이 착용하고 전교생 앞에 섰다. 학생들은 아연실색할 수밖에 없었고 그런 날씨에 그런 차림을 한 선생을 하늘 같이 높고 무서운 존재로 인식하게 되었다. 세계 어느 나라에도 이런 일은 없었을 것이다. 그 당시는 면마다 소학교가 있는 것이 아니었다. 성주군에도 소학교가 몇 군데 없어 대가면과 금수면의 학생들까지 모두 벽진소학교에 다니게 되었으니 학생 수가 1천 여 명이 넘는 큰 학교였다.

조선인을 어린 학생시절부터 군영 생활을 방불케 하는 훈련을 시켜 동남아 일대를 통치하는 인력으로 활용하기 위해 소학교 생도에게 일본 애국가는 기본이고 군인 수칙과 일본 개국칙명, 대동아전쟁 개전 칙명까지 외우게 했으니 그 무서운 서슬에 이를 외우지 못하는 학생이 없었다. 이와 같이 소학교 생도 때부터 군인정신을 함양하고 일본 천황을 숭배하게 하였다. 그들의 민족문화 말살 정책이 차곡차곡 진행 중이었던 것이다.

일본 천황의 생일이면 모찌(찹쌀떡)를 하나씩 나누어 주며 천황폐하를 위한 만세삼창을 부르게 하였다. 어떤 고난을 겪더라도 천황에 대한 충성심을 저버리지 않아야 하며 불평이나 비평을 해서는 안 되었다. 그 당시 즐겨 쓰던 속된 우스개 유행어도 있었다. "징가 오모 와스 해오 다시다, 난지 신민 구사 이다로, 소래데모 구니노 다메다 가만 세요"인데, 이 말은 "짐이 거침없이 방 귀를 뀌었다. 온 신민은 구린내가 나겠지? 그래도 나라를 위한 것이니 참아 라"는 뜻이다.

대개의 학생들은 영양실조로 얼굴에 부황이 들고 피부병이 창궐하였다. 머리도 동전만한 크기의 피부병에 잘 걸렸는데, 그 부위의 머리카락을 자르 고 냄새가 아주 고약한 약을 바르니 머리 꼴은 보기에도 흉했다. 냄새도 냄새 지만 이 피부병은 전염성이 있어서 다른 아이들이 그 아이를 기피하고 옆에 오면 떠밀어 가까이 오지 못하게 하였으니 요즈음 말로 '왕따'가 되는 것이었 다.

머리에 피는 것을 '소버짐'이라 하고 얼굴에 피는 것을 '마른버짐'이라 하였는데, 이 버짐은 추운 겨울에 피부가 건조해져 생기는 피부병으로 여름 이 되면 자연 치유가 되어 없어졌다. 이 피부병은 사실 거의 모든 아이들이 다 걸리는 유행병이었다. 이런 병은 병이라고 걱정하지도 않았으며 이 병에 걸렸다고 해서 바깥에 나가 노는 것을 꺼리지도 않았다. 그러니 병이 나을 리 가 없었다.

신발이 귀해 겨울에도 거의 맨발로 지냈고 난방이 잘되지 않아 손발을 제대로 씻지 않았다. 그러니 발등과 손등에는 때가 겹겹이 끼어 까맣게 되고 거기에다 날씨가 차가워지면 손등과 발등이 트고 피가 흐르는 것이 예사였 다.

그런데다가 주로 신는 신발은 게다 중의 막 게다였다. 이것은 버드나무 나 다른 잡목의 통나무를 타원형으로 발바닥만 평평하게 다듬고 앞쪽을 평 퍼짐하게 만들어 고무와 천으로 된 끈을 못으로 박아 부착시킨 형태인데 못으로 부착시킨 끈은 걸핏하면 떨어지곤 하였다. 또 다른 형태의 게다가 있었는데 이는 굽이 비교적 높은 것으로 널빤지 아래에 두 개의 가는 막대를 박고 앞쪽 중앙에 하나, 뒤쪽 중간 양옆에 두 개의 구멍을 뚫어 끈을 꿰어 신는 것이었다. 이것은 땅이 평탄하고 조용히 보행을 할 때 신는 고급형 게다였다. 어떤 형태의 게다이든 어린아이들이 막 뛰어 노는 데 신는 신발로는 부적합하였다. 뛰어 놀다 끈이 떨어지면 그대로 자빠져버려 무릎이 깨지고 피가 그칠 날이 없었다. 찰과상으로 피가 날 때면 약이라고는 흙과 침을 바르는 것이 고작인데 며칠 지나면 검은 딱지가 앉고 다시 며칠 있으면 딱지가 떨어져 완치되곤 하지만 그 딱지가 떨어지기 전에 다시 상처를 입으니 무릎의 상처는 사시장천(四時長天) 성한 날이 없는 것이다.

학교에서 일 년에 한두 번은 운동화 배급이 나오기는 했는데 학생 수에 비하여 10% 정도가 배당되니 추첨하여 나누어 주었다. 운동화 추첨에 걸리면 운수대통으로 얼마나 좋은지 잠이 오지 않을 정도였다. 그래도 이 운동화는 오래오래 신어야 하기 때문에 선반에 얹어 놓고 맨발로 다니기 일쑤였다. 그러다가 발이 커지면 결국은 신지 못하고 동생이나 다른 아이 차지가 되는 경우도 있었으니 필수 생활용품이 얼마나 귀하고 구하기 어려웠는지 그 단면을 알 수 있는 이야기이다.

일제 군국주의가 세계를 제압하려는 욕망으로 일으킨 전쟁이 중반인 1943~1944년에 이르니 비축된 전쟁 군수품이 바닥났다. 그리하여 전시에 필요한 물품을 조선 땅에서 닥치는 대로 수탈하기 시작했는데, 그 중 제일 중요한 것이 군량미의 보충이었다. 조선인의 식량은 여유가 있고 없고를 가리지 않고 공출이라는 명목으로 강제로 거두어 갔다. 만약에 그 수량을 제때 바치지 못하면 면서기가 지소의 순사를 대동하여 집안을 샅샅이 뒤지고, 만약 숨긴 것이 발각이라도 되면 구류를 살아야 하는 수난을 당하고 관에서 배급하는 모든 혜택을 주지 않는 제재를 당했다.

　곡식뿐이 아니고 병기를 만들기 위한 철물도 모자라서 조선인 가정에 대대로 내려오는 유기(鍮器)나 제기(祭器)라든지 일상 주방용 놋그릇을 전부 거두어 갔다. 처음에는 나라를 위한 충성의 뜻이라 생각하고 필요한 것만 남겨 두고 여유 있는 그릇은 자진하여 바치라고 권장하였다. 그래서 관에서 하는 일에 잘못 보일까봐 일상생활에 필요한 것만 제외하고 다 갖다 바쳤다. 그러나 그것으로는 병기 제조에 절대량이 모자랐으니 그때부터 강제 수탈이 행해졌다. 가정에서는 유기그릇을 일절 쓰지 못하도록 하고 쇠붙이나 놋그릇은 전량 징발하여 가져갔다. 일상용 주방 그릇은 다른 것으로 대체한다 하더라도 대대로 내려오는 제수용기는 뺏길 수가 없었으므로, 이 수탈을 피하기 위하여 땅을 파고 묻어 두었다가 필요할 때 내어 쓰곤 하였다. 한때는 이러한 정보를 알고 쇠막대를 가지고 다니며 의심나는 곳을 쇠막대로 찔러 조사하기도 했다.

　여름방학 때는 방학 숙제도 있었지만 군마(軍馬)의 먹이 건초를 여섯 관 정도 해 오라는 과제를 내주기도 하여 여름 내내 풀을 베어다 말리곤 하였다. 개학날의 등굣길은 마치 수많은 개미떼들이 나뭇잎을 물고 가는 형상을 연상하게 했다. 건초 뭉치는 크고 아이들 체구는 작아서 아이들의 상체는 건초에 묻혀 보이지 않고 두 다리만 움직이니 멀리서 보면 건초 뭉치가 일렬로 서서 이동하는 것 같았다.

　전쟁을 위해 필요한 기름이 절대적으로 부족하기 때문에 아이들에게 겨울방학을 이용하여 소나무 공이(관솔)를 따오라는 과제를 주었다. 어린아이들은 자력으로 소나무에 올라가 기름이 든 공이를 자를 수가 없으니 이를 어려워하는 아이들이 많았고, 여섯 관을 다 구한다 하더라도 그걸 메고 면소재지 인근 대바우 동리 동산의 솔 기름 짜는 곳까지 죽을힘을 다해서 가야 했다.

어린 자녀들의 힘으로는 운반이 어려워 어른들이 지게로 져다 주곤 하였다. 그러나 나는 지게질을 해 줄 어른이 없었으니 생각조차 하기 싫은 지겨운 일이었으며, 이 과제를 하지 못하면 선생님에게 혼이 나니 여러 날을 두려운 생각으로 지내다가 과제물 합격이라도 하면 그렇게 좋을 수가 없어 펄펄 뛰었다.

학교 뒤편에는 상당한 면적에 자경(自耕) 채소밭을 만들어 학년별로 구획·배당해서 각종 채소의 씨를 직접 뿌려 기르고 거름을 주는 작업도 하였다. 전쟁 말기에는 군용 화약 조제를 위해 목화가 필요하다며 이를 직접 경작·수확하여 수납하는 작업까지 시켰고, 한여름에도 어린 학생들을 학교 밖 농장으로 데려가 노동을 시키곤 하였다. 이 농토에 시비를 위하여 퇴비를 만드는 일도 하였는데 퇴비에 필요한 풀은 전교생이 마련하여야 했다. 학생들이 매일 아침 풀 뭉치를 지고 등교하여 정문에서 풀의 지참 여부를 확인받고 교실로 들어가게 하였다. 이를 장려하기 위하여 각 학년별로 퇴비 더미를 만들어 비교한 후 우수한 반을 골라 상을 주기까지 하였다. 학업 이외의 과업을 지나치게 시켰고 어린 학생들까지 전쟁 수행을 위한 노동에 동원하였던 것이다.

이런 가운데에도 봄, 가을에는 원족(遠足)이라고 하여 지금의 소풍을 갔다. 소풍가는 날은 아이들에게는 무척 좋은 날로, 이날이 다가오면 며칠 전부터 기분이 좋아 기다리고 또 기다렸다. 기다리는 이유 중에 으뜸은 별식을 하는 것이었다. 평소에 먹어 보지 못하던 맛있는 음식을 먹는 것, 평소에 식생활이 어려우니 배불리 먹어 보는 것이 가장 큰 희망이었다. 그러나 소풍을 간다고 하여도 있는 집 아이들은 나름대로 김밥도 말아 오고 사탕도 가져오며 달걀도 삶아 오지만 우리같이 생활이 어려운 집안에서는 삶은 달걀 두세 개와 보리밥에 쌀이 절반이면 좋아서 어쩔 줄을 몰랐다.

한번은 이렇게 기다리던 소풍날이 다가왔는데 아버지가 소풍날 학교에 못 가게 하셨다. 그렇게 기다리고 기다리던 날에 학교도 가지 못하게 하니 어린 생각으로 얼마나 실망이 컸던지 어머니에게 울고 매달렸다. 어머니는 자정(慈情)이 남다른 분이라 속만 상할 뿐 아버지의 명령을 돌이키기에는 역부족이었다. 고대하던 소풍날 나는 하루 종일 어른들을 따라 밭에 나가 김을 매고 오후에는 소를 먹이러 가야 했다. 이렇게 아버지는 우리들의 학업에 열의와 성의가 전혀 없었다.

그럭저럭 4학년이 되었다. 일본에 간 소야 삼촌과 어언동 삼촌이 돌아오지 않아 우리 집에는 할아버지와 삼촌 두 분, 사촌들이 같이 생활하고 있었다. 가정의 살림은 할아버지가 꾸려가고 계셨다. 당시 할아버지는 한약방을 하셨는데 그 수입이 보잘것없는 데다 인심 좋으시고 친구와의 우의를 지극히 여기셔서 어려운 친구에게는 약값을 제대로 받지 않았고 존경하는 분에게는 보약을 지어 보내 주는 경우가 허다했다. 그래서 이 한약방으로는 생계에 보탬이 되지 못하였다. 일본에 간 삼촌과 아버지의 송금에 의지하며 살아가고 있었고 소작지 몇 두락(斗落)으로 삼촌과 형이 농사를 짓고 있었다. 그래도 소는 한 마리 먹이고 있었는데 우리 소는 살이 찌지 않고 피골이 상접한 뼈대만 불쑥 튀어나온 소였다. 짐승도 곡기(穀氣)를 좀 섞어 먹여야 살이 찌는 것인데 소에게까지 돌아갈 곡기가 없었다. 농사에는 요즈음 같은 비료가 없었고 자연 시비(施肥)에 의지하여 농사를 지었으니 소 배설물을 다른 풀과 혼합하여 썩힌 것이 가장 좋은 비료였다. 인분도 중요한 비료였으나 삼촌과 형은 이 똥장구를 질 기량이 부족하여 다른 사람에게 삵을 주어 측간(변소)을 해결하곤 하였다.

우리 집은 농사일에 익숙한 농부가 이것저것 살뜰히 챙겨 농사를 짓는 것이 아니고 철부지 초보 견습생들이 농사짓는 흉내를 내고 있었던 것이다.

삼촌 두 분도 20세 전후의 철부지 왈가닥이었으니 차분하지 못하고 거칠었다. 비가 억수로 퍼부으면 논두렁이 무너지는 것을 예방하기 위하여 속히 논에 나가 물꼬를 터놓아야 하는데도 이런 것에 관심조차 없었고, 농작물도 애착을 가지고 아이 키우듯 고이고이 가꾸어야 하는 것인데 그런 생각은 아예 없어서 소출이든 농토 관리이든 제대로 하는 것이 없었다. 그러니 우리 집은 농사지을 집안이 처음부터 아니었다.

이런 엉성한 집에도 관에서는 부역도 나오라 하고, 겨울에는 가마니 공출도 식구 수에 비례하여 수량을 정해 나오니 이 양을 채우기 위해 가마니를 짜는 데 겨우내 매달려야 했다. 학교에 갔다 오면 가마니를 짤 새끼를 꼬아야 하고 밤낮으로 가마니를 짜기에 한가한 날이 없었다. 이렇게 하여 가마니를 짜서 바치면 얼마간의 돈이 나와 이것으로 농기구도 보충하고 가용으로 쓰게 되니, 이것도 돈벌이라고 자진해서 가마니를 짜 돈을 모으는 집안도 있었다.

여름에는 학교에 갔다 오면 꼴망태기를 메고 소먹이 풀을 베는 낫을 하나 들고는 동리 또래 아이들과 항상 갈미(구봉산 자락)로 소를 먹이러 갔다. 갈미라는 곳은 동리에서 상당히 떨어져 있고 작은 등성이를 하나 넘어 서쪽으로 봉우리 아홉 개가 연이어 있는 상당히 높은 국유림 골짜기이다. 혼자서는 이 큰 산에 산짐승이 있을까봐 무서워서 절대로 가지 못했다.

그 골짜기는 아홉 개나 되었는데 하루에 한 골짜기만으로 충분하여 다음날은 또 다른 골짜기로 가곤 하였다. 목적지에 도착하면 골짜기 입구에서 소의 고삐를 머리의 뿔 언저리에 돌려 감아 끌리지 않도록 해서 골짜기 안쪽으로 올려놓으면 소는 오후 내내 자유로이 먹이를 먹다가 해가 지고 어두움이 내려오면 다시 골짜기 입구로 돌아왔다. 소가 내려오지 않으면 소를 찾으러 골짜기 깊숙이 올라가야 하는데 혼자서는 못 가고 응원을 받아 올라가 사방을 수색해서 찾아오는 일도 간혹 있었다. 더러는 골짜기를 다 찾아 헤매어도 소를 찾지 못해 겁을 먹는 일이 있었는데, 그럴 때면 소는 다른 골짜기에서 나타나거나 혼자 집까지 가 있곤 했다. 여름철이면 소 먹이는 일이 아이들에게는 제일 큰 과제였다.

전시 말기, 발악적인 수탈 속에서

제2차 세계대전이 일본 측에 불리한 상황으로 바뀌어 가는 1944년쯤으로 짐작된다. 전세가 불리해져 가고 전쟁물자가 결핍해지자 조선 땅에서의 수탈은 최악의 상태에 달했다. 대개의 경우 당장 끼니도 해결하지 못하니 술은 담글 엄두도 못 냈지만 설과 추석 명절에는 제사용으로 최소한의 술을 만드는 경우가 있었다. 술 빚는 것을 엄격히 금한 때라 이를 눈치 채면 지소 순검이 칼을 차고 면서기와 합동으로 불시에 술 조사를 나왔다. 그러면 온 동리는 개 짖는 소리와 함께 공포에 휩싸이게 되었다. 혹시 밀주를 섣불리 간수한 집이 있으면 들키지 않으려고 술을 이고 여기저기 숨길 곳을 찾아 헤매느라 아래윗집은 난리가 났다. 하지만 술을 자주 만들어야 하는 집은 아예 부엌 바닥 뒤 구석에 구덩이를 파고 단지를 하나 묻어 두었는데 차라리 이것이 쉽게 들키지 않는 방법이었다. 어쩌다 피치 못해 술을 담갔다가 적발되면 벌금이 상당히 많이 나왔다. 누룩도 적발되면 벌금을 내게 되므로 이를 짚동(볏짚을 모아 한 덩이로 크게 묶은 것) 속에 감추는 경우도 있었다.

전쟁은 점점 더 불리해져 가니 앞날은 누구도 짐작할 수 없었고, 암울한 하루하루를 지옥 같은 생활로 이어가고 있었다. 불시의 인력 동원으로 행선지도 모르는 곳으로 끌려가 노동을 하는 경우가 있어 더욱 불안하였는데, 거기에 스무 살 전후의 젊은 청년들은 일본군에 입영하기에 이르렀다. 전쟁 중엽까지 조선인은 정규 군인으로 징용하지 않았으나 전사 또는 전장 확대로 병력이 모자라게 되자 시골까지 동원령을 발동하여 모병을 하였다. 입영 명령을 받고 입영하는 자는 온 면민(面民)이 동원된 가운데 환송받았으며, 그 가족은 나라에 헌신하였다고 특별한 대우를 하여 모두에게 본보기로 삼았다. 동리 아낙네들이 한 바늘씩 떠 무운장구(武運長久)라는 글자에 수를 놓은 수건을 기증해 주었고, 온 마을사람들이 장도를 환송하고 전승(戰勝) 환향(還鄕)을 기원하였다.

일본은 내선일체라는 시책의 일환으로 조선인을 일본인화하기 위해 민족문화 말살 정책으로 고유의 전통 문화를 배척하였다. 한복도 입지 못하게 제재하였으며, 여인네들의 치마도 행동에 간편치 못하다 하여 몸뻬바지를 입게 하고 성인임을 나타내는 남자들의 상투를 강제로 없애기 위하여 단발령을 내렸다. 한편 전통 명절인 음력설을 못 쇠게 하려고 음력설이 되면 순경과 면서기가 합동으로 마을마다 다니며 제지하였으니 민족문화의 근원까지 발본하려는 시도였다. 또한 민족문화 말살의 가장 중요한 사항을 족보라고 생각하여 창씨개명을 요구하고 일본 본토에 적용하는 민법의 일부인 호적법을 가져와 그대로 적용하게 했다. 그러나 한 나라의 문화가 한 시대의 법과 시행자의 요구만으로 일시에 변경되거나 없어지지는 않았으니 단발령도 끝까지 따르지 않은 백성들이 있었으며, 제국의 명령이 부당하다고 항거하는 뜻으로 끝까지 거부한 선비 지사들도 허다하였다.

이러한 난세에 할아버지는 추호도 생계 걱정을 하지 않으시니 속 타고 안타까우며 야속한 일도 많았다. 한번은 이런 일도 있었다. 농사짓는 데 서툴지만 삼촌 두 분과 형, 나도 한몫을 하였는데, 갖은 고생을 하며 겨우 미끼라고 하는 논 네 마지기에 모를 심고 여름에 논을 매어 농사를 지어 놓았다. 관개(灌漑)가 없는 상황에서 날씨가 큰 영향을 미치는데 그해는 그런대로 날씨도 좋고 제때 비가 오곤 하여 그리 잘되지는 않았지만 200평 한 마지기에 벼

두 섬이 최상이고 그 이하도 많아 당시의 소출로서는 평년작은 되었다. 여름 한철 보리밥만 먹고 지내다 보니 햇곡식에 대한 바람은 간절하였다. 그런데 추수할 때가 되어 우리 일꾼 전부가 낫을 갈아 들고 논에 가서 얼마간 벼를 베기 시작하였는데 난데없이 징기에 사는 사람이 와서 이 논의 벼는 우리가 미리 샀으니 손도 대지 말고 가라는 것이었다. 내용인즉 할아버지가 돈이 필요해서 입도선매(立稻先賣)로 미리 팔아먹은 것이었다. 앞으로 식량과 가정살림이 막연하니 기가 차 말도 나오지 않았다.

기근과 흉년

전쟁은 여지없이 일본군의 불리한 상황으로 이어지고 연합군은 풍부한 물자와 인력으로 장기전에 돌입하였다. 연합군의 막강한 화력에 일본군은 악랄하고 지독한 특유의 결사정신인 '야마도다마시(大和魂, 일본 민족의 고유한 정신)'로 대적하였으나 전쟁물자의 결핍으로 스스로 와해되고 있는 지경이었다. 그 무렵 조선 땅에는 몇 년 째 흉년이 들어 전답의 곡식은 수확이 감소하고 식량은 절대량이 부족하였다. 거기에 군량미의 부족으로 인한 공출은 더욱 심해갔다. 여러 해를 먹을 것이 없어 굶주렸으니 말로만 듣던 초근목피로 연명한다는 말이 실제로 일어나고 있었다. 가장 참기 힘든 일은 어린아이들이 먹을 것이 없어 굶주리고 있는 것이었다.

이러한 식량난으로 아사자(餓死者)가 생겨도 관에서는 구제할 방도가 없었고 일본은 전쟁으로 죽느냐 사느냐 하는 판국이니 조선 백성의 굶주림 같은 것은 전혀 아랑곳하지 않았다. 식량난이 심해지자 일명 대두박(콩깻묵)이라는 것을 배급해 주었는데, 이것은 일본이 전쟁용 기름을 얻기 위해 넓은 만주 벌판에서 생산한 콩을 짠 찌꺼기였다. 원반 모양의 두께 5센티미터, 직경

40센티미터 정도 되는 것으로 기름이 다 빠지고 영양분도 없는 것을 그냥 먹을 수 없어 물에 불려 짜서 상추쌈을 해 먹었다. 또 메밀을 가루 내어 묵을 해 먹기도 했는데, 물을 많이 부어 매물뜨기라고 하였고 그야말로 말이 묵이지 초록색의 묽은 죽이었다. 결국은 물배를 채워 배고픔을 일시적으로 면하는 경우였으니 사람의 얼굴이 누렇게 붓고 각기병에 걸리는 사람이 많았다. 초가을에는 호박 익은 것이 있어 호박죽을 끓이는데 밀가루가 엉겨 수제비가 된 것은 진미 중에 진미였다. 밀가루는 귀하여 특별한 경우 이외에는 먹을 수 없었고 밀기울로 죽을 만들어 먹는 경우가 많았다.

먹을 것이라고는 아무것도 없었으니 맛으로 먹는 음식은 있을 수도 없고 상상할 수도 없었다. 다른 집은 가을에 떨어져 깨진 홍시는 먹지도 않았으나 우리 집은 감나무 한 그루도 없어 그것도 아쉬웠다. 겨울이 가고 봄이 오면 가을에 비축한 약간의 식량마저 바닥나서 굶어 죽을 수는 없으니 산에 가서 소나무 껍질(송기)을 벗겨 왔다. 그것을 삶아서 약간의 밀가루를 섞어 방아로 찧으면 새까만 송기떡 같은 것이 되었다. 이것으로 때를 잇기도 하고 들에 나가 쑥을 뜯어다가 역시 밀가루와 섞어 밥 위에 얹어 보리밥을 하기도 하였다. 그 보리밥을 그릇 밑바닥에 약간 담고 그 위에 얼룩얼룩한 쑥밥을 수북이 얹어 주었다. 그러면 이를 받아 놓고 보리밥을 아껴 맨 나중에 먹기로 마음먹고는 쑥밥을 먹으면 아무리 봄의 쑥이라고 하지만 향이 강하여 먹기가 힘들었다. 배가 고파 먹기는 먹으나 억지로 배를 채우는 형식이었다. 된장도 서로 먹으려고 사촌들과 눈을 부라리며 싸웠고 언제나 밥을 다 먹기도 전에 바닥이 보이곤 했다. 이런 기근의 고통을 본 어른들의 마음은 어떠하였을지 짐작하고도 남으며, 당신들 입에 곡식을 넣을 마음마저 나지 않는 처절한 심정이었을 것이다. 나아가 그런 처지를 면할 방도마저 없었으니 더욱 절망과 허탈 속에 나날을 보냈으리라.

이 정도의 식사라도 유지하기 위해서는 쑥을 뜯어 와야 했는데 가까운 산야에는 다 뜯어먹고 없으니 먼 심산유곡으로 가는 수밖에 없었다. 우리 집은 큰 숙모가 동작도 빠르고 부엌일도 기민하게 잘하시는 편이니 이 숙모가 항상 쑥을 뜯기 위해 쑥밥 도시락을 싸 가지고 깊은 산중으로 갔다. 하루 종일 쑥을 뜯어 모아 큰 보따리에 싸서 이고 돌아오시는데 그 크기가 아름드리 보따리만치 컸다. 이것을 이고 20리, 30리를 돌아와야 하니 그 얼마나 힘든 일이었을까. 집에서는 해가 지고 저물어도 돌아오시지 않자 지게를 지고 마중 나가면 금수면 재를 넘어 어두운 산 그림자인지 사람인지 확실치 않은 검은 덩어리가 보였는데 가까이 가서야 숙모인 줄 알아보고 숙모가 이고 있는 큰 보따리를 받아 지고 오는 경우가 많았다. 남편도 없는 큰집에 시부모와 시동생, 그리고 동서와 조카까지, 직계는 아들 둘뿐이었으니 그 더부살이가 얼마나 외롭고 고단하셨을까? 그래도 천심이 착하고 순박한 분이시라 어려운 난국을 살아가는 데 큰 역할을 하셨다.

아버지와 삼촌이 일본에서 돌아오다

제2차 세계대전의 막바지인 1944년경이라고 짐작된다. 가정이 더 이상 버틸 수가 없으니 빨리 귀국하라는 할아버지의 명령으로 아버지는 일본 생활을 청산하고 귀국하셨다. 소야 삼촌은 일본에 가신 지 오래되었고 남들보다 일을 엄청 많이 하시니 노임을 탈 때도 월등히 많은 데다 남들보다 더 절약하시고 다른 막노동꾼들과는 달리 술이나 도박을 하지 않으셔서 돌아올 때는 단단히 한몫을 해 오셨다. 젊은 20대에 인물도 좋았던 데다 목돈을 가지고 돌아오셨으니 패기도 당당하였다. 반면 아버지는 노동할 체력도 삼촌보다는 못하였고 또 수시로 집으로 송금하셨기 때문에 그리 많은 돈 없이 귀국하셨다.

대식구가 농사를 지으며

아버지와 소야 삼촌이 돌아오시니 집안은 다시 활기를 띠고 생활 환경이 일시에 달라졌다. 삼촌은 가지고 온 돈으로 논도 아주 좋은 호답(好畓)을 샀다. '모리이' 두 마지기와 밭도 사고 굼 들에 논도 샀다. 그러니 삼촌은 갑자기 동네에서 새 부자가 된 것이다. 그렇게 하고도 돈은 여유가 있었고 그 남은 돈으로 논이나 밭을 더 사 두었으면 대단한 부자가 되었을 것인데, 도시로 나가 기반을 닦아 본다고 돈 보따리를 들고 부산으로 가셨다가 가지고 있던 돈을 불행히도 소매치기에게 빼앗기고 말았다. 도시로 나가려는 마음은 일시에 물거품이 되었으니 한 집안에서 같이 농사를 지을 수밖에 없었다.

대식구가 농사를 하니 집안에 순식간에 훈기가 돌고 본격적으로 많은 농토를 경작하기에 이르렀으며, 할아버지가 저당 잡힌 농토와 집도 해제하여 생활의 기반이 마련되었다. 일손이 많아져 이제 손발이 갖추어지고 소작할 농토를 여기저기서 아버지의 신용으로 빌려 오니 식구들이 먹을 수 있는 식량은 마련되어 가고 있었다. 하지만 전쟁 말기에 정부의 식량 수탈로 인한 고생은 계속되었고, 거기에 가뭄이 심하여 논에 벼를 심지 못해 식량 대용으로 조를 심었다.

식량을 절약하기 위하여 무밥과 조밥을 한없이 먹었는데 조밥은 얼마간 먹고 나면 누런 색깔만 보아도 속이 역겨워질 정도로 먹기가 싫었다. 할아버지만 쌀을 반 정도 섞은 밥을 드시고 그 외의 식구들은 전부 조밥을 먹을 수밖에 없었는데 끝에 가서는 배가 너무 고프고 허기가 져도 조밥은 꼴 보기도 싫었다. 그래서 나물을 넣어 비벼보기도 하고 물에 말기도 하여 억지로 먹었으며, 때로는 감자를 으깨어 조밥과 섞어 먹어 보기도 하였다.

그럭저럭 형도 국민학교를 졸업하였고 나도 5학년이 되니 앞으로의 진로가 걱정이 되었으나 누구 하나 의논할 사람도, 그와 같은 앞길에 대하여 진

지하게 들어주는 식구도 없었다. 아버지는 할아버지와 달리 공부는 필요 없는 사치이고 공부한 자식은 객지에 가서 저희들이나 편하게 살고 부모에게는 불효하는 경우가 상례이니 돈 들여 공부할 필요가 없다는 것이 소신이었으므로, 나와는 정반대로 이때부터 부자간의 생활관이 빗나가기 시작하였다.

형님의 가출

형님은 국민학교를 졸업한 후 집에서 농사일을 거들고 있기가 지겨웠는지 어느 날 갑자기 집을 나가 버렸다. 혼자가 아니고 동리의 동갑내기 동창생 하나도 같이 없어진 것이다. 어디로 갔는지 말도 없이 가버렸으니 찾을 길도 소식을 들을 길도 없었다. 세상은 전쟁 중이라 어디를 가나 정상이 아니고 가족들이 보기에 위험하기 그지없는 때에 세상 물정이라고는 전혀 모르는 철부지 소년들은 잘못되어 나쁜 집단에 빠질 가능성도 있었으며, 집이 싫다고 가출하였으니 돌아오지 않을 가능성도 있었으므로 온 집안이 왈칵 뒤집어졌다. 하지만 어떻게 알아볼 방도가 없었으니 어머니는 며칠을 식사도 들지 못하고 몸져눕기에 이르렀다.

그러다가 하루는 저녁밥을 지을 곡식이 없다는 숙모의 말을 듣고 어머니가 작은방 장롱 위 실경(시렁, 물건을 올려놓는 나무 선반) 위에 놓여 있는 쌀을 꺼내러 가셨다. 그 농은 어머니가 시집올 때 해 오신 것으로 그곳에 비상용 쌀을 보관하고 계셨던 것이다. 그 곡식을 내려서 저녁밥을 짓게 하려고 발판으로 말(곡식을 계량하는 용기)을 뒤집어 놓고 그 위에 오르시다가 사단이 났다. 며칠 식사도 제대로 못하다가 일어나시니 어지럽고 몸의 중심을 잡지 못해서 그대로 땅바닥에 떨어져 넘어지셨던 것이다. 넘어지면서 오른팔을 짚었는데 몸의 무게를 지탱하지 못하고 그만 손목이 부러져 버렸다. 병이 나서 병원에 간다는 생각은 아예 불가능한 때였으니 치료라고 하는 것이 구전 속전(口傳 俗傳)으로 내려오는 토속적인 치료뿐이었다.

느릅나무 껍질을 돌로 쳐서 으깨어 환부에다 덮어놓아 보기도 하고 생지황(生地黃)을 찧어 환부에다 얹고 천으로 동여매어 두는 것이 고작이었다. 할아버지가 한약을 지어 탕제를 써도 치료에는 별 효과가 없었다. 그러던 어느 날 누구의 말이었는지 인분을 끓여 바르면 효과가 있다는 소리를 듣고 하는 수 없이 변소에서 인분을 담아 와서 바깥마당에 걸고 이를 달여서 발라 보니 느낌이 시원하고 통증이 약간 누그러진 것을 감지할 수 있었다고 하여, 이것을 여러 번 반복하고 장기간 치료하여 완치하게 되었다.

그러던 어느 날 난데없이 형이 형편없는 얼굴로 옷도 누더기가 되어 거지 꼴로 돌아왔다. 그래도 어머니는 몸이 상한 데가 없이 돌아온 것이 천만다행이라 생각하고 기뻐하셨다. 그 후에도 형은 더러 집을 나가곤 했는데 오래는 아니었고 금방 돌아왔다. 그 당시 집을 나가서 무엇을 하였는지는 알 수가 없었으나 넓은 세상에서 마음대로 행동해 본 것이 배운 것이란 생각이 든다.

아버지를 따라 농사를 짓다

4~5학년이면 나이 열세 살이었으나 영양실조라서 그런지 키도 작고 몸무게도 적은 편이었다. 당시에는 고학년이면 도시락을 가져가서 오후까지 공부할 때도 있었지만 학교 농장에서 일하는 경우도 많았다. 그리고 학교가 끝나면 즉시 집으로 와 숙제가 있어도 감히 낮에 책보자기를 풀어볼 수가 없었고 오는 대로 소먹이 풀인 소꼴을 뜯으러 가야 했다. 풀을 찾으러 다녀봐야 가까운 들이나 밭도랑, 논두렁을 돌아다니는데 뜯을 만한 풀이 없었다. 풀을 베어 가지 못하면 아버지에게 야단맞을 것이고 소가 먹을 저녁거리도 없었으

니 발을 동동거리며 쩔쩔매는 경우가 한두 번이 아니었다.

그렇다고 풀뿌리를 캘 수도 없고 딱하기만 한데 해는 서산으로 기울어지니 답답한 마음에 남의 곡식이라도 베어 버릴까 하는 충동도 일어났다. 그렇게 헤매다가 어쩌다 호박 덩굴 밑에 남이 남겨둔 풀이라도 발견하면 큰 보배를 주운 기분으로 가슴을 쓸어내렸다. 어두워야 한 망태를 겨우 채워 돌아오면 아버지는 늦게 온다고 핀잔하기 일쑤였고, 언짢은 기분으로 꽁보리밥을 먹고 나면 무더운 여름 날씨에 호롱불도 침침하고 모기도 달려드니 불을 켜놓고 숙제할 마음이 들지 않았다. 그러다 사랑방 한구석에 누워 잠이 들고 아침에 일어나 허겁지겁 학교에 갔다. 그런 생활의 연속이니 항상 숙제는 제대로 하지 못했고 선생님께는 좋지 못한 학생으로 인식되었을 것이다.

아침에는 학교 갈 준비나 하고 어제 못한 숙제라도 하도록 해 주었으면 숙흥야매(夙興夜寐)라도 하여 학교 공부도 그런대로 수행할 수 있을 것이었다. 그러나 아버지는 아침이 시원하고 덥지 않아 일하기가 제일 좋은 시간이라 하시며 '안골' 산이나 '장수골' 밭에 반드시 데리고 가 밭을 매게 했다. 밭 매러 가는 것이 죽기보다 더 싫었으나 조금만 잘못하면 매로 다스리니 죽으나 사나 아침마다 밭을 매어야 했다. 이렇게 하기 싫은 일을 날마다 시켜서 어린 소견에 꾀를 부렸다. 꾀라고 해야 어떤 방도가 있을 수 없었다. 첫새벽에 어른들이 일어나서 들에 나갈 준비를 하고 늦잠을 자는 아이들을 일어나라고 큰소리로 부를 때 이 소리가 두렵고 거부감이 솟아 못 들은 척하고 그대로 누워 있는 것이었다. 그래도 일어나는 기척이 없으면 당장에 매를 들고 방으로 들어와 사정없이 후려치셨는데 악이 오르면 그 매를 맞고도 꿈쩍하지 않았다. 매를 맞으면서도 꿈쩍하지 않으니 계속 짐승 다루듯 할 수도 없고 아버지의 체면도 있어 난처할 때 배가 아파 일어날 수가 없다고 울며 호소하면 하는 수 없어 하루아침은 면하는 경우도 있었다. 이 같은 기분으로 학교를 가니 무슨 공부가 머리에 들어올 수가 있겠는가. 항상 그믐달을 보며 어두움이 채 가시기도 전 새벽에 일을 나갔다가 학교 갈 시간까지 일하여야 했다. 학교 갈 시간은 다 되어 가는데 아버지는 가라는 말씀은 없으시고 혼자서 조바심으로 어쩔 줄 모르고 동동거리지만 어른들은 모르는 척하고 일만 하고 계셨다. 속이 상할 대로 다 상해서 겨우 집에 도착하면 호미를 뒤주 밑으로 힘껏 던져 화풀이하고 책을 눈에 보이는 대로 챙겨 보자기에 싸 놓고 부엌으로 가 아침을 먹었다. 여름철에 아침밥은 항상 꽁보리밥이었다. 집에 도착하는 것을 보고 솥에서 밥을 퍼 놓았으니 뜨거워 제대로 먹을 수가 없었다. 시간도 없고 마음도 바빠 찬물에 말아 허겁지겁 먹고 집을 나서면 다른 아이들은 다 가고 하나도 없고 언제든지 나 혼자였다. 뒷산을 넘어 냇물을 건너야 하기 때문에 뒷산까지 달음박질로 뛰어 올라가면 방금 먹은 밥이 살아서 다시 기어오르려 하고 숨결은 가빠서 쇳소리가 났다. 뒷동산에 올라 냇물을 내려다보면 다른 아이들은 벌써 저 멀리 냇물을 다 건너가고 있었다. 산등성이에서 힘껏 내달려 쏜살같이 달려가 봐야 겨우 학교 앞에서 만났고 퇴비용 풀이라도 매고 가는 날은 뛰는 것도 쉬운 일이 아니었다. 이는 학교 가는 것이 아니고 요즈음 흔히 있는 극기 훈련이었다.

지금 생각하면 자식에 대한 그런 대우는 아동 학대에 가까운 것이었으니, 내게는 이것이 항상 불만이고 중대한 고민거리였다. 아버지에 대한 부정적인 감정이 싹튼 것은 이때부터이고 아버지에게뿐만 아니라 세상을 보는 세계관도 부정적으로 형성되었으리라 생각한다. 아버지의 지시는 내심으로는 모조리 거부감이 들면서도 겉으로는 억압에 눌려 하는 수 없이 따르는 가련한 처지의 불량 아이가 되어가고 있었다. 이런 환경에서 학교 공부도 제대로 될 수가 없었고, 학업을 성취할 의욕마저 꺾여 학교 가기가 지겨워지는 때도 있었다.

학교에서 돌아와 해방된 기분으로 소를 몰고 소 먹이러 산으로 가면 그때부터는 자유시간이니 마음껏 뛰고 노는 것이 유일한 낙이었다. 우거진 싱그러운 녹음 속에서 깨끗한 물이 졸졸 흐르는 개울에 흙 땜을 막고 물을 가두어 얼굴도 씻고 발도 담그며 풀잎과 나무줄기를 이용하여 물레방아도 만들어 놓기도 하면서 유쾌한 시간을 보내다 해가 지고 어둠이 대지를 덮어 오면 소를 앞세우고 돌아오곤 하였다. 아버지께 받은 심한 압박을 견디고 이만큼 성장할 수 있었던 것은 아마도 자연의 따뜻한 손길 덕분이 아니었나 생각한다.

집에 돌아오면 달려드는 밤 모기를 쫓기 위하여 모깃불을 놓을 준비를 했다. 모깃불은 밑으로 보리 짚을 깐 후 그 위에 타작한 뒤에 나온 보리 수염 등 부스러기를 놓고 맨 위에는 '역국대' 등 생풀을 한아름 안아서 덮은 다음 밑에 있는 보리 짚에 불을 붙이면 불꽃이 타오르다 생풀의 무게로 연기가 치솟았다. 삿갓으로 그 연기를 온 집안으로 날리면 한여름의 대지 열기가 채 가시기 전이라 후텁지근한 더위에 매캐하고 매스꺼운 냄새가 나다가 이내 사라지고 바람이 불면 다시 연기가 스쳐가곤 했다. 아침 일찍 일어나 보면 불도 사그라져 없어지고 수북이 쌓인 풀 더미도 타다 남은 재만 남아 있었다. 이것을 깨끗이 쓸어 마구간에 버리면 불탄 검은 흔적만 남았다.

할머니께서 작고하시다

1943년 세모(세밑)에 할머니가 병환으로 앓아눕게 되었는데 할아버지가 한약방을 하셨으니 병을 고치기 위하여 갖은 처방을 다 하여도 차도가 없었다. 무슨 병인지는 지금으로서도 짐작할 수 없으나 당시로는 한약 첩약(貼藥)으로만 처방하였으니 치료되는 확률이 극히 저조하였다. 연세가 높은 분의 병은 상사(喪事)로 이어지는 경우가 많았다. 열흘, 스무 날 치료하여도 차도가 없으면 대부분 포기하였다.

　　우리 할머니도 갖은 약을 다 써도 차도가 없었다. 인삼이라는 중재(重材)는 큰 부잣집이 아니고는 감히 생각조차 하지 못하는 때였으나 대구에서 인삼을 사와 시탕(侍湯)하여도 결국 일어나지 못하고 유명을 달리하셨다. 임종 시에 어린 우리들은 종신을 못하게 하여 그 방에 들어가지 못하였으나 숨을 거두실 때 숨이 끊어졌다 이어졌다 여러 번 반복하였다고 하였는데, 인삼을 드시고 그 인삼의 힘으로 왕복을 해서 고생을 더하셨다고 하였다. 그때가 1944년 음력 초이렛날이었다. 당시 할아버지가 살아 계셨기 때문에 일 년 상을 치르는 것이 상례였고 가문이 있는 집은 이를 철저히 지켰다.

　　할머니가 돌아가시니 빈소를 차려야 했지만 빈소를 차릴 만한 방이 없었다. 하는 수 없이 장례 전에 대목을 불러 마당 몸체 앞쪽으로 두 칸의 한식집을 지었다. 재목은 안골 우리 산에서 소나무를 베어다 기둥이며 서까래로 썼다. 그 당시는 소나무가 무성하고 좋았다. 급조한 집이었으나 손색없이 지었다. 한겨울에 지은 집이라 벽에 바른 황토 흙이 얼었다 녹았다 하였지만 워낙 양지바른 곳이라 건조가 잘되어 별 탈 없이 완성되었고 두 칸 중에 한 칸에 빈소를 차리게 되었다.

5

광복 후 무정부 과도기의 혼란 속에서

1945년 8월 15일 그날

열네 살 한여름의 일이었다. 몇 년째 가뭄으로 대지는 물기 없이 말라 있었다. 대다수 농토는 천수답으로 하늘 비가 없으면 여지없이 흉년으로 대지와 인간이 같이 말라 들어갔다. 가뭄에 비를 기다리는 심정은 농사꾼이 아니고서는 잘 모르리라. 그해에도 가뭄이 연속되어 모내기를 제대로 못하고 마냥 기다리다 말복 가까이까지 비가 오지 않아 대파(代播)를 했다. 대파는 나락(벼) 대신 다른 곡식으로 파종한다는 뜻으로 잡곡을 파종하는데 대개 벼논에는 조를 심었다. 조는 생장기간이 짧아 늦게 파종하여도 가을 결실에는 아무런 지장이 없었다. '모리이' 삼촌 논 두 마지기에 조를 심어 잎이 제법 나풀댈 무렵 잡초인지 조인지 구분이 안 될 만큼 잡초가 무성해져 풀을 뽑아주지 않으면 안 되었다. 잡초가 더 잘 크는 탓에 조가 녹아 없어져 농사를 망치기 때문에 전력을 다하여 풀 뽑기에 매달리고 있었다.

그날도 이글대는 8월 폭염 속 내리쬐는 태양 빛 아래 보릿짚 모자를 푹 눌러쓰고 부인들은 모자 밑에 수건을 눌러써 얼굴을 가린 채, 모든 식구가 있는 대로 논바닥에 쭈그리고 앉아 풀을 뽑았다. 그리고 집에 돌아오니 일본이 전쟁에서 패하여 전쟁이 종식되고 우리 민족이 해방되었다는 소문이 들렸다. 마을에 라디오가 있는 집은 유씨 집뿐으로 사람들이 이 집에서 라디오 방송을 듣고 이웃에서 이웃으로 전파하여 알게 되었다. 이 소식을 듣고 모두 집에서 뛰쳐나와 뒷동산에 모여 일본 치하의 뼈아픈 고통의 종식을 이야기하며 흥분하고 있었다.

나는 해방의 의미를 짐작은 하였으나 확실히는 알지 못하였다. 일제 치하에서 태어나 그때까지 자라왔기 때문에 식민지 통치의 역경을 역경으로 느끼지 못하였고 있는 그대로 받아들였으니 무엇이 잘못되었는지, 앞으로 어떤 일이 닥쳐올 것인지를 알지 못하였다. 어린 마음에 현실적으로 해방의 의미보다 기근을 면하는 것이 가장 큰 문제로만 여겨졌다. 해방이 되었으니 당장 보리 공출을 안 바쳐도 된다고 하는 이야기가 가장 기쁜 소식이었으며, 가장 위대한 면서기와 무서운 순사도 없어졌다는 사실을 알고 그때부터 자유라는 해방감을 느낄 수가 있었다.

해방은 바로 자유라 생각되고 하루아침에 법과 통제가 없어져 모든 속박에서 풀려났다고 인식되었다. 당시 다수 우매한 국민은 이 존귀한 자유를 쟁취하기 위하여 대가를 치른 것도 없이 외부적인 힘이 가져다준 자유가 무엇인지, 얼마나 소중하고 어떻게 행사하여야 하는지조차 몰랐고 이러한 상태에서 사회는 180도로 변화하여 가고 있었다. 자유라는 말 자체를 들어보지도 생각해 보지도 못한 상태에서 느닷없이 자유가 찾아왔으니 그럴 수밖에 없었고, 자유에 대한 그릇된 인식이 새로운 사회 문제로 대두되고 있었다. 개개인은 누구에게도 행동의 제약을 받을 필요가 없고 자기 마음 내키는 대로 할 수 있는 것으로 생각하게 되었다. 그러니 사회의 기초질서가 무너지고 자의로 행동하여도 이를 통제할 국가 조직이 없어 강절도가 일어나고 폭도화(暴徒化)될 기미마저 잠재하고 있었다.

어제의 일본 치하 국가기관에 재직한 사람들은 식민지 통치조직의 수혜자로서 남보다 편하게 잘 살아온 혜택이 사라지자 집을 버리고 야반도주하는 사태가 발생하였다. 그 중에도 면장이나 이와 유사한 식민지 통치권력의 앞잡이가 되어 인심을 잃은 사람의 경우에 주민들이 몰려가 가재를 때려 부수고 불을 지르며 인명까지 해치기도 하였다. 일제 기관에 직접 참여하지 않으면서 재산을 모아 잘 사는 집도 행패를 당하기가 일쑤였으니 이들도 전전긍긍하였다. 사회는 일순간에 암흑천지로 변하였다. 다만 해방의 환희를 구가하고 이제 고생하지 않아도 살 수 있을 것이라는 막연한 기대와 희망으로 나날이 흥분하고 들뜬 상태에서 어디로 가는지, 어떻게 해야 하는지조차 의식하지 못한 채 그해가 지나가고 있었다.

난 당시 6학년이었다. 그러나 세상은 하루아침에 천지개벽을 하였으니 학교도 가르치는 선생도 생도도 전부가 해체 상태가 되었다. 그대로 집에서 소나 먹이고 있을 수밖에 없었다. 여름이 다 가고 가을이 오니 학교에서 등교하라는 통보가 왔다.

다시 학교에 가보니 종전의 분위기는 완전히 바뀌어 어색하기까지 하였다. 일본말만 하게 하던 학교 선생이 전부 조선말을 하고 있으니 그것부터 학생들은 어리둥절하였고, 엄격하고 고압적인 선생님의 자세가 허물어져 있었다. 패기가 충천하고 애국심이 투철하던 일본 선생은 하나도 없었고 교장이라고 온 사람은 국민복 차림새였으며 한복 입은 선생도 있었다. 그러나 외형상 기백이 없고 단정하지 못하여 선생의 위상이 말이 아니었다. 학습 교과서도 전부 달라져야 하나 당장 대책이 없으니 애국가를 가르치는 수준이었다. 애국가도 지금의 애국가와 가사는 같지만 곡이 달라 지금 학교 졸업식에서 부르는 이별곡에 맞춰 애국가를 배웠다. 숙제로 하던 퇴비를 하기 위한 풀도, 말을 먹이기 위한 건초도 다 없어지고 조선말도 마음껏 하게 되니 모든 것이 자유로워져 해방을 피부로 실감하게 되더라.

어머니의 병세는 깊어가고

　　해방이 되어 온 나라가 흥분으로 들떠 있었고 여기를 가나 저기를 가나 전부 해방으로 어느 면장의 가재가 불타고 몰매를 맞은 일본인이 도망가고 하는 이야기만 난무하였다. 이처럼 민심이 흉흉하고 사회가 극도로 혼란에 빠져 있는 와중에 우리 집에는 엄청난 사건이 일어났다. 우리 집 대식구의 종부(從婦)인 어머니가 병이 나 앓아눕고 만 것이다.

　　여름이 가고 가을도 다 끝이나 농촌은 한가한 때였으나 온 식구가 매달려도 어머니의 병세는 차도를 보이지 않고 배가 아프다고 신음 소리만 점점 높아갔으며, 한약방을 하는 할아버지가 아는 처방을 다 하여도 효과가 없었다. 난감하고 두려웠으나 속수무책이었다. 발병 이후 계속 점점 더 심해져만 가니 하늘이 무너지는 심정이었다. 지금 생각해 보면 아마 배가 아픈 이후 급성으로 위급한 증세로 간 것으로 보아 맹장염인 듯하나 그 당시에는 이와 같은 병이 있는지조차도 몰랐으며, 알았다 하더라고 한약으로는 치료가 불가능한 병이므로 어머니의 운명은 발병과 동시에 결정된 것이었다.

　　당시 식구는 할아버지, 아버지, 어머니, 숙모, 소야 삼촌, 천창 삼촌, 선산 삼촌, 형, 나, 상훈, 사촌 두훈과 정훈, 여동생 순덕, 막내 여동생 순이, 종조부까지 16명이었다. 게다가 막내 여동생은 젖먹이였으니 어머니는 도저히 운명을 하여서는 안 되는 것이었다.

6

먼 길 떠나신 어머니를 그리며

고통 속에 신음하는 어머니

형은 열여덟 살, 나는 열네 살, 동생 상훈이는 열 살, 여동생 순덕이는 여섯 살, 막내는 돌을 갓 지난 두 살배기 젖먹이였다. 오남매가 모두 어리니 부모의 직간접적인 보호가 없어서는 안 되는 시기였다. 특히 삼촌 세 분도 각자 자기 길도 정하지 못하여 앞날을 생각하기에도 여념이 없는 처지에 철부지 건달 같은 거친 성격이었으니 어린 조카들을 돌볼 사정이 안 되었다. 아버지는 자식들이라고 귀여워하고 보호하려는 자상하고 인자한 분이 아니었다. 잘못이 있는 경우는 물론 몰라서 못하는 사항이라도 야단을 쳐서 가르치시니 아버지는 공포의 대상이었다. 그래서 어머니에게 의지하는 마음이 상대적으로 컸다. 어머니가 돌아가신다는 것은 있을 수 없는 청천벽력(青天霹靂)이고 잔인하고 가혹한 형벌이었다. 우리 형제는 가엾고 괴로워 통곡하는 처지가 되었다.

어머니의 병은 발병한 지 근 보름이 지나가고 있었으나 차도는커녕 점점 더 고통만 더하여 마지막에는 기력이 쇠진하니 아프다는 신음 소리도 모기 소리 같이 힘이 없어져 갔다. 외가에서도 이 소식을 듣고 외할아버지가 문병차 오셨다. 하지만 어머니는 혼수 상태로 알아보지도 못하는 지경이라 외할아버지는 비통한 심정에 억장이 무너지셨으리라. 죽어 가는 딸자식을 불러 보고 어루만져보며 "와 이카노" 하시어도 응답도 의식도 없으니 벌써 소생이 불가한 자식이라고 여긴 듯 참담한 심정으로 눈물을 한없이 흘리시면서 한밤중에 집으로 떠나셨다. 때는 한겨울이라 날씨도 엄청 추워 대지는 꽁꽁 얼어붙고 따스한 곳이라고는 어느 곳도 없었다.

나는 6학년으로 부모에게 중학교에 갈지 말지 승낙을 받아야 했다. 학교에서 진학 여부를 결정하라는 독촉을 받고 아버지는 무조건 진학을 못하게 하실 것이 뻔했으므로 이야기를 하나마나였으니 오직 어머니의 지원이 필요했다. 그 병중에도 중학교에 보내 달라고 졸랐으니 나의 처지가 얼마나 위급하고 절망적이었으면 그런 생떼를 썼을까 하는 생각이 든다. 그때도 어머니는 할아버지에게 잘 말씀드리라고만 하셨다.

어머니는 보름 동안 밤낮으로 고통 속에 신음하다 끝내 일어나지 못하고 38세로 일생을 마치셨으니, 가시면서도 어린 것들을 두고 차마 갈 수 없어 돌아보고 또 돌아보며 떨어지지 않는 발걸음을 옮기셨을 것이다.

1945년 음력 11월 19일 그해 동지였다. 할머니가 돌아가시고 일 년이 채 못 되어 또 초상이 났으니 빈소에 고부가 같이 들어 있어야 했다. 상주인 형과 내가 흰 광목으로 지은 상복이라고는 입었으나 상주 노릇을 할 수도 없었다. 어머니가 오남매를 두었다고는 하나 요절한 것이니 문상객도 대수롭지는 않았고 장지도 우리 산이었으므로 어려움 없이 삼일장으로 하였다. 그날은 하나밖에 없는 우리 어머니와 영원히 이별하는 날이었다. 날씨마저 어미 잃은 우리 불쌍한 어린 남매들의 편을 들어 주지 않아 살갗을 에는 매서운 강추위에 눈발이 날리는 음침한 날이었다. 어머니는 상여가 상두꾼의 구성진 상여 소리를 따라 집을 나설 때 한 많은 집을 돌아보시며 한숨을 지으셨으리라.

어머니는 명문 사대부 집 맏딸로 태어나 금지옥엽 귀하게 자랐다. 외할 아버지는 지극한 사랑으로 여성으로서 배워야 할 온갖 학문을 가르치셨다. 한지(漢紙)가 도지로 들어오면 딸에게 주어 글을 쓰게 하셨고, 어머니는 한지를 다듬이질하여 글씨가 잘 쓰이도록 해서 글씨 연습을 하셨다. 문장이 특출하셨고 양반집 여인들이 갖추어야 할 가례며 예절을 고루 습득하셨으며 한글로 된 여러 가지 소설뿐 아니라 간찰(簡札)법과 제문까지도 고루 익히셨다. 그래서 주변 마을에서 편지 또는 각종 제문 사돈지(査頓紙) 등을 부탁하면 대필하여 주었고, 그 소문이 인근 마을까지 널리 나서 때때로 대필을 부탁하는 이가 집으로 찾아오곤 할 정도였다. 소설책도 많이 가지고 계셨는데 이는 시집오실 때 가지고 온 것으로 어머님이 직접 필사한 것들이었다.

십육 세의 나이에 출가하여 우리 집의 종부로 오셨는데 당시의 가세는 확실치는 않으나 우리 집도 상당히 부자였다. 집 앞 문전옥답 열 마지기도 우리 논이었고 우리 마을에도 논이 많아 소작을 줄 정도였다. 외지에도 많은 토지와 산을 소유하여 가을이면 소작료를 싣고 오는 사람이 상당히 많았다고 하니 당시 어머니는 성주의 부잣집 이름난 가문에 시집오신 것이었으리라. 그러나 그것은 오래가지 못하였고 빈곤으로 의식(衣食)마저 어려운 지경으로 몰락하고 말았다. 한 가정이 패망하는 고통을 처음부터 겪으면서 온갖 서러움을 다 당하셨고 시시때때로 식량이 모자라 굶주리고 희생하며 사셨다. 고향땅에서는 희망이 없자 나진까지 가서 온갖 고난을 겪으면서 지내다 고향으로 돌아와 겨우 7~8년을 사시다가 어린 것들을 두고 북망산천으로 가셨으니 어머니의 혼이 있다면 어찌 통탄하지 않았겠는가.

"아아, 하늘도 무심하지 어찌 이럴 수가 있단 말인가!
일출동령(日出東嶺) 아니 오고 일락서산(日落西山) 아니 오니

한번 가신 우리 어머니 언제 다시 볼 수 있겠나 원통하고

애통하여라."

    어머니에 대한 애정은 생각하면 할수록 간장이 끊어지는 슬픔이 가시지 않았다. 날이 가면 갈수록 그 마음은 더하여 갔으니 어릴 때의 그 슬픔이 뼈에 사무쳐 지금도 생각만 하면 눈물이 난다(이 글을 쓰면서도 눈물이 나 오늘은 이만 줄인다. 2004년 2월 6일 오후).

    운명하신 지 사흘 만에 안골 산에 유택(幽宅)을 정하였다. 산청에는 형과 나만이 머리에는 짚으로 만든 새끼 들러리를 쓰고, 한복 홑바지 저고리에 흰 천으로 만든 무명 두루마기를 입고, 대나무 막대를 짚은 채 상여 뒤를 따라가며 애처로운 곡을 아이고 아이고 하는데 흐르는 눈물이 얼음이 되어 눈 밑에 두 줄기 선을 지었다. 나는 그렇게 앞으로 닥쳐올 고난과 미지의 공포에 벌벌 떨며 어린 자식들 걱정 말고 천당에 잘 가시라고 피눈물로 애원하며 마지막 전송 길을 따라갔다.

    외가에서 외삼촌이 참석하셨는데 할아버지가 풍수지리의 맥을 찾아 좋은 자리라고 정하신 곳이 북향이라 불만이 대단하셨다. 살아서도 고생고생을 하고 돌아가신 후에 유택(幽宅)도 따뜻한 양지바른 곳이 아니라 북풍이 몰아치는 북풍받이에다 정한 것이 서글프고 서운하기 이를 데가 없어 눈물을 한없이 흘리며 돌아가셨다. 외할아버지에게 그대로 이야기를 전하셨는지 외할아버지도 노발대발하여 우리 할아버지에게 항의를 하시기까지 하였다.

    겨울 해는 짧아 서산에 기울어서야 장례가 다 끝났다. 그 당시 산에는 여우 등 산짐승이 간혹 나와 산소를 해치는 경우가 있었고 집의 개들도 먹을 것이 모자라 제대로 먹이를 주지 못하니 배가 고픈 집개들도 산으로 들로 나가 먹이를 찾는 경우가 허다하였다. 새로운 무덤의 땅을 파고 들어가 수의를

물어뜯어 밖으로 끌어내 산소 주위에 뜯긴 수의가 허옇게 흩어져 있는 경우도 간혹 있었다. 옛날에 산소 옆에 움막을 짓고 삼 년간 시묘(侍墓)살이를 하는 이유가 바로 이와 같은 산짐승으로부터 시신을 안전하게 보전하려는 효심이라 이해된다. 우리도 산소는 형식을 갖추었다고 해도 어린 마음에 밤에 잠을 제대로 자지 못할 정도로 걱정되기도 하였다.

산청에 장례를 마치고 집에 돌아와 보니 어머니가 누워 계시던 자리가 깨끗이 치워져 어머니의 흔적이 사라져 있어 나는 서러움을 못 참고 엉엉 울었다. 계속 마음이 가라앉지 않고 더욱 슬픔이 복받쳐 계속 울었다. 밤이 깊어 오는 것도 모르고 울어 눈물이 그칠 줄을 모르니 주위에서 숙모고 삼촌이고 측은하여 달래기도 하였으나, 달래면 달랠수록 감정이 더욱 격하여져 한없이 울고 또 울었다. 형이 울다 말고 그만 그치라고 하여도 나는 그 말이 들리지도 않았는지 또 울었다.

아무리 애통하여도 통곡하여도 같이 가지는 못하는 것이니 하루가 가고 이틀이 가니 마음도 다소 안정되어 갔다. 빈소는 할머니 빈소 방에 작은 상 하나 옆에 놓아 세 든 신세가 되었다. 아침저녁 상식(上食, 상가에서 올리는 음식)도 자식들이 어리니 숙모가 할머니 상식상에 밥 한 그릇 더하여 같이 올리는 형편이었으므로 우리들은 어머니가 괄시를 받는 듯한 기분이 들어 크게 속이 상하였다. 그러나 할아버지와 아버지가 계시고 우리들은 어리니 감히 어떻게 할 방도가 없어 불만만 가득하였다.

어머니가 가신 후 집안은 상당한 기간 동안 불안과 슬픔으로 지냈다. 대식구의 가정살림은 숙모가 맡아서 할 수밖에 없었으며 가장으로서 총 책임은 아버지가 담당하셨다. 빈한한 가정을 이끌어 가려면 안팎으로 어려운 사정들이 있게 마련인데 아버지는 제수인 숙모와 대화도 쉽지 않아 의논할 사항 등 어려움이 한두 가지가 아니었다.

7

새어머니가 들어오시고 동생은 떠나고

새어머니가 들어오시다

기세가 무섭던 날씨도 해가 바뀌어 이삼월이 되니 따스한 기운이 돌고 우리들의 마음도 약간 안정되어 갔다. 그즈음 할아버지와 아버지는 앞으로의 가정살림을 꾸려 나가기 위하여 후처를 맞이하지 않을 수 없다고 생각하셨다. 그럴 수밖에 도리가 없었다. 아버지의 연세가 서른일곱 살로 젊으니 여생을 혼자 지낼 수는 없는 것이고 큰집 종부가 없어서도 아니 될 사정이었다. 숙모가 아이 둘을 데리고 큰집에 있는 것도 한계가 있어 따로 내보내야 하였다. 남편도 없고 생활능력도 취약하며 아이들도 어리지만 언제까지 큰집 살림을 대신 살아주고 있을 수만은 없는 노릇 아닌가! 분가하는 것이 시급한 상황이었다.

우리 또한 아직 어려서 돌보아 줄 사람이 절대적으로 필요하였다. 문제는 막내가 난처하게 된 것이었다. 막내는 돌이 지나자마자 어머니를 여의었으니 이유기에 있는 어린 것을 위해 숙모가 갖은 수고를 다하여 별도로 죽을 끓여 먹이고 하였으나 설사병까지 들어 똥을 싸기를 시도 때도 없이 해서 그 뒷바라지도 쉬운 일이 아니었다. 방도 추워 윗목의 물그릇이 얼어붙는 형편이니 건강을 회복하기가 어려웠을 것이다.

그러던 차에 이른 봄 어느 날 아버지가 한 젊은 여인을 자전거에 태워 오셨다. 간단한 보따리 하나를 안고 우리 집에 들어오신 것이다. 얼굴이 뽀얗고 키가 작달막한 건강한 색시였는데 예쁘장하고 수줍은 태도가 여성다우며 얌전해서 좋은 사람으로 보여 다행이라 생각하였다.

계모가 들어온 이후부터 집안의 분위기는 하루하루 달라져 가고 있었다. 새로 들어온 사람과 아버지가 주인이 되어 가정 일을 구상하는 분위기로 서서히 바뀌어 가고 있었으며 내외분의 금슬이 아주 좋아 보였다. 무슨 인연인지 진작 만나야 할 사이가 늦게 만나서 다 하지 못한 정을 주느라 더욱 다정하게 하시는 것 같았다. 집도 서서히 본연의 순리대로 안정되어 가고 있었다.

그러나 세태는 더욱 걷잡을 수 없을 정도로 혼란스러웠고 무정부 상태가 지속되고 있었으니 모두가 불안한 하루하루를 살아가고 있었다. 더욱이 나도는 풍문이 사람들을 당혹하게 하였다. 토지를 개혁하여 농민에게 분배하고 나라에 바치는 공출 제도를 없애며, 나라의 주인은 무산 계급인 서민이 된다는 것이었다. 천민 계급의 상놈인 동리 머슴들도, 남의 문중 재실을 지키고 그 재실과 중물에 딸린 농토를 경작하여 생활하는 하인들도, 소고기를 파는 육고간 백정들도, 대장간에서 탈이나 농기구를 만들어 주고 대가를 받아 생활하는 대장장이들도 이제 해방과 더불어 상민 대접을 받는다고 하였다. 말도 반말을 써서는 안 된다는 이야기였다. 죄 지은 사람들은 동민들의 모임에서 재판을 받는다고 하였다. 산에 있는 나무들도 먼저 베어 오면 그만이고 어느 누구도 간섭받지 않는다는 등 여러 가지 터무니없는 이야기까지 난무하였다. 엄격히 통제된 식민지 치하에서 하루아침에 해방되었으니 모든 것이 혼란스러웠다.

이와 같이 세상의 변화도 변화이지만 우리 집도 변하여 새로운 양상으로 나아가고 있었다. 우리들은 서모가 들어와 어린 우리들을 돌보고 우리 집안에 이바지하기를 기대했는데 불행히도 사태는 엉뚱한 방향으로 빗나가고 있었다.

막내 동생 순이가 어머니를 따라가다

막내는 설사병이 나아지지 않고 계속되면서 원기를 잃어 얼굴과 몸에 살이라곤 하나도 없고 피골이 상접하여 눈마저 움푹 들어갔다. 이래 가지고는 도저히 회복이 불가능하였으나 누구 하나 애처롭게 감싸 주는 사람이 없고 밤에도 포대기에 싸서 윗목에 밀어 놓아 아침에 우리가 들여다보면 똥 냄새가 진동하고 거의 죽은 아이와 같이 미동도 없었다. 이 상태로는 죽는 것이 기정사실이었다. 우리들은 울분을 참지 못하였으나 어떻게 할 힘도 재간도 없이 감정만 극도로 나빠져 갔다. 설사병으로 대변을 오줌 누듯 하는 상황이었으나 약도 제대로 쓰지 않았다. 그러다 삼월 달인가 되어 결국 죽고 말았다.

이 세상에 태어나 겨우 한 2년 살면서 젖도 떨어지기 전에 어머니를 잃고 제대로 먹지도 못하여 배고픈 고통을 겪으며 매서운 추위에도 윗목에 포대기 하나가 전부인 아이였다. 어릴 때 이런 천대를 받고 고생스럽게 커 보아야 더 큰 고생만 기다릴 것이니 구만 리 먼 곳의 어머니 곁으로 잘 갔는지도 모른다. 돌아가신 어머니도 한결 마음이 놓이지 않겠나 싶었다. 어린 것이 죽었다고 애처롭게 여기는 사람도 없이 그냥 갖다 버리고 말았다.

8 삼촌들의 출가와 출사

학교를 졸업하다

어머니가 돌아가시고 집안 사정은 더욱 곤란해졌으니 상급학교 진학은 입도 뻥긋 못하고 끝나고 말았다. 당시는 국민학교도 못 나온 아이들이 허다한 시절이라 국민학교라도 졸업하면 면서기는 할 수 있다고들 할 때였다. 그해는 6월에 학년이 끝나서 졸업을 하였다. 해방으로 인하여 학업이 중단되었고 미군정의 방침으로 6월 졸업이 시행된 것이다. 학교도 졸업하였으니 이제는 공부할 것도 없고 농사일에 매달려 농부의 일을 배워야 했다.

우리는 소야 삼촌이 일본에서 벌어온 돈으로 산 논에서 같이 농사일을 하였다. 농토가 상당히 많아져 일손이 모자라는 터에 일꾼 하나가 늘었으니 아버지는 반기셨고 아버지와 삼촌 세 분, 형과 나 모두 6명의 장정이니 대단한 농업 군단이 되었다. 힘만 합치면 못할 일이 없었다. 삼촌들이 계시어 똥장군 지는 일도, 먼산에 나무 실으러 가는 것도 안 해도 되었다. 농토가 산재되어 있으니 아버지에게서 작업 명령을 나누어 받으면 나는 천창 숙부와 같은 조가 되어 일을 다녔고 형은 또 부산 숙부와 짝이 되어 잘 다녔다.

나는 온전한 일꾼이 아니고 들에 가서 일을 배우는 정도로 하였는데도 농사일은 너무 힘들고 지겨워 내 체질에 맞지 않았다. 일이 몸에 부쳐 억지로 형식적으로 하니 힘이 더 들고 일한 내용도 형편없었는데 이를 본 아버지로부터 그렇게 일을 하면 빌어먹고 쪽박을 찰 수밖에 없다며 장래가 없는 캄캄하고 형편없는 놈이라고 야단맞기 일쑤였다. 그러나 나는 나무라는 말씀에 잘 따르지 않았으니 평소에 부자간의 인정도 별로 없는 가운데 더욱 냉랭하였다.

내 나이 열다섯 살이니 아버지는 농사꾼으로 살아가는 길 이외에는 다른 길이 없다고 생각하셨고 나는 농사일은 피하려는 생각이 절실하였다. 나 자신도 속으로 갈등이 대단하였으나 막연히 농사를 탈피해야겠다는 마음뿐이지 어떻게 하려는 구체적인 생각과 방도도 없었다. 나의 장래에 대해 조언하고 이끌어 주는 분이라고는 아무도 없었으니 답답하고 막연할 뿐이었다. 자나깨나 이러한 생각으로 가득찼으나 아침저녁으로 들에 따라가 일은 하지 않을 수도 없어 하루하루 세월만 지나가고 있었다.

소야 삼촌의 결혼

그 이듬해인 1947년 소야 삼촌이 결혼을 하셨다. 신부의 가문은 벽진 이씨로 초전면 홈실 동리에는 벽진 이씨들이 집단으로 살았고, 그 집안도 고을에서는 이름이 있는 양반으로 인정받는 좋은 집안이었다. 소야 삼촌은 공부는 하나도 하지 않으셨으나 워낙 천성이 어질고 검소하며 근면하기를 따를 자가 없었다. 일본에 갔을 때도 돈벌이 막노동을 힘이 좋아 남보다 배로 하고 돈을 배로 버셨다. 술도 마시고 화투노름도 하여 번 돈을 탕진하는 사람들이 많았으나 삼촌은 그런 부류와는 처음부터 상대하지 아니하고 착실히 벌어 귀국하셨다. 한 식구가 충분히 살아갈 수 있는 농토를 미리 사 놓고 결혼을 하셨으니 결혼하자마자 분가하셨고 초가삼간 조용하고 아담한 집에서 새살림을 차려 근면 성실하게 농사를 계속하셨다. 숙모도 누구 못지않게 검소하고 절약하는 분이시라 살림도 늘고 논도 많이 사 다복한 가정을 이루었으며 슬하에 3남 2녀를 두셨다.

삼촌 두 분도 출사를 하시다

우리 집안의 이런 변화와 달리 세상은 극도로 혼란스러웠다. 일본의 패망으로 해방은 되었으나 국가의 통치기구가 마련될 때까지 한시적으로 한국을 위탁통치 하에 두자는 협의가 국제연맹에서 있었다. 1945년 8월 15일 한국은 광복되었지만 남·북한을 미·소 양군이 점령함으로써 통일정부의 수립이 어렵게 되자 1945년 12월 27일 모스크바 삼상회의에서 한국을 5년 동안 미·영·소의 신탁통치하에 두자고 하였다. 그러나 우리나라 지도자들은 이를 용납할 수 없다고 결사반대하는 국민운동을 전개하였다. 독립정부의 수립을 갈망해 온 국민은 이에 분격, 반탁전국대회(反託全國大會)를 열고 100여 개의 애국사회단체(愛國社會團體)와 정당의 이름으로 신탁통치를 반대한다는 성명을 발표하였다. 그러나 이북은 소련의 지령으로 친탁운동을 하여 남한과 대립하게 되었고, 이남에서는 미소위원회가 결렬될 때까지 격렬하게 시위운동이 벌어졌다. 나라 안은 사상 논쟁과 좌우 세력의 대치로 극도로 어지러운 시기였다.

일각에서는 정부조직의 예비 인원을 모집하게 되었는데 우리 삼촌 두 분은 농사나 짓고 온순히 살아갈 기질이 아니었고 자기가 하고자 하는 일에는 적극적이고 열성적이었다. 시골에서 자랐지만 이론도 확고한 똑똑한 청년들이었으니 각자의 길을 어렵지 않게 찾았다. 셋째 삼촌은 군청에 근무하게 되었고 막내 삼촌은 경찰에 들어가게 되었다. 이렇게 안정되지 않은 혼란한 시기에 임시방편으로 택한 각자의 길이었으나, 그분들의 평생을 결정짓는 중요한 시발점이 되었고 우리 집안의 희망이자 한편으로는 어려움을 겪게 하는 계기도 되었다. 셋째 삼촌은 정부가 수립되고 행정조직이 완성된 후에는 군청 산림계에서 산을 관리하는 임무를 부여받아 일명 산감(山監)이라는 별칭으로 임산물의 반출허가를 담당하는 일을 하게 되었다. 당시에 이 임무는 막대한 이권이 보장되었고 우리나라 산림을 황폐하게 만들 수도 있는 중요한 자리였다.

그 후 셋째 삼촌은 할아버지가 일방적으로 정한 혼사를 치르게 되었는데 수륜면 적산동에 사는 박씨 가문의 순박한 신부를 맞이하였다. 그러나 신혼 초부터 내외간에 정이 없고 남 보듯 하였으니 결혼이 오래 유지되지 못하였다. 한번은 친정아버지가 이 사실을 알고 오래도록 기다리며 고민하다가 결국 친히 오셔서 당분간 친정에 데리고 가 있을 것이라고 하셨다. 숙모는 그것이 마지막 길이 되었고 우리 집에서도 찾지 않았다. 그 후 삼촌은 수 년을 혼자 사시다 다시 새장가를 가셨으니 그분이 지금의 숙모로 3남 1녀를 두고 사셨다. 하지만 또 첩을 하나 얻어 살림을 차리고 대전까지 가서 사시다 환갑 전에 돌아가셨다. 그 첩에게도 자식이 몇 있으나 내왕도 없어졌으니 지금은 이름도 성도 남이 되었는지 알 길이 없다.

이 삼촌은 통이 크고 사교적인 인품으로 누구에게나 호감을 주고 쉽게 교분을 가질 수 있는 특성이 강한 분이었다. 내 것을 아끼지 않고 선심을 쓰며 남을 대접하길 좋아하였다. 가진 돈의 검약 같은 것은 생각지도 않고 누구 돈이나 일단 쓰고 보는 성품이니 금전 거래가 불분명한 것이 탈이었다. 호탕한 성격으로 여자를 가까이하였으니 여자 때문에 가진 재산을 다 탕진하였으며, 마지막에는 거처할 곳도 없는 빈털터리가 되고 말았다.

경찰이 된 막내 삼촌

형과 두 살밖에 차이가 안 나는 막내 삼촌은 어릴 때 조카들을 무척 사랑하고 자상한 분이었다. 한번은 내가 팔랑개비를 만들어 달라고 하여 대나무를 쪼개다가 낫으로 엄지와 검지 중간을 찍어 큰 상처를 입었는데 손등에 남은 그 흉터를 평생 갖게 되고 말았다.

막내 삼촌이 경찰로 간 동기는 자세히 알 수 없으나 일단 집을 떠난 후에는 집에 잘 들르지 않고 객지로 전전하셨다. 경찰에 있으면서 결혼을 하셨는데 삼촌이 직접 신부를 보고 결정하셨다. 숙모는 선산읍의 동래 정씨(鄭氏) 가문에 가사도 단란하고 예절과 미모를 겸한 현숙한 신부였고 인정도 많았으며 몸가짐이 단정하고 매사에 성의가 있어 주위의 칭찬도 많았다. 우리 집에 얼마 계시다 삼촌 근무지인 칠곡 경찰서가 있는 왜관에 살림을 차리고 분가를 하셨다.

막내 삼촌도 경찰 생활을 하면서 가정을 돌보지 않는 습성으로 인해 숙모가 많은 애를 쓰셨다. 당시 공직자의 봉급이 쥐꼬리만 하였고 그나마 집에 가지고 오는 돈은 일부에 그치니 그 돈으로 아이들을 키우고 살아가기는 불가능하였으리라. 삼촌도 친구를 좋아하고 한번 맺은 우정에 재물을 아끼지 않아서 숙모나 아이들의 고생이 많았다. 기본 재산도 무일푼인 셋방살이에 물려받은 재물도 솥단지 하나 없었으니 고단한 생활은 말할 수 없었으리라. 그러하니 삼촌의 봉급을 믿고 살 수가 없어 나름대로 수익 수단으로 한 것이 당시 유행하던 사금융이었다. 바로 산통(산통계)인데 계원들을 구성하고 매달 회비를 받아 한 사람에게 목돈을 만들어 주는 것으로 잘만 돌아가면 제법 재미가 있는 여자들의 부업이었으나 계원 중 한 사람이라도 제때 내야 할 돈을 내지 않으면 사고가 난다.

숙모도 상당한 기간 여러 사람들과 거래하시다 결국은 실패하였고 삼촌도 직장 생활을 유지하지 못하고 사직한 후 부산으로 이사하셨다. 가실 때는 가진 것을 전부 탕진하고 아무것도 없이 맨몸으로 내려가시고 딸 둘을 시골 큰집과 삼촌 집에 맡겨 놓고 떠나셨으니 얼마나 위급하고 비참하였는지 설명이 필요 없었다. 부산으로 이사하여 살면서도 10년, 20년을 두고 끝까지 그 부채를 갚으려고 노력하시는 숙모의 마음은 하늘도 감동하리라 생각되었다.

9 해방 후, 세상 밖을 갈망하다

진학의 꿈이 부서지다

나는 국민학교를 졸업하고 중학교에 진학하지 못하였으니 이제는 꼼짝없이 농사일을 하여야 했다. 해방 후 일 년은 삼촌들을 따라다니며 밭도 매고 논도 매고 나무도 하였으나 소야 삼촌도 분가하시고 밑으로 삼촌 두 분도 각기 직장으로 가시고 없으니 형과 나는 아버지와 농사를 지을 수밖에 없었다. 하지만 농사일은 나날이 싫어져만 가니 큰 탈이었다. 그러나 다른 선택의 길이 있어야 하는데 아무런 대안도 실마리도 감을 잡을 수가 없었다. 그저 하늘에 계신 어머니가 어리고 미숙하며 나약한 처지의 내게 무슨 암시라도 해 주길 바랄 뿐 답답한 심정으로 하루하루 시키는 일을 하며 지냈다.

이때는 그래도 형과 같이 일을 하였으니 나는 쉬운 일이나 하고 어렵고 힘든 일은 형이 다 하였다. 형은 20여 세가 되어 농사일이라면 못하는 일이 없을 정도로 성장하였다. 이러하니 아버지는 만족해하시며 총 지휘를 하셨고 형과 나는 논갈이고 밭갈이고 하는 일은 서툴지만 시키는 대로 일만 하면 되었다.

그때가 1948년도쯤 되었을 것이다. 삼촌 세 분도 결혼하여 분가하셨고,

일본에 가신 큰 삼촌은 '가라후도'인 사할린으로 가셨는데 소련 영토로 환원되면서 귀국이 불가능하고 소식마저 끊겨 생사조차 확인할 수 없었으며, 숙모도 우리 집과 가까운 집 아래채에 세를 얻어 사촌 둘을 데리고 분가하고 나니 우리 집은 순수 우리 직계만 남게 되었다. 농토는 소야 삼촌이 자기 소유의 논을 다 가지고 나가셨고 어언동 숙모에게 약간의 전답을 내어 주고 나니 남는 것은 얼마 되지도 않았다. 장수골 밭과 그 밑에 딸린 논두렁을 합쳐서 800여 평과 구매 무논 700여 평 정도, 그리고 고논 500여 평과 안골 밭 정도였다. 나는 형과 같이 일하러 가는 것이 그래도 즐거웠다. 형은 일을 잘했기 때문에 언제나 내게 쉽고 힘이 덜 드는 것을 시키고 내 마음을 잘 이해해 주어 잘 따라다녔다.

삼촌들이 출가하신 뒤에는 추수가 끝나면 형과 내가 겨울을 날 땔나무를 해야 했다. 해방 전에는 인근 마을 주민이나 산주 중에 관리자가 지정되어 있어 몰래 산에 들어가 무엇이든 들고 나오다 관리자에게 적발되면 지게며 낫 같은 도구를 빼앗기고 고발을 당하면 벌금을 물어야 했다. 그러나 해방이 되던 해부터 산을 관리하는 관청이 없어졌으니 면유림(面有林)의 나무뿐 아니라 사유지 산의 나무까지 무차별적으로 베어다 땔나무를 하였고, 이렇게 해도 누가 이를 탓하지도 못하였다. 모두가 제 것인 양 자유로이 나무를 베어다 집안에 쌓아두는 일을 다투어 하였다. 이렇게 한두 해가 지나니 인근의 산은 벌거숭이가 되어 버렸고 동리 가까운 산은 산소 옆 도리솔(도래솔, 무덤가에 둘러 심는 소나무) 정도밖에 남지 않았다.

형과 나는 인근에는 베어 올 나무조차 없어 먼산에 나무를 하러 소를 몰고 가야 했다. 새벽밥을 먹고 이삼십 리 길을 가서 되도록이면 많은 나무를 해 와야 하니 형과 내가 둘이 갈 때는 해재기 나무도 실어다 마당 옆에 집채같이 쌓았는데 나 혼자 갈 때는 항상 해재기는 못하였다. 농촌의 겨울 마당에 땔나무가 많이 준비되어 있고 집 주변이 깨끗이 정리 정돈이 잘되어 있으면 그 집은 훈기가 나서 성하는 집이고 주위에서 부러워하는 집이 됐다. 하지만 집안에 땔나무가 없어 방이 냉 서리인 사람은 얼굴색이 좋지 못하고 항상 웅크리고 지내니 벌써 외형만으로도 업신여김을 당했다. 그래서 추운 겨울을 따듯하게 지내기 위한 나무하기는 여간 어려운 일이 아니나 즐거운 일도 되었다.

대구 10·1 폭동 사건 발생

해방 다음해 가을이었다. 햇곡식이 나올 때쯤이면 집집마다 식량이 다 떨어져 벼논에 곡식이 완전히 여물기 전에 나락을 베어 와야 했는데 미숙한 곡식이라도 땟거리를 하려고 찐쌀을 만드는 것이 상례였다. 그해에도 이 찐쌀을 만들어 디딜방아로 찧고 있었는데, '징거' 소재지 쪽에서 총소리가 처음에는 탕, 탕 하고 몇 번 나더니 금방 연속적으로 들려왔다. 그 총소리는 구봉산에서 다시 메아리쳐 온 골짜기로 울려 퍼졌다. 순식간에 온 동리 개가 있는 대로 짖어대고 사람은 영문도 모르고 겁에 질려 골목 밖도 나오질 못한 채 숨을 죽이고 집안에 꼼짝 않고 있었다. 한가하고 조용하던 시골 마을에 별안간 총소리가 천지를 진동하니 다시 난리가 나서 전쟁이 일어난 것이 아닌가 하여 주민들은 겁을 잔뜩 먹고 간이 콩알만 해져 움츠리고 있을 수밖에 없었다. 우리 집은 막내 삼촌이 경찰이었기 때문에 더 걱정이었다. 폭동을 진압하려고 전국에서 경찰이 모여 전투를 한다니 혹시나 삼촌에게 무슨 변고나 없는지 싶었다. 그 후에 알고 보니 그것은 대구에서 일어난 폭동 사건이었다.

해방 후 일이 년은 국가 통치기구가 채 서지도 못하고 미 군정청이라는 통치기구가 행정과 치안 질서에 필요한 조치를 시행하였다. 그러나 우리나라의 내부 현상과 사태를 제대로 파악도 인식도 못하였다. 경험도 없는 군인들이 미국식 기본원칙에 따라 질서를 유지하려고 하였으니 제대로 시행되지도 못하였고 실정에 맞지 않는 오류도 허다하여 우왕좌왕했다. 이때 좌우 세력이 각기 배후의 복잡한 조직 채널을 통하여 이합집산을 해서 더욱 복잡해지면서 어려워지고 있었다. 그러던 차에 이북 공산당의 지령을 받은 세력들이 의도적으로 사회 혼란을 야기하기 위해 책동과 파괴를 저지르고 있었으니, 이를 저지하기 위한 경찰과 그 단체들 사이에 격돌이 생긴 것이다. 관공서를 불태우고 공직자를 살해하는 폭동이 대구에서 먼저 발생하게 되었고 그것이 1946년 10월 1일이었으므로 대구 10·1 폭동사건이라 불리게 되었다.

초전 양실중등학교에 입학하다

국민학교를 졸업한 후에는 항상 농사일에서 탈출할 기회나 도시로 나갈 수 있는 길이 없나 갈망하며 하루하루를 지내고 있었다. 열일곱 나이에 비하여 평균도 못되는 작은 체구였지만 고집과 주관은 확실했다. 시골에서 성주읍까지도 몇 번 나가보지 못한 완전 촌뜨기였지만 집안의 심부름, 즉 명절에 세찬(歲饌)을 사돈집에 갖다 주는 일도 도맡아 하였고 사창 고모네는 양말 짜는 기계를 가지고 장사를 하였으므로 추석이나 설 명절에 양말 심부름도 하였다.

집안에 이런저런 궂은일은 내가 하고 농사에다 힘든 일은 형이 다 하였다. 그러던 어느 날 할아버지가 향교에 갔다 오시며 시대가 변하여 가니 이제 신학문을 하여야 입신양명을 할 수 있다고 하시면서 초전면에 중학교가 새로 개교한다는 소식을 전하셨다. 이 이야기를 듣고 나는 할아버지에게 매달려 이 학교에 보내 달라고 조르고 졸라 반허락을 받았다. 할아버지는 아버지의 허락을 받으라는 것이었다. 이것이 내게는 큰 어려움이었는데 보나마나 아버지는 학교에 보내 줄 분이 아님이 확실하였기 때문이다. 어머니라도 살아 계셨다면 중재라도 해 줄 수 있었겠으나 계시지 않으니 부질없었고 계모는 관심조차 없는 분이라 나를 조력할 사람은 이 세상에 아무도 없었다. 그러니 혼자 앉아 며칠을 신세한탄만 하였다.

아버지에게 허락을 받기란 불가능하리라 판단하고 할아버지에게 거짓말을 하였다. 아버지에게 말씀드렸다고 하니 할아버지도 그 짐작을 못하실 분이 아니었으나 모르는 척해 주시며 학교에 입학할 주선을 다하여 주셨다. 그것이 나의 인생을 바꾸어 놓은 큰 동기이며 희망이 되었음은 상당한 기간이 지난 후에 알게 되었다. 당시의 희망과 욕망이 무엇인지 모르지만 가능성의 의욕으로 기뻐 어쩔 줄 모르며 며칠을 밤에 잠도 못 이룰 정도로 좋아하였다. 반면 아버지는 나만 보면 미워하는 기색이고 말 한마디 부드럽게 하시는 경우가 없었다.

1948년, 내 나이 17세가 되는 해 봄에 중학교에 입학하였다. 보호자는 할아버지가 되었다. 학교와의 거리는 줄잡아도 한 십오 리(6킬로미터)는 되니 엄청 멀었다. '이천' 내를 건너고 '관동' 앞들을 가로질러 '관동'에서 '초전'까지 지금도 그대로 남아 있는 도로를 따라 갔다. 작은 언덕을 넘으면 '감나무골'이 나오고 그 마을을 지나면 초전면, 속명으로 '대매'라고 부르는 곳이었다. 학교는 면소재지를 지나 북쪽에 있는데 논에다 뱃집으로 창고 같이 지은 교실 두 개뿐인 학교였다. 학교까지의 거리가 멀어 집에서 한 시간 반 전에 나서야 지각을 면할 수가 있었다. 다행히 우리 마을에 형과 국민학교 동창으로 세 살 위인 유상근이라는 학생이 있어 같이 다니게 되었다.

학교에 갈 때는 '돌찡이' 방천(防川) 밑에 사시사철 지하수가 나오는 곳에서 세수를 하고 갔다. 이 물은 여름에는 차기가 얼음 같고 겨울에는 따뜻하여 항상 김이 무럭무럭 나는 지하수였다. 이 우물 앞에는 큰 웅덩이가 있어 여름이면 멱을 감는 못이자 농업용수로도 이용되는 요긴한 수원이었다. 그때는 하천이 높아 농토와의 격차가 3~4미터나 되었는데 하천 심처에 흐르는 물길이 나 있어 그렇게 많은 양의 물이 나오는 것이었다.

이 십오 리 길을 항상 빠지지 않고 열심히 다녔다. 공부도 문자 그대로 주경야독을 하였다. 이 학교에 다닌 후에는 아버지가 시키는 일에 고분고분하였다. 등굣길이 멀기 때문에 시간적인 여유도 많지 않았다. 학교에 갔다 오면 소꼴을 베러 가야 했다. 그렇지 않으면 소를 먹일 풀이 없기 때문에 큰일 난다. 형편이 어려운데도 학교에 보내 주니 그것만으로도 감지덕지(感之德之)하고 열심히 하였다.

학교 교실 환경은 열악하여 교탁에 흑판 하나뿐이고 바닥도 흙바닥 그대로였다. 여름이면 주위 논과 지붕에서 나는 열기가 혼합되어 습기가 많아 더위를 견디기 힘들었다. 그러나 나는 다행히 어릴 때 여간 더워도 땀을 잘 흘리지 않는 편이라 땀이 흘러 고생하는 다른 학생들보다는 나은 편이었다. 학교 재정은 몇 명 되지 않는 학생의 수업료에 의지할 뿐이어서 극도로 어려웠다. 유난히 추운 겨울에도 난로라고는 생각조차 할 수 없었다. 건물도 임시로 지은 창고 같은 집이니 문틈이 벌어져 있어 밖에서 바람이 세차게 불면 교실 안까지 찬바람이 그대로 들어오는 형편이라 추워서 동태 수업을 할 수밖에 없었다. 학교에 다니는 것이 여간 고생이 아니어도 비가 오나 눈이 오나 십오 리 길을 걸어 열심히 다녔다. 교장 선생님은 '칠산'에 사신다는 50여 세 된 분으로 항상 두루마기를 입고 수업을 하셨고, 또 한 선생님은 양복을 입고 수학과 국어를 가르쳤다. 선생은 둘뿐이었고 중고등 교과 과목을 다 맡아 가르쳤다.

영어와 수학을 난생 처음 경험하다

100여 호가 사는 큰 동리라도 상급학교에 보내는 집은 한두 집밖에 없었으니 평소에 수학이니 영어니 하는 것이 어떻게 생긴 것인지조차 구경도 해 보지 못하였다. 수업료도 매달 내야 하였다. 나는 일도 하지 않고 수업료를 내야 하는 부담으로 학업 비용을 최대한 줄여야 하였다. 수업료를 장만하려면 오일장에 가서 집에서 기르는 닭 몇 마리나 저장한 곡식을 적당량 가져다 팔아야 했다. 곡식이 있다 하더라도 장날을 기다려야 했고 내다 팔 곡식도 여유가 없어 난처할 때가 많았으며, 시급히 써야 할 돈은 남에게 빌려야 하니 막막할 때가 한두 번이 아니었다.

연필은 항상 몽당연필이었고 몇 자루를 선물 받으면 다니며 자랑할 정도로 좋았다. 공책도 살 돈이 없어 비료 포대기를 뜯어 썼다. 당시 미국에서 원조물자로 들어온 비료는 농가에 경작 면적에 따라 배급해 주었다. 얼마나 귀한 물건인지 아껴서 쓰고 절약하기를 곡식보다 더하였다. 비료는 이렇게 귀한 대접을 받았고 나는 그 포대기를 대접하였다. 아래위를 조심스레 뜯으면 한가운데 풀로 붙여 이은 곳이 있다. 이곳을 곱게 뜯기 위하여 물에 담가 놓아 하룻밤을 재우고 나면 아무 손상 없이 간단히 낱장으로 뜯어진다. 이것은 전부 네 겹이나 맨 겉에 것은 영어로 글을 인쇄하였기 때문에 한쪽밖에 못 쓰며, 주로 가운데 두 겹을 곱게 반쯤 말려서 적당한 크기로 접는다. 잔주름을 없애기 위해 다듬돌로 눌러 하룻밤을 재웠다 펼쳐 보면 종이가 아주 판판하게 펴지고 겉 결도 매끄러워진다. 그렇게 된 것을 공책 너비로 재단하고 접어서 한쪽을 철하면 좋은 노트가 된다. 지질도 두껍고 질겨서 오래 오래 변하지 않는 노트가 된다.

학교에 가서 수업을 할 때는 못 쓰는 비료 포대 종이를 적당히 잘라 강의 내용을 적어 와서 이 공책에 다시 정서 겸 복습을 하였다. 시험을 볼 때는 이 노트에 쓴 것을 열심히 공부하면 성적이 상은 되었다. 이 공책에 정서하여 쓸 때는 형도 신기하다며 구경하였고 학교 못 간 동리 또래들도 찾아와 영어 A, B, C, D를 쓰는 것을 보고 신기해하며 마냥 부러워했다. 수학도 피타고라스 증명이나 기하학 그림을 그려 놓으면 무슨 내용인지 그림도 글자도 아닌 것이 이상하여 구경하곤 하였다.

같은 반 학생 간에도 나이 차이가 많이 났는데 나는 아주 어린 편이었다. 나는 키도 몸집도 작고 깡말랐지만 여물었다. 성질이 진취적이고 애살(시샘)이 대단하여 남에게 지지 않으려고 온 힘을 다하는 편이었다. 그러나 단기간에 고등학교 수준까지 마쳐야 한다는 방침에 따라 진도가 워낙 빠르게 나가니 따라가기가 무척 힘들었다. 정책은 학생들 나이가 지나치게 많아 이렇게 해서라도 중등교육 과정을 마치게 하려는 계획이었으리라.

주경야독 열심히 공부하다

어려운 여건에서도 열심히 공부하였지만 공부를 하여 장차 무엇을 하겠다는 목표나 포부도 없었다. 그저 막연히 가르치는 공부만 익히려 애쓰고 열심히 하였다. 나와 같은 시골의 우물 안 개구리가 세상의 변화를 알 리가 없었으니 공부를 하면 장차 갈 길이 있지 않겠나 하는 막연하고 허황된 꿈으로 하루하루 배운 것을 익혔다.

더구나 우리 집은 공부하는 환경이 아니었다. 형과 할아버지는 이해하려고 하나 아버지가 그렇지 않았다. 먼 길을 걸어 학교에 갔다 오면 농사일을 거들어야 하고 그렇지 않으면 소 풀을 뜯어야 하니 낮에는 감히 책을 들고 있을 수도 없었고, 다만 저녁에 호롱불을 켜 놓고 엎드려 공부하여야 했다. 엎드려 한참을 공부하면 무릎이 저리고 아파 발을 뻗어 쉬어야 하고, 다시 일어나 엎드리기를 반복했다. 그러는 사이 잠이 들어 머리맡에 호롱불을 밀기라도 하면 머리카락에 불이 붙어 깜짝 깨어나기도 했다.

겨울에 공부는 더욱 어려움이 많았다. 우리 사랑방은 온돌방으로 방 두 칸인데 한가운데를 미닫이문으로 막은 방이었다. 외풍이 얼마나 센지 한겨울 찬바람이 몰아치면 방안에 호롱불이 흔들려 춤을 추었다. 아랫목은 따뜻하였으나 윗목은 물 사발이 꽁꽁 얼어버리는 상태였으니 방 안 온도는 영하였을 것이다. 오직 이불에 의지해 이불 밖으로 얼굴을 내어놓지 못하고 자야 했다. 자다 보면 아랫목에 주무시는 할아버지에게 찰싹 붙어 다리를 할아버지 다리 밑에 밀어 넣고 자고 있기도 하였다. 그럭저럭 다음해까지 학교를 다녔는데 그해 6·25 전쟁이 일어나고 할아버지도 병환으로 앓아눕게 되어 그마저 다닐 수 없는 형편에 이르렀다.

하늘같이 믿던 할아버지가 유명을 달리하시다

할아버지는 부잣집 장남으로 태어나셨다. 당신의 아버지는 글을 못 배웠으나 억척같이 농사일을 하고 철갑 같은 절약으로 백석(百石, 백섬)을 하는 부잣집으로 키웠다. 평소에 글 못한 것이 한이 되어 이세(二世)에게는 농사일을 시키지 않고 어릴 때부터 글공부를 시키려고 고을에서 이름 있는 학자의 문하로 보내셨다고 한다. 지금은 그 기록을 찾지 못하지만 내 기억으로 '고산정' 공산 선생의 가르침을 받은 것은 확실하다. 이 나라의 대문호인 정한강(鄭逑)과 김동강(金宇顒) 양 문중의 제자들이 그 학풍을 이어 가는 성주에서 그 문인들을 사사하며 공부를 깊이 하시니 성주 고을에서도 이름이 드러나셨고 고을 안 많은 학자들과 친교를 가지셨다. 반면 재산을 귀히 생각하지 않고 가난을 부끄러워하지 아니하며 가사를 전혀 돌보지 않으셨고 재산을 관리하는 것조차 선비로서 관심 밖 일이라 생각하셨다. 일제의 역내부호 몰락 정책으로 인하여 집안은 여지없이 허물어져 남새밭 한 뙤기 없이 다 날리어도 애통해하지 않았으니 호걸이라 아니할 수 없었다.

　　여러 아들들과 손자들이 있었으나 나를 특히 귀하게 여기셔서 잘 때도 곁에 자도록 하였고 심부름도 전적으로 맡기셨다. 평소에 이런 특별한 사랑으로 중학교까지 보내 주기도 하셨다. 그런데 그런 할아버지가 그해 가을에 병이 나서 눕게 되었다. 갑자기 무릎 관절에 통증이 심하여 보행을 제대로 못하게 되고 갈수록 무릎 관절이 부어서 악화되었다. 결국 다리를 못 쓰게 되어 몇 달을 누워 계시니 다리는 여윌 대로 여위어서 피골이 상접하였고 오만 가지 약을 다 써도 관절은 낫지 않았다. 5~6개월이 지나자 대소변도 당신이 못하고 받아 내어야 하였는데 그 대소변 처리는 내가 도맡아 하였다. 병환으로 고생한다는 소문이 퍼지게 되자 원근에서 문병오는 친지와 친구들도 끊이지 않았으니 그 손님 대접도 겸하여 했다. 처음에는 사랑방에 계시다 오시는 손님이 많아 문병을 받기도 어려워져 새로 지은 빈소 채로 옮기셨는데 거기에서 운명하셨다.

　　할아버지마저 돌아가시고 난 후 험난하고 예측도 추측도 할 수 없는 내 앞날의 실낱같은 불빛마저 꺼져 버렸으니 사고무친 공중에 뜬 고아 아닌 고아가 된 느낌이었고 살아갈 의욕조차 없어졌다.

10   6·25 전쟁과 함께 막살이가 시작되다

6·25 전쟁이 발발(勃發)하다

1950년 6월 25일 인민군이 남침을 감행하였다. 내 나이 19살 때였다. 이런 시국에도 농사일은 해야 하였지만 모두가 불안한 가운데 농사일도 정상으로 할 수가 없어 꼭 필요한 일만 마지못해 하고 있었다. 전쟁 상황이라 세상 돌아가는 소식이 궁금하기 그지없었으나 당시에는 한 동리에도 라디오가 있는 집이 얼마 안 되었는데 미제 제니스 라디오를 가진 집은 인기가 대단하였다. 그 집에 마을사람들이 모여 뉴스를 듣고 아군의 전황을 짐작할 정도였으니 무섭고 불안하기는 마찬가지였다.

전쟁이 일어난 지 며칠 안 되어 서울이 함락되고 서울 인도교가 폭파되어 서울 인구가 대거 피난길에 오르는 수난의 시기였으나 라디오에서는 전황이 불리한 방송은 확실히 하지 않았다. 한 달도 안 되어 인민군이 내륙 깊숙이 내려왔다는 소식이 들렸다. 우리 국군의 대항은 미약하였고 무방비 상태에서 남침을 당했으니 대항 전투도 제대로 하지 못하고 후퇴하고 만 꼴이 되었다. UN군도 전쟁 발발 이후에 국제연합 합의에 의해서 구성되었으므로 그 연합군이 우리나라에 도착하기도 전에 인민군은 부산까지 일사천리로 내려오고 있었다.

　인민군은 그해 8월경에 낙동강까지 내려오고 성주에서도 경찰과 행정기관이 벌써 낙동강을 건너 피난하였다. 일반 국민들에게도 소개령(疏開令)이 발령은 되었으나 이를 알리는 홍보 수단이 없었으니 모두 소문만 듣고 남으로 피난하였다. 엉겁결에 당한 국민들은 우왕좌왕 무질서의 극치를 이루었고 소문대로 남으로 피난하여야 살지, 그대로 있어야 살지 누구도 예측할 수 없었다. 그런 와중에 달구지에다 요긴한 짐이며 우선 먹을 양식을 싣고 피난길을 떠나는 사람들도 있었다. 우리 식구는 죽어도 앉은 자리에서 죽자고 하며 피난을 떠나지 않았다. 그런데 이삼일이 지나자 피난을 떠나간 사람들이 다시 돌아오고 있었으니 낙동강까지 갔지만 나룻배가 없어 도강을 못하고 되돌아올 수밖에 없었기 때문이다.

　우리 나름대로 생각해 보니 인민군이 내려와 이 지역을 점령하면 즉시 공산주의 조직으로 임시 통치조직을 구성하여 인민홍보를 단행할 것이었다. 그때 일반 국민 모두에게 같은 대우를 하는 것이 아니고 성분을 분석하여 그 성분에 따라 처우할 것인데 우리는 반동분자라는 성분으로 분류될 것이 뻔하였다. 삼촌 한 분은 경찰이고 또 한 분은 공무원이니 큰일이 난 것이었다.

　서울의 많은 사람들이 피난길에 올라 남으로 남으로 밀려 내려왔다. 일찍 서두른 사람들은 낙동강을 건너 대구를 지나 부산으로 향하였고, 중간에서 기력이 다 소진되어 주저앉은 사람들도 많았다. 이렇게 내려온 피난민들이 우글대는 곳이 대구였고, 그 중에서도 신천동의 신천 다리 건너 산언덕이었다. 여기에 판자로 한두 간(間) 집을 짓고 지붕은 깡통으로 이어 정착한 사람들이 한없이 많았다.

　우리는 피난을 못하여 인민군이 점령하면 그 조치에 따라야 할 것이니 그저 하루하루 불안한 나날을 보내고 있었다. 그래도 혹시나 피난처가 될까 하여 굴을 팠다. 장소는 우리 집 뒤쪽이었는데 뒷집 마당과는 높이가 2미터나 차이가 났고 토질은 썩삐리(마사토)로 바위도 아니고 흙도 아니며 단단하기가 돌과 비슷했다. 높이와 너비를 1미터 정도로 하고 사람이 들어가도 될 만큼 4~5미터를 파내어 단단한 굴을 만들었다. 만약에 전투가 벌어져 집이 불타더라도 굴속으로 피신하여 목숨이라도 부지하기 위함이었고, 인민군이 내려와 죽이려고 하면 그 굴로 피신이라도 할까 하고 판 것이었다. 굴 입구는 굴이 아닌 것처럼 다른 물건들로 가려 위장해 놓았다.

일사천리로 쳐내려오던 인민군은 낙동강에서 일단 멈칫한 모양이었다. 도강도 쉽지는 않겠지만 아군 입장에서도 남쪽으로 더 내려가 방어선을 구축하기는 불가능하고 낙동강마저 무너지면 나라 전체를 점령당하게 되니 낙동강에서 결사적으로 방어하였기 때문이었다. 공군력은 미군이 우수하여 인민군의 비행기는 한 대도 얼씬 못하였다. 낙동강 언저리에 공중 지원이 대단하였다. 주로 성주읍과 낙동강 인근 마을은 아군 폭격기에 많은 포격을 당하였고 그때마다 비행기는 우리 동리 상공에서 선회하여 성주 쪽으로 가서 소이탄을 퍼부어 터지는 소리가 천지를 진동하였으니 여기가 바로 최일선이었다. 그 당시 전투기는 일명 호주때기라고 하여 양 날개 끝에 보트를 달아 놓은 형상을 한 Z기였고 그 소리가 천동 치는 소리를 방불케 하였다. 사람들은 모두 혼이 다 빠진 채 생사의 문턱에서 사태의 추이를 기다릴 뿐이었다.

집도 폭격당할 위험이 있고 인민군의 횡포도 예상되어 '안골' 산에 원두막을 짓고 솥단지 등 약간의 야영 준비를 해서 산으로 피신하였다. 거기에도 북쪽 낭떠러지 중간쯤에 입구를 내고 굴을 파서 그 안에서 기거하기도 하였다. 비행기가 낙동강변을 폭격하기 위하여 우리 있는 곳으로 회전하여 오면 우리 머리 위로 지나갔는데, 그럴 때면 우리는 혼비백산하여 콩밭 고랑에 엎드려 숨도 쉬지 않고 머리는 콩 대공 뿌리에 파묻은 채 비행기 소리가 멀어질 때까지 숨어 있다가 나오곤 하였다.

돼지는 더 키워야 희망도 없어 잡아서 먹었고 일부 고기는 장조림을 하여 굴속에 보관하며 여름 내내 먹었다. 난리 통에 가축이고 인명이고 관리가 불가능하였다. 피난 간 집은 가축을 그대로 방치하고 떠났으니 그 집의 가축은 먼저 잡아다 먹는 사람이 임자였다.

마을에 드리운 이념의 그림자

우리 지역에서 경찰이 후퇴할 때는 인민군에게 도움이 될 만한 것은 다 폐기처분하고 철수하였다. 그 중에는 사람도 예외가 아니었다. 당시 좌익집단인 보도연맹이라는 공산당 단체가 결성되어 소위 무산계급, 즉 노동자 지상주의 운동을 해 오다 미 군정청에서 적극 통제하고 말살하려고 하였기 때문에 지하운동으로 전환하였다. 경찰은 지하조직인 이들을 적색분자로 지목하여 감시 감독을 철저히 했고 보도연맹 가입자는 모두 수색하여 총살하고 후퇴했다.

우리 마을의 제일 큰 부잣집은 집안이 모두 좌익 편향(偏向)이었는데 그 집 장남은 공부도 많이 한 분이 보도연맹에 가입하여 활동하였기 때문에 상시 경찰의 감시를 받아오다가 후퇴 당시 총살당하였다. 반면 위뜸(위쪽 마을)의 탁씨 문중에 종손 격으로 재산도 착실하게 모으고 공부도 많이 한 사람이 있었는데 그는 우익 편향으로 경찰에 협조를 잘하였다. 그러니 아래뜸, 위뜸 젊은이 두 사람이 사상(思想)의 대립으로 평소에도 사이가 좋지 않았다.

경찰이 후퇴하며 은신 중인 유씨를 찾으려고 할 때 탁씨가 그 숨은 곳을 알려주어 총살된 것이다. 그러고 나서 탁씨도 경찰을 따라 피난하였으면 뒤탈이 없었을 텐데 피난을 가지 못하여 사단이 나고 말았다. 빨갱이 집단으로 억압을 당하던 유씨 집안 청년들은 경찰이 후퇴하고 인민군 시대가 오자 무법천지로 저희들 세상을 만들었다. 죽은 사람의 동생과 젊은 사람들이 작당하여 깜깜한 밤에 집에 침입하여 탁씨를 마당에 끌어내고 몽둥이로 작살내어 즉사시켜 버렸다. 이 일은 전쟁 중에도 종전 후에도 누구도 일언반구 문제를 제기하지 않은 채 흐지부지 역사 속으로 사라지고 말았다.

지금 생각하면 이 두 사람은 전선대(前先代)에 원수진 것도 원한도 없이 한 동리에서 자자손손 의좋게, 소박하게 살아 왔건만 애꿎고 가치 없는 민족 분열 사조에 휩쓸려 한 시대의 희생물이 되고 만 것이다. 총살당한 분의 막내동생은 자치대라는 인민군 조직에 가담하여 인민군을 도와 기세를 올리고 공을 세웠다고 한다. 그러나 수복 후에는 영원히 고향땅에 발을 들여놓지 못하였고 그 후 이 집도 소리 없이 망하고 말았다.

11

가족을 살리기 위해 의용군에 입대하다

인민군이 들어오다

인민군이 온다 온다 하다가 현실로 나타났다. 호기심으로 구경하고 싶었으나 무서워 옆 눈으로 보니 옷은 허름했고 짤막한 총을 가지고 다녔다. 총대 한가운데 둥근 꽹과리 같은 것이 붙어 있는 총으로 이것을 따발총이라고 하더라. 이런 인민군 한 사람이 와서 우리 마을 사람들을 모아놓고 공산주의는 오직 인민을 위해 존재하며, 국가의 지상목표는 무산계급층이 국가를 경영하고 노동자가 국가의 주인이 되는 것이라고 하였다. 이 혁명사업을 비판하는 자나 비협조자는 반동분자로 판단하여 인민재판에 부쳐 처형하는 수밖에 없다고 하며 우선 공무원 또는 경찰 가족은 반동분자로 취급하여 경계한다고 위협하였다.

그리고 우리 집을 맨 먼저 방문하였다. 지금 생각해 보면 이 집의 사는 정도를 살펴서 유산계급으로 부호의 집인지 어떤지를 알아 보려고 온 것이었다는 생각이 든다. 집에 와서는 구두를 신은 채로 안방으로 들어가 장롱 등 모든 곳을 뒤져 가택 수색을 했고 반동분자의 재산은 몰수한다며 마당에 있는 닭을 그냥 잡아갔다. 이러하니 우리는 이제 다 죽은 것이나 다름없어 처절한 심경으로 불안에 떨고 있었다. 곧 인민재판이 있을 것이라는 소름끼치는 소문까지 나돌았다.

이러한 절망적인 상황에서 소가 있는 우리 집은 강제 부역을 나오라 하니 어느 누가 감히 이의를 제기할 수가 있었겠는가. 아버지는 한번 소를 몰고 나가시면 이삼일이나 부역을 하고 돌아오셨다. 부역은 주로 밤에 소를 이용하여 군수물자를 운반하는 일이었다. 아버지가 돌아오시면 며칠 후에 형이 또 부역을 나가야 했다.

인민군 의용군에 자원하다

집안 식구가 모두 처형당하게 되었으니 그대로 속수무책 당하고만 있어야 하나 하는 생각이 들었다. 죽을 때 죽더라도 어떻게 사정이라도 해 볼까 등등 이런 저런 온갖 생각을 하던 중에 면 자치대에서 완장을 찬 자가 동리에 와서 인민군에 적극적으로 협조할 것을 권고하며 인민군 의용군에 자원하는 사람은 특별히 우대하고 성분도 좋게 평가한다는 말로 회유했다.

이 말을 듣고 집에 와서 곰곰이 생각해 보았다. 이왕에 반동분자로 일가족이 모두 처형될 처지가 되었으니 죽을 바에야 차라리 내가 인민군 의용군에라도 가서 가족들이 특혜를 받아 생명이라도 부지할 수 있게 하는 것이 낫겠다는 생각이 들었다. 그래서 아버지에게 의논하였더니 아버지는 묵묵부답이셨다.

막상 자원하여 간다고는 하였으나 앞날이 캄캄하였다. 그 중에도 제일 우려되는 것은 반동분자의 가족이라는 출신성분과 세상일을 겪어보지도 못한 미성년자가 낯선 객지에서 겪을 난관이었다. 무섭고 두려운 생각이 앞을 가렸지만 목전에 닥친 가족의 위급한 처지를 타개할 방도가 없었으니 죽고 사는 것은 하늘에 맡긴 채 의용군에 지원하기 위해 집을 떠났다.

인민군의 전황은 어떤지도 알 수 없는 상황이었다. 승리로 가는 것인지 전세가 불리한 것인지조차 모르는 상황에서 '징기' 소재지로 가니 벌써 지원자 20여 명이 모여 있었는데 대충 보아도 내가 제일 어렸고 거의 다 20대 후반 아니면 30대 초반의 장정들이었다. 공산주의 국가에서는 노동자를 제일 우대하여 누구나 평등하고 잘 살고 못 사는 사람이 없이 고루 혜택을 받는 낙원의 나라를 건설한다는 선전과 특히 전쟁에서 공을 세우면 혁명의 용사로 영웅 대접을 받을 것이라는 희망으로 자원한 사람들이었다.

의용군이라고는 하나 훈련시킬 여유도 없었는지 집에서 입은 옷 그대로 금수면 소재지의 피난 간 빈집에 50여 명을 집결시키고 낮에는 집 밖으로 나오지 말라고 하고 밤에 이동시켰다. 군수품은 전혀 없었고 밤 추위를 대비한 담요가 몇 사람당 한 장씩 지급된 것이 전부였다. 총과 같은 무기도 식량도 지급하지 않았다. 인솔 인민군이 따발총을 메고 우리 의용군 몇 사람을 대동하여 누구 집이든 들어가 식량을 내어놓으라고 명령하면 대개는 총부리 앞에서 거절할 수 없어 집에 있는 대로 다 내어 주었고, 간혹 식량이 없다고 하면 집안을 샅샅이 뒤져서 숨겨둔 식량을 압수하여 가지고 왔다. 뿐만 아니라 집안에 닭이나 가축이 있으면 모조리 잡아와 먹었으니 적어도 굶주리지는 않았다. 식량이 모자라면 또 나가 강탈해오면 되는 것이니 걱정할 것도 없었다.

그렇다고 의용군들을 먹이고 놀리는 것은 아니었다. 낮에는 연합군의 비행기 폭격으로 일절 이동을 못하였고 밤이 되어야 이동했다. 당시 전투는 낙동강을 사이에 두고 공방전이 벌어져 총성과 대포 소리가 천지를 진동하고 탱크 지나가는 소리가 끊이질 않았다. 부상당한 인민군들이 후방으로 이송되는 것이 간혹 보였으나 자동차는 한 대도 보이지 않았다. 전부 보행으로 이동하였으며 부상자는 단가(들것, 擔架의 방언)로 메고 갔다.

때는 아마 음력 팔월 초인가 싶다. 밤에만 인근 산중턱으로 우리를 인솔하여 올라가 탄약을 감추어 둔 곳에서 실탄 박스를 하나씩 메고 낙동강변에 있는 산중턱까지 운반하는 작업을 시키는 것이었다. 으스름한 달밤에 일렬로 줄을 지어 실탄 한 박스씩을 짊어지고 걷는데 누구 한 사람도 말을 하거나 소리 내지 않고 발자국 소리만 내며 20리나 30리나 목적지까지 걸어갔다. 그 실탄 박스의 무게는 40~50킬로그램이나 되었는데 나는 그 무게를 도저히 감당할 수가 없었다. 하루 이틀 지나고 나니 무게도 무게려니와 어깨가 벗겨져 죽을 지경이었다. 매일 낮에는 자고 밤에는 실탄 운반 작업을 하니 그 노역에 도저히 견디어 낼 수가 없었으나 만약 도망을 가다 적발되면 간첩으로 즉결처분을 한다고 하니 도망은 감히 생각조차 할 수도 없었다. 그러나 그 고통을 견디어 낼 힘도 없고 어깨의 상처도 더욱 심해져 하는 수 없이 꾀병을 부리기 시작하였다. 원래 체질이 약골로 깡말라 있고 얼굴색마저 핏기도 없이 병색이 농후한 사람이 배가 아프다고 하니 그대로 받아들이고 환자라며 짐을 지우지는 아니하고 따라만 다니게 하였다.

그러던 어느 날 밤이었다. 그날도 나는 실탄을 지지 않고 담요 몇 장만을 짊어지고 따라가고 있었다. 산길과 농로 길을 일렬로 장사진을 이루어 가고 있는데, 상대 쪽에서도 수십 명이 소 등에 짐을 싣고 우리 쪽으로 오고 있었다. 무심히 지나치려는데 이상하게 달그림자이지만 앞에서 걸어오는 걸음걸이가 형이 아닌가 하는 생각이 순간적으로 스쳤다. 설마 그럴 리가 있겠는가 하였는데 점점 가까이 오는 형상이 형이 분명하였다. 나는 그 순간 '악!' 하고 소리를 지를 뻔했다. 멈칫 정신을 차린 후 대열을 이탈할 수가 없어 형의 손을 잡고 한두 마디 안부를 전하고는 헤어지며 가지고 있던 담요 한 장을 형에게 주었다. 계절은 팔월 초 새벽녘으로 찬이슬이 촉촉이 내려 추위에 웅크린 형의 모습이 애처로워 눈물이 와락 쏟아졌다. 전쟁의 죽음터에서 형제간에 죽기 전에 한번 만나나 보라는 하늘의 뜻인가 싶어 감회가 만 갈래로 가슴마저 떨렸고 형과 헤어진 후에도 얼마간 뒤돌아보며 걸었다.

꾀병을 위해 담배를 배우다

고령 '금산제' 중턱 임시 저장소에서 낙동강변 우곡면 산중턱까지 실탄을 운반하는 작업이 연일 계속되었다. 나는 배가 아프다고 꾀병을 부려 일단 환자 취급은 하나 아픈 것도 하루 이틀이지 계속하다가는 들통이 날 것 같았다. 그래서 실제 환자임을 인식시키기 위해 더욱 아픈 시늉을 해야 하고 밥도 먹지 않아야 하니 어려운 일이었다. 몇 날 며칠 먹지 않고 먹는 시늉만 해서 허기가 져 전신에 기력마저 없어지고 눈에는 대낮에도 별이 보였다. 두 발로 걷기조차 힘들어져 지팡이를 짚고 대열에 끼어 따라다니며 환자의 표를 내기 위하여 수시로 구토질을 해서 의심을 안 가지도록 하였다. 이 구토를 유발하기 위하여 담배를 피웠다. 독한 연기가 목구멍으로 들어가자 처음 며칠은 심한 구토가 나고 몸에 열까지 나다가 하루에 몇 번 피우니 며칠 후에는 구토도 몸에 열도 없어져 버렸다. 담배를 피워도 반응도 없어져 결국 담배를 몸에 익히는 결과가 되어 버렸다.

이런 위험천만한 연극을 10여 일째 계속하였다. 천만다행으로 주위 동료들이나 인솔 인민군도 나의 발병에 대하여 관심조차 없었고 환자를 돌볼 여력도 여유도 없었다. 밤에는 밤새 실탄을 지고 이 산 저 산을 다니고 날이 새면 모두가 기진맥진하여 한낮에도 골아 떨어져 옆을 돌아볼 여유가 없었던 것이다. 결국 병이 나았다고 해야 할 때가 왔건만 다른 사람들과 같이 실탄 박스를 메고 운반해야 하니 아득해졌다.

이렇게 남모르는 고민으로 불안해하던 중 어느 날 저녁은 실탄을 운반하는 곳으로 가는 것이 아니고 고령에서 성주군 가천면 창천 쪽 국도를 따라 북상하는 기색이었다. 달빛은 어스름하여 조금만 떨어져도 사람인지 그림자인지도 분간하기가 쉽지 않았다. 이승인지 저승인지 내려앉은 밤공기에 침묵만 천근만근 짓누르고 걷는 걸음걸이도 어기적어기적 힘없이 움직일 뿐이었다. 이 여정이 어디로 가는 것인지는 몰라도 장거리 보행으로 짐작되었다. 그래서 나는 죽어도 여기서 더 따라가 고향과 멀어지면 안 되겠다는 생각이 물밀 듯 강하게 들었다. 일행도 신발이 온전하지 못하여 벌써 발 병이 나서 절룩거리는 사람도 있었다. 나는 그동안의 꾀병으로 먹지 못하여 기력이 완전히 소진되었으므로 혼자 걸어가기도 어려워지자 양옆에서 두 사람이 부축해주었다. 그런데 이렇게 하여서는 보행이 늦어 따라가지 못할 것을 알고 나를 여기 두고 가자는 말을 하였다. 이 순간 나는 아찔함을 느꼈다. 죽느냐 사느냐 이 순간에 결정이 날 것이기 때문이었다.

총을 멘 인민군 발아래 쓰러져

우리는 길 양쪽의 갓길을 가고 그 한가운데는 인민군 정규군이 역시 우리가 가는 방향으로 행군하며 걸어 올라갔다. 인민군에는 총 두 개를 메고 가는 사람, 머리에 두른 붕대에 핏자국이 배어 나오는 채로 걷는 사람, 들것에 실려 가는 사람 등이 무수히 지나갔다. 이제 방금 격전을 치른 군인 같은 모습이었다.

나를 부축하고 가는 두 사람도 힘이 드는지 가다가 허리를 펴며 나를 길옆 자갈 무더기 위에 눕히고 이대로는 오래 갈 수 없다고 이야기하며 뒤로 처졌다. 뒤따라오던 인민군도 이런 상태로는 행군을 견디기가 불가능하다고 판단하였는지 누워 있는 나를 보며 총대로 밀어 옆구리를 뒤집어 보았다. 나는 그 순간 죽었구나 하는 절망감으로 소름이 끼쳤다. 그런데도 체념한 탓인지 담담해져 죽음 앞에서 아무런 미동도 하지 말고 눈을 감은 채 죽은 듯이 위장하면서 운명을 기다리며 누워 있자고 생각하였다.

나는 그들이 내 몸을 총대로 뒤집는 대로 축 늘어져 힘도 의식도 없는 것처럼 누워 있었다. 이런 상태로 데리고 가 봐야 이용할 가치가 없다고 판단하고 그대로 두고 가버렸는지 아무런 기척이 없었고 나는 한참을 그대로 있었다. 그러다 눈을 뜨니 머리를 들 수가 없어 허리를 꼬부려 그들이 가는 방향을 바라보았다. 대원들은 뒤도 돌아보지 않고 어둠속으로 사라졌다.

그 순간 앗 나는 살았구나 싶었다. 다시 태어나는 슬픔의 곡성을 마음속으로 삭이며 어떻게 하면 이 대로(大路)에서, 즉 인민군이 계속 지나가는 여기에서 벗어날 수 있을까 하는 생각을 번개같이 떠올렸다. 그러나 자칫 잘못하면 지나가는 다른 인민군에게 조금이라도 수상하게 보일 것이고 그러면 또 끝장인 것이었다. 그렇다고 후퇴하는 인민군 대열이 계속되고 있으니 이들이 다 지나가도록 그대로 누워 있는 것은 더욱 위험한 짓이었다. 또 다시 생사의 기로에서 은신하는 방안을 생각하였다. 음력 팔월 보름날이어서 달빛은 밝으나 가로수 나무 그림자 등으로 길가의 물체가 확실하지 않은 상태였다. 나는 지나가는 인민군이 없는 사이를 보아 길 아래 1미터쯤 되는 낮은 논으로 굴러서 논 도구친 곳(논의 물을 빼기 위해 만든 도랑)에 처박혔다. 그러고 나니 나는 죽을 운은 아닌지, 조상이 도와서인지 마침 길 언덕 그림자에 가려서 길 가는 사람의 눈에 띄지 않게 되었다. 만약 그 논바닥에 물이 있었다면 위험에 빠지고 말았을 것이다. 마침 논바닥이 말라 있었고 물기도 거의 없었으니 그곳은 내게 비할 데 없이 좋은 곳이었다.

이곳에서 하룻밤 춥고 배도 고픈 상태에서 말없이 지나가는 인민군들의 행렬을 느끼며 누워 있으니 그 하룻밤이 십 년보다 더 긴 듯하고 만감이 스치더라. 다급한 위기는 넘겼다고는 하나 인민군 발아래 누워 있었으니 아직은 겁도 났다. 앞으로 어떤 위험이 더 있을지 상상도 예측도 할 수 없고 살아서 돌아간다는 확신도 할 수 없는 긴박한 상태가 계속되고 있었다.

날이 새기 전 인가에 숨어

논이 메말랐다고는 하나 축축한 논고랑에 누운 채 흙냄새, 먼지 냄새, 부상당한 인민군의 소독약 냄새까지 맡으며 인민군의 행렬이 속히 끝나기를 하늘에 빌며 기다렸다. 그날은 추석 다음날이었다. 새벽이 가까워 온 것인지 소란한 인기척도 차츰 줄어들고 희뿌연 달빛도 엷어지자 온몸에 한기가 들고 그 자리에 더 누워 있을 수도 없는 육신의 고통이 몰려왔다. 인기척이 없음을 확인하고 즉시 자리에서 일어나 앉아 머리를 들고 길 위를 조심스레 보았다. 천만다행으로 그 길에 언제 사람이 지나갔는가 할 정도로 사람 그림자도 없이 조용하였고, 한가한 대지는 아직 잠이 깨지 않았으나 멀리 산 아래 마을에서 개 짖는 소리가 들렸다.

논을 지나 100여 미터 거리에 산 밑으로 초가집 서너 채가 보이고 그 집에서 불빛도 보이니 일단은 그 집으로 가야겠다고 마음먹었다. 일어서서 사방을 관망해 보니 산 아래 아직 어두운 그림자만이 어렴풋한데 드문드문 인가들이 보였고 밤새껏 인민군이 지나간 길은 완전히 비어 있었다. 달빛 아래 산그늘이 대지를 덮고 고요한 적막이 두려울 정도로 짓누르고 있었다. 나는 일어나는 순간 어지러워 제대로 설 수가 없었다. 다시 앉아 땅을 짚고 한참 중심을 잡고 있다가 허리를 꾸부린 채 한 발 한 발 기어가다시피 하여 산 밑 외딴집으로 다가갔다. 집 앞에서 인민군이라도 마주치면 몸이 아픈 형색을 하기 위하여 웅크리고 기어가 집안을 살펴보아도 아무런 인기척도 없고 조용할 뿐이었다.

인정어린 아주머니를 만나다

　집안이 고요한 것으로 보아 낯선 사람은 없는 것으로 짐작되나 그래도 혹시나 방안에 누가 있는지 알 수 없어 조용히 그리고 아주 낮은 소리로 인기척을 하고 사람을 불렀다. 처음에는 대답이 없다가 다시 부르니 방문을 열고 나오는 사람은 그 집 주인인 듯한 아주머니였다. 내심으로는 혹시나 인민군이 숨어 있다가 사람 소리를 듣고 놀라 총부리라도 들이대는 것은 아닌가 하고 겁이 났었는데 천만다행으로 여자가 나오니 안도의 숨을 쉬었다.

　그 아주머니는 내 사정도 듣기 전에 아랫방을 가리키며 그 방으로 들어가라는 손짓을 했다. 나는 죽음의 막다른 골목에서 한마디 말도 아니하였지만 구세주가 인도하는 듯한 따뜻함을 느꼈고 그제서야 허리를 펴고 날다시피 그 방문을 열고 들어가 문을 닫았다. 방안이 어두워 확실히 보이지는 않으나 어수선하고 산만하였다. 한참 동안 어리둥절하여 그 자리에 서 있다가 정신을 차려 방바닥에 손을 대어 보니 모래와 흙투성이였다. 그래도 그 자리에 앉아 얼마간 숨을 죽이고 있자 아주머니가 촛불 하나와 약간의 음식이 담긴 쟁반을 들고 방으로 들어왔다. 순간적으로 감사한 마음이 가슴에 복받쳐 혼이 나간 사람처럼 아무 말도 못하고 멍하니 서 있을 뿐이었다.

　사지에서 온 것 같은 내 몰골을 보고 아주머니는 방바닥이 어지러우나 앉으라고 하면서 하는 이야기가 간밤에 인민군이 한 방 가득히 자고 떠난 지 얼마 되지 않았다고 하며 날이 밝아 인민군이 다시 오지는 않을 것이니 잠시 쉬라는 것이었다. 어제가 추석이나 난리 통에 음식도 하지 못하고 겨우 차례를 지냈다며 송편 세 개가 담긴 접시를 내밀었다. 나는 아주머니의 인정어린 마음에 감동하며 감사를 전하고는 금수면 외갓집 가는 길을 자세히 물어보았다. 가는 길의 사정도 들어보니 인민군은 거의 다 후퇴하고 이제 뒤처진 일부가 있을 수 있지만 거의 다 간 것이 아닌가 하며 내가 가는 길은 안전할 것이라고 말했다. 그리고 아주머니는 잠시 쉬었다 가라며 밖으로 나갔다.

아주머니가 나가자 송편을 먹은 것인지 그냥 삼킨 것인지 맛도 냄새도 느낄 수가 없었다. 천신만고 끝에 여기까지 이르렀으니 일단은 위기를 벗어난 것으로 생각되었다. 지나간 순간들에 말초신경을 다 쓴 탓인지 그때서야 입이 마르고 입술이 터서 송편이 모래알 같았고 전신에 맥이 풀어져 고꾸라질 지경이었다.

눈을 뜨니 밖은 아직 날이 채 새지도 않았고 천장에서 우당탕 뇌성 같은 소리에 잠이 깬 모양이었다. 잠은 들었어도 신경은 긴장하여 숙면을 못하고 있다가 천장의 쥐 소리에 깬 것이었다. 그때부터는 잠을 이룰 수도 없었고 추석의 초가을이라 새벽 공기가 쌀쌀하여 한기마저 느껴지니 더 이상 잠을 자려고 생각하지도 않았다. 천장의 쥐들만이 제 세상인 양 위에서 뛰고 쫓아가고 기고만장이었다. 흙바닥 위에 그대로 누워 있기도 내키지 않아 방구석에 웅크리고 앉아 날이 새기를 기다렸다.

외갓집에 무사히 안착하다

잠을 제대로 자지 못하고 앉아서 날을 새웠으나 몸은 한결 가벼워진 느낌이었다. 거기서 외가까지는 그리 멀지 않은 길이나 일단 외가까지만 가면 운명의 한 고비를 넘는다는 감회가 들었다. 창문 빛이 밝아 오고 길도 보일 무렵 방을 나섰다. 주인아주머니에게는 선잠을 깨우기조차 민망하여 혼잣말로 간다고 인사하고 집을 나섰다.

'천창(지금의 창전)'에서 외가가 가까우니 그리로 먼저 가서 상황을 보아 다시 적절한 조치를 취하자는 마음을 먹고 일단 금수면 광산동(골마)으로 향하여 갈 길을 잡았다. 그리고 고요와 평화로 가장된 시골의 아침에 내를 건너고 산을 넘었다. 오솔길에는 사람이 잘 다니지 않았는지 풀잎이 길을 덮어 길인지조차 알 수 없는 곳도 있는데 길을 찾기에 앞서 계속 사방을 두리번거렸다. 혹시나 인민군 패잔병이라도 나타나지 않을는지, 혹시나 민간복으로 위장한 인민군이 나타나지 않을지 조바심으로 계속 살펴가며 걸어가니 소리와 움직임에 극도로 민감해졌다. 시야가 트인 들판에서는 먼 데서 보일까봐 속히 산 밑으로 걸어 갔고 산에 다다르면 혹여 산 위에서 사람이 나오지나 않을까 하고 마음을 조이며 걸었다.

온갖 생각 속에 마음을 조이며 허기진 것도 느끼지 못하고 도착하니 늦은 아침이었다. 천만다행으로 가는 동안 한 사람도 만나지 않았다. 외갓집 동리 입구에 들어가도 사람 흔적도 개 짖는 소리도 없이 고요하기만 하였다. 마을 재실을 돌아 골목에 들어서니 외갓집이 보였다. 대문도 없는 돌담 집에 외숙모가 마당에서 무언가 일을 하고 있다가 나를 보고 기겁을 했다. 이른 새벽 남루한 의복에 이슬에 젖은 몰골이 영락없이 거지꼴이었으니 놀라지 않을 수 없었다.

그동안 우리 집이 겪은 위급한 사연들을 모르고 있었고 내가 집을 떠나 사지로 간 것도 모르고 있었으니 어머니가 돌아가신 후로 서로 왕래가 없이 무심하게 지낸 탓이었다. 외숙모에게 그동안 있었던 일을 간추려 이야기하고 차려 주는 밥을 먹고는 얼마간 마음 놓고 쉬었다가 집으로 돌아가야겠다고 생각하였다.

외가 안방에 누웠으나 그동안 공포에 떨고 겁먹은 마음이 쉽사리 풀리지 아니하여 낯선 사람의 목소리만 들려도 혹시 나를 잡으러 온 사람이 아닌가 하고 가슴이 철렁 내려앉았다. 만일 그렇다면 외가도 질책을 당하는 것이 아닌가 싶어 극도로 위축된 심경이었다.

고모 댁으로 향하다

외가에서 한잠을 자고 나니 지나간 일들이 구름같이 떠올라 누워 있지도 못하였다. 그동안 집안 다른 가족들의 안부 걱정이 앞섰다. 달밤에 형과 만났다 헤어진 후로 집 소식은 들을 수 없었으니 전쟁 통에 무슨 변고나 당하지 않았는지 궁금하기 그지없었다. 뿐만 아니라 나 자신이 의용군에 간 것이 무슨 죄가 될 수 있는지도 걱정되었고 아직 수복되지 않은 이곳에서 무사히 집으로 돌아갈 수 있을 것인지도 우려되었다. 이런 저런 잡념으로 그곳에 머물러 있을 수가 없어 집으로 가는 길에 있는 '야동' 고모 집으로 일단 이동하기로 하고 저녁나절에 외가를 떠나 고모 집으로 향했다.

여차하면 산으로 도망칠 생각을 하며 속보로 내달아 고모 집에 무사히 도착하였다. 고모 집과 우리 집 사이의 거리는 5리 정도밖에 안 되니 거기 가면 모든 것을 소상히 알 수 있을 것이라 생각했다.

해가 질 무렵 고모 집에 도착하여 사립문에 들어서니 고모가 마당에서 고추를 널고 있다 나를 보고 깜짝 놀라며 죽은 아이가 어떻게 이렇게 오느냐고 기겁을 했다. 고모의 말로는 범이(나의 아명)는 의용군에 끌려가 죽었다고 소문이 나서 정말 죽은 줄 알았다고 했다. 그간의 자초지종을 대략 이야기하고 우리 집 소식을 물었다. 그동안 우리 집은 별다른 고초는 당하지 않았고 아버지와 형이 보국대에 동원되어 인민군의 전쟁물자를 운반하는 부역을 했지만 이제는 모두 무사히 집에 돌아와 있다고 했다. 동족상잔(同族相殘)의 처절한 격전지에서 많은 식구가 피해 없이 무사히 돌아온 것은 하늘이 도운 것으로 천만다행한 일이었다.

꿈에 그리던 집으로

　다음날 아침에 집으로 돌아왔다. 집에 도착하니 다시 못 올 식구가 돌아왔다고 대견스럽고 놀라워했다. 우리 면에도 의용군에 간 사람이 많이 있으나 돌아온 사람이 하나도 없고 나 혼자만이 돌아온 것이라 했다. 내가 돌아온 것이 알려지면 또 다른 변고가 있을까 염려되니 바깥출입도 하지 말고 말도 내지 말고 비밀로 하라는 아버지의 말씀이 있었다. 그로부터 며칠간은 집 밖으로 나가지 아니하고 집안에서 가장 편안한 마음으로 잠보따리가 터진 듯 며칠이고 먹고 자고 하였다.

　훨씬 후에 맥아더 장군의 전략으로 1950년 9월 15일 인천상륙작전을 감행하였다는 것을 알게 되었다. 작전이 성공하여 13일 후인 9월 28일에 서울을 수복하는 데 성공하고 계속해서 북상하여 10월 1일에는 38선을 돌파하고 이어 파죽지세로 10월 10일은 원산 탈환, 10월 19일은 이북의 수도인 평양 탈환을 하며 북상했다. 이렇게 전세가 뒤바뀌어지면서 인민군은 낙동강을 돌파하려는 주력부대가 인천상륙작전으로 맥이 끊어지고 보급품이 단절되니 전의를 상실하고 허겁지겁 이북으로 패주(敗走)하기에 이르렀던 것이다. 내가 이탈한 때가 바로 의용군을 편성하고 관리할 여력도 없었으며 필요도 없었으나 가는 데까지 간다는 무계획적인 철수작전의 시기였던 것이다. 그네들 자신이 위급한 상황이라 나를 쉽게 버리고 간 것이었고 나는 호랑이 입 안에 들어갔다 도로 나온 격이 되었다. 내 아명이 범이라서 이름 덕으로 범의 입에서 나온 것이 아닌가 한다.

12

전란 속, 정중동의 흐름이 이어지다

농사일에 전념하다

전쟁은 UN군의 대승리로, 압록강까지 돌진하여 통일이 눈앞에 왔다는 방송이 나오니 다시 인민군이 이 지역에 내려오리라는 우려는 사라지고 있었다. 좌익 세력들과 함께 완장을 차고 설치며 날뛰던 폭도들도 인민군과 같이 자취를 감추니 온 세상이 고요하여 또 다시 새 세상이 펼쳐진 분위기였다. 이런 전쟁의 격동으로 온 나라가 몸부림치고 이 정부가 사느냐 죽느냐 하는 소용돌이 속에서도 세월은 바뀌어 가을이 되고 겨울이 닥쳐왔다. 외양간 지붕에는 박이 열려 몇 개가 색깔이 누렇게 변하고 찬이슬이 내리기 시작했다.

어제의 전쟁터였던 이곳이 이제 평화롭기까지 하지만 이북 지역은 거센 격전에 시달리고 있었다. B-29 폭격기가 융단 폭격을 하고, 어느 고지가 포위되고, 전선이 후퇴하다 전진하고 연일 전황은 숨이 가빠오고 있었다. 전세는 더욱 격렬해졌으며 UN군 병력도 증강되고 무기도 보강되니 이것이 세계전쟁의 시발이 되는가 우려되기도 하였다. 우리 집은 막내 삼촌이 경찰에 있어 일선의 전투 병력은 아니지만 위험성이 있으므로 무사하기를 온 가족이 기원하였다.

그해의 추수는 아버지와 형, 내가 했다. 동생 상훈이도 열다섯 살이었으니 일을 도울 수 있었다. 많지 않은 농사의 추수라 어렵지 않게 끝낼 수가 있었다. 추수를 하여도 전과 같이 공출이라든지 소출의 절반 정도를 갖다 주는 소작료 등이 없었다. 해방 이후 농촌에 경작자 위주의 토지개혁으로 배정받은 농토가 있어 근면하고 검소하면 살아가는 데 최소한의 기틀은 마련되었으나 불행히도 전쟁으로 인해 전망이 어두워져만 갔다.

　　그해 겨울 또 다시 전쟁 부역이 돌아왔다. 동장을 통해서 교대로 차출되었는데 거역할 수도 없었다. 주로 소와 같이 차출되어 군수물자를 이동시킬 자동차 길이 없는 곳에 운반하는 것으로, 이 부역이 할당되면 형이 주로 맡았다. 형은 수차례 단기간 부역을 하고 돌아오곤 하였는데, 전쟁이 장기화되니 징용과 같이 전쟁 지원 노력단이 편성되어 형이 1차로 차출되었다. 형은 추수를 다 마친 후 초가집 지붕도 새 이엉으로 갈아 입혀 놓고 징용갔으니 이제는 가정에 필요한 노동과 겨우내 취사와 난방에 필요한 땔나무도 내가 해야 하는 처지가 되고 말았다. 아버지는 지게를 평생 져보지 않았고 땔나무도 해 본 적이 없으니 우리 집은 농가이지만 반농가도 못되었다. 우리 힘으로 농사 지을 형편도 못되는, 좋게 말하면 선비 집안으로 농사에는 어설픈 상태였다.

　　나 혼자 남아 한 가정의 살림의 주역은 아니어도 노동의 주역이 되어 버렸다. 우선 땔나무를 하여 밥도 짓고 사랑방에 난방도 하여야 하는 일이 큰일이었다. 마을 주위에 작은 야산은 있으나 해방 이후 벌써 나무라고는 다 베어 없고 제대로 나무를 하려면 20~30리를 걸어 깊은 산중으로 갈 수밖에 없었지만 매일 먼산까지 갈 수도 없었다. 가까운 산이라고 해 보아야 국유림인 '복살미'인데, 그곳에 가도 모두 잘라 간 나무의 뿌리를 캐오는 것이 전부였다.

먼산 깊은 골짜기에 소가 굴러 떨어져

하루는 윗마을에 살고 나와는 사종(四從, 십촌뻘 되는 친척)인 대훈이와 새벽에 먼산으로 나무를 하러 가게 되었다. 평소에 신는 고무신을 아끼기 위하여 짚으로 만든 와라지(わらじ, 일본 짚신)를 신는 경우도 있었다. 와라지보다 훨씬 좋은 짚신은 만들 줄 몰라 와라지로 대신하는 것이었다. 대훈이와 단 둘이서 '징기' 소재지를 지나 '장기'라는 마을을 지나자 동녘이 환해졌다. 우리는 어디로 갈까 항상 의논하였는데 그날은 10킬로미터나 되는 '달밭' 쪽으로 가기로 하였다. 한겨울 새벽바람이 매서운 찬 날씨에 나무를 싣고 와 보아야 며칠 땔감도 안 되는 보잘 것 없는 양이었다.

소걸음이 느리니 가는 시간도 많이 걸릴 수밖에 없었다. 해가 중천에 떠서야 목적지에 도착했는데 달밭이라는 마을의 옆 큰 산 계곡으로 소를 몰고 올라갔다. 계곡 입구 가까운 곳은 벌써 다 끌어가고 없으니 계곡 깊숙이 들어가야 소나무 잎, 즉 갈비가 더러 남아 있었다. 우리 둘은 산비탈을 한 면씩 차지하고 열심히 갈비를 끌어 모아 한 군데에 수북하게 모으고 어느 정도 되었다 생각되면 도시락을 먹고 잠시 쉬었다. 오후에도 일을 이어간 후 대기하고 있는 소를 몰고 와서 양 쪽에 매단 그물 같은 망태에 갈비를 차곡차곡 싣고 걸채 위에는 나무 뭉치 두 다발을 한쪽에 하나씩 나란히 균형을 잡아 얹으면 소의 몸체는 실은 나무에 묻히고 머리와 네 다리만 나온 꼴이 되었다. 나무를 실을 수 있는 한 많이 실었으니 집으로 돌아가면 되었으나 경험이 없어서 큰 실수를 하였다. 나무를 싣고 내려오는 길의 산비탈 경사가 심한 곳에서는 소의 양쪽 걸채 주머니가 소의 배 밑까지 늘어지면 산 쪽 주머니가 산의 바닥에 닿아서 갈 수가 없는데, 그것을 모르고 그대로 나무를 실은 것이 사고의 원인이었다.

한참 비탈길을 무사히 내려오다 깊은 계곡의 위쪽 경사가 심한 곳을 지나가는데, 비탈진 쪽의 짐이 언덕에 닿으니 실은 짐이 깊은 계곡 쪽으로 기울어져 소가 그만 중심을 잃고 계곡으로 기울었다. 그러더니 그대로 소가 언덕 아래로 곤두박질하고 몇 바퀴 굴러 계곡 밑바닥에 처박히더니 '음메' 하는 큰 울음소리를 내며 입에 거품을 물고 일어나지 못했다. 순식간에 일어난 사고라 나는 혼비백산하여 멍하니 서 있을 뿐 어떻게 할 도리도 대책도 없었다. 소는 이제 죽었고 죽은 소를 어떻게 처리해야 하는가를 생각하니 기가 막혔다. 그 다음 순간 아버지에게 당할 일까지 생각하니 여기서 다 버리고 도망갈 마음마저 들었다.

소는 일어나지 못하고 있으니 죽은 것이나 다름없었지만 일단 소를 한 번 일으키기나 해 보자 하고 계곡 밑바닥으로 내려갔다. 소 질매와 나무 다발을 모두 해체하고 쇠고삐를 잡고 힘껏 앞으로 당기니 소가 한 번 버둥거리고는 그대로 일어나지 못해 나는 더욱 겁에 질리고 앞이 캄캄하여 아무것도 보이지 않았다. 그런 상태에서 엉겁결에 회초리를 힘껏 내려치고 '이랴' 하고 큰소리를 지르며 잡아당기자 소가 깜짝 놀라는 양 벌떡 일어나는 것이었다. 절망적인 상태에서 해 본 행동인데 소가 벌떡 일어나니 오히려 내가 깜짝 놀라서 또 한 번 정신이 나갔다. 나는 한 발짝 물러서서 혹시나 일어나기는 하였으나 다리가 부러져 걷지를 못할까봐 우려하며 소를 앞으로 당겨 보니 절지도 아니하고 걸어 나왔다.

그 순간 나는 얼마나 소가 고마운지 목덜미를 안고 눈물을 흘렸다. 어머니가 계셨으면 이 같은 큰 불상사를 당하더라도 위로하며 같이 마음 쓰고 하셨을 것이나, 아버지는 위로는커녕 응분의 벌을 주실 것이 뻔했기 때문에 두려움과 서러움의 눈물을 소리 없이 삼키며 소 질매만 얹어 빈 소를 끌고 집으로 돌아왔다.

어둑어둑할 무렵 빈 소로 집 사립문에 들어서자 아버지는 겁을 먹고 두려움 속에 안절부절 힘없이 오는 모습을 보고 처음에는 의아해하다가 있었던 이야기를 듣고는 의외로 얼굴이 풀리면서 소가 다치지 않고 무사히 돌아온 것만도 다행이라며 이해해 주셨다. 그 순간 또 한 번 가슴속에서 서러움이 복받쳐 눈물이 나는 것을 꾹 참고 천 번 만 번 고마운 생각을 하였다.

논 갈고 밭 가는 상일꾼이 되어

'큰 소가 나가면 작은 소가 큰 소 노릇 한다'는 속담이 딱 맞는 말이 되었다. 형이 없으니 그 다음해의 농사는 전적으로 내가 맡아 해야 했다. 논이 8두락(斗落, 마지기) 정도이고 밭이 또 1,000평 정도이니 아마추어 농사꾼에게 벅찬 면적이었다. 아버지가 계시므로 노동은 내가 하고 아버지가 총 지휘를 하셨다. 지시하는 대로 하면 되나 일하는 요령이 부족하여 힘만 엄청 들고 결과는 좋지 않았다.

제일 어려운 것은 무논에 논갈이였다. 발은 장딴지까지 빠지고 후치이(극쟁이, 논밭갈이 하는 농기)는 뻑뻑하여 끄는 소의 힘으로 그냥 두면 땅속으로 깊이 파고 들어가 후치이 대가 부러지고 말았다. 그러니 땅속으로 내려가려는 것을 들고 따라가야 하는데 발이 빠져 바로 서기가 어렵고 중심을 잃으면 힘을 쓸 수가 없어서 허리가 휘어지며 뒷발에 힘을 주어 빠진 발을 빼고 앞으로 나가면 후치이 뒤 쇠붙이에 앞발가락이 차였다. 그러면 발통이 부러지고 살점이 떨어져 나가는 경우가 한두 번이 아니었다. 절대적으로 힘이 모자라고 요령이 없어 곧게 나가지 못하고 비틀비틀 갈아나가다 보니 한나절 논을 갈면 갈아지지 않은 곳이 많고 허리가 비틀어져 그 통증을 참기 힘들 정도로 고통스러웠다.

그 다음으로 힘든 것은 논매는 일이었다. 벼논의 아시 논은 벼가 덜 자란 시기에 논매기를 하기 때문에 허리만 아픈 것이었다. 세불 논은 육칠월 한더위 중복쯤에 논매기를 해서 날이 엄청 더운 데다 벼도 자라서 논에 들어가 허리를 구부리면 벼의 키가 머리 위로 올라가니 벼의 잎이 양 볼과 팔을 할퀴어 상처로 성한 곳이 없이 따가웠다. 허리도 아프고 숨도 탁탁 막혀 죽을 지경이나 가을의 수확을 위해 잡풀을 뽑아 주어야 하므로 아무리 힘들더라도 참아야 했다.

마지막으로 힘든 것은 변소의 인분을 밭에 가져다 거름하는 일이었다. 주로 아침 일찍 하는 것이 상례였고, 똥장군을 지는 것도 어렵거니와 지게에 올려놓는 것도 힘들었다. 어쩌다 실수로 지게 작대기가 넘어가 지게가 엎어지면 옹기 똥장군도 엎어져 박살나고 온 천지에 똥 타작을 하였다. 한 지게 지고 일어나면 우쭐우쭐 중심을 잡기도 힘 드니 농사일은 쉬운 일이 없었다. 이러한 일들로 갖은 고생을 하다 보면 입추, 처서가 지나고 가을이 왔다.

고대하던 형님의 혼사

그해 가을을 무사히 마치고 나자 형이 보국대에서 돌아와 지붕을 새로 단장하는 등 겨울 채비를 형과 같이 하니 나는 얼마나 수월하고 좋은지 살 만하였다. 형은 25세로 전쟁이 아니었으면 벌써 결혼하였을 것이다. 계모도 슬하에 아이들이 출생하여 한 집에 같이 있을 수 없어 분가를 희망하였다. 우리 사남매는 어려서 어머니를 여의고 형언 못할 외로움 속에 의지할 곳 없이 쓸쓸히 자라온 고아 아닌 고아의 처지라 어머니 같은 형수가 들어오기를 학수고대하던 차에 혼담이 있으니 기쁘고 즐거워 새로운 희망도 가지게 되었다.

혼처는 초전면 고산동 속칭 고산정의 송씨 집안이라고 했다. 그 집안은 공산 선생의 집안으로 성주 군내에서 전통이 있는 집안이었다. 공산 선생은 일제에 항거하여 독립운동에도 가담한 선각자이자 유학자로서 아버지도 그 문하에서 학문을 지도받아 나무랄 데가 없는 혼처였다. 중매는 왕고모님의 시가 집안이 나섰는데 같은 마을 집안이라서 중매를 든 것으로 짐작된다.

그해 가을 농사를 마치고 난 후에 양력 10월 무렵으로 결혼 날짜가 결정되었다. 형의 결혼이 결정되니 이루 헤아릴 수 없을 만큼 기뻤다. 내가 형보다 더 좋아하였다. 혼사 이후에 사돈가에 세찬을 보내는 관습이 있는 우리 고장에서는 옛날에는 그 세찬을 고지기라고 노비나 동리 머슴을 시켜 전달하였다. 그러나 그 임시에는 하인도 귀하고 동리 머슴도 전쟁 통에 없어졌으니 하인들의 일을 내가 하기는 탐탁치 않았지만 즐거운 마음으로 자원하여 직접 그 동리까지 가서는 사가(査家) 집에는 못 가고 왕고모 집까지만 가지고 갔다. 그 마을까지 갔으니 형수가 될 사람을 보고 싶은 마음은 이루 말할 수 없이 간절하였으나 그럴 수가 없어 그냥 돌아왔다.

당시 상당히 절차가 복잡한 우리 고장의 전통 혼례에 따라 사성(四星, 사주단자)이 가고 택일을 하여 보내오고 납폐(納幣, 신부 집으로 예물을 보내는 일)까지 절차를 다 거쳐 결혼일에 형이 아버지와 같이 성례를 갖추기 위하여 신부 댁으로 갔다. 그 전에는 예복을 입고 말을 타고 갔으나 말이 없어졌으니 걸어서 갔다. 우리 고장에는 결혼식을 하면 혼례를 마치고 삼일이나 오일 만에 신랑이 돌아올 때 신부가 같이 시집에 왔다가 삼일을 지내고 다시 친정으로 가서 일 년을 머물다가 영원히 시집으로 오는 관습과 혼례 후 신랑만 돌아오고 신부는 일 년 후에 시집으로 오는 관습이 있었다.

13   형을 대신하여 육군에 지원 입대하다

형의 결혼, 형의 소집영장

1951년 평양을 거쳐 압록강까지 올라간 우리 군은 중공군의 전쟁 참전으로 전세가 급변하여 1952년 1·4 후퇴로 서울을 중공군에게 다시 빼앗기고 이남으로 후퇴하고 만다. 그러나 우리 군은 다시 반격하여 3월 15일에 서울을 다시 탈환하고 4월초에 맥아더 장군이 해임된다.

이렇게 전황과 국내 정세가 한 치 앞을 예측할 수 없는 급박한 상황으로 변할 즈음에도 우리 집은 별다른 변화도 위험도 없었다. 형의 결혼식도 무사히 치렀으니 이제 형수만 일정 기간 친정에 있다 시집으로 오면 우리 집은 새로운 분위기로 새로운 삶의 터전이 시작되는 것이다. 그런데 세상은 이렇게 소박하고 애절한 소원마저 빼앗아가고 마는 기막힌 상황을 안겨 주는 이유는 무엇인가. 그것은 이 나라 이 시대에 태어난 불행한 운명의 결과인 것이다. 형이 장가간 지 고작 이틀째인가 아직 집으로 돌아오지도 않았는데 소집영장이 나온 것이다. 가정의 장남으로서 대단히 난처한 일이었다. 결혼을 하자마자 아내를 두고 전쟁터로 가는 당사자의 심정은 무엇으로 표현이 될 수 있겠는가. 난지난사(難之難事)였다.

너무도 황당하여 아버지나 집안 식구들도 대안 없이 속만 태우고 있었다. 집안이 우울하고 절망적인 시기에 내게 어떤 사명감이 들었다. 나는 스물한 살로 성인이고 차남이었지만 집안의 농사일도 제대로 못하였을 뿐만 아니라 할 성의도 없었다. 아버지에게도 매사에 순종하고 고분고분하지도 못하였으니 집안에 보탬은커녕 거추장스런 존재로, 없어져도 우리 가정에 아무 지장이 없는 식구라는 생각이 들었다. 또한 처자식 없는 몸으로, 전쟁에 나가 죽는다 하더라도 이 세상에 태어나지 않은 것으로 치면 그만인 것이었다. 그래서 형이 가는 것보다 대신 내가 가는 것이 우리 집을 세우는 길이라는 생각을 하기에 이르렀다.

형의 이름으로 군에 입대하다

나 하나의 희생으로 가정의 안녕과 후손의 번창을 기할 수 있다면 내 한 몸 버릴 가치가 있는 것이라 판단되었다. 어차피 의용군에 갈 때 이미 집안을 위하여 죽을 각오를 한 바 있었고 집에 정을 두고 있을 마음도 없었으며 형의 처지가 더욱 난처하게 된 이 기회에 집을 나가야겠다는 결심을 하게 된 것이다.

내가 갈 길은 이 길뿐이라고 단정하고 아버지에게 내 결심을 말씀드렸더니 무척 당황하며 한참을 대답하지 못하고 잠자코 계시다가 힘없이 그저 그렇게 해서는 안 된다고만 하셨다. 그러나 나는 이미 모든 것을 희생할 각오를 여러 번 다짐하고 결심한 것이라 다른 방도도 있을 수 없고 오직 입대한다는 생각뿐이었으니 아버지의 허락 여부는 별 걱정이 안 되었다. 단지 형님이 용인할 것인지가 가장 큰 문제였다. 당사자가 한사코 안 된다고 하면 대신 입대하는 것은 불가능한 일이었다.

며칠 후 처가에서 돌아온 형은 이런 사정을 알고는 황당하고 기가 막혔을 것이다. 거기에다 동생이 대신 가겠다고 한사코 우기고 있으니 더욱 난처한 입장이었으리라. 형도 처음에는 어림도 없는 소리를 한다며 군에 입대하려고 작정하고 준비하였다.

　　형은 입대한 후에 집에서 해야 할 일을 내게 이것저것 자세히 일러주었다. 그러자 형제간에 감출 수 없는 서러움과 애달픔이 몰려와 울음이 쏟아졌다. 내가 의용군에서 달밤에 형을 우연한 장소에서 만났을 때도 꿈속에서 형을 만난 것이 아닌가 하는 아련한 생각이 들었는데, 또 형제가 이별해야 할 운명이 닥친 것이었다. 평소 형은 음식을 사촌 몰래 숨겨서 나누어 주고, 논밭에 나가 일할 때도 아버지 몰래 참외를 사서 내게 먹으라고 주고, 힘든 일이나 궂은 일이 있어도 나를 시키지 아니하고 혼자 다 처리하고, 어릴 때도 나는 고집이 세고 형은 온순하여 서로 충돌하면 형이 항상 양보하였다. 그런 우리 형제가 이제 각자 헤어져 제 갈 길을 가야 하고 어쩌면 이 세상에서 다시 만나지 못할 영원한 이별을 해야 하니 비통하고 애절한 심정은 한이 없었다.

내가 택한 길에 후회 없이

　　때는 11월 말경이었다. 내가 한사코 만류하는 형의 말을 들으려 하지 아니하고 기어코 간다고 하니 형도 어쩔 수 없다고 생각하였는지 반대하는 강도가 누그러졌다. 아마도 아버지와 형이 의논하여 어쩔 수 없는 차선책으로 묵시적인 승낙을 한 것으로 생각되었다. 아버지와 형은 가을에 추수한 벼 두 섬을 팔아서 그 돈을 전대(錢帶)에 넣어 허리에 차고 다니도록 준비하였다. 소야 작은 아버지도 나락 한 섬 값을 보태 주셨다.

성주 중앙국민학교에 집결한 인원은 100여 명이나 되었는데 그 중에서도 내가 제일 어려 보였다. 이 학교는 전쟁으로 휴교하였고 빈 운동장에는 군데군데 얼음이 얼어 있어 발을 디디면 바삭바삭 깨어지곤 했다. 그날의 날씨는 차가웠으나 긴장하여서인지 추운 줄도 모르고 장시간 기다리며 운동장에 서 있었다. 거기에는 우리 식구, 친척 모두가 전송 차 나왔으며 사창의 고모부도 내가 서 있는 줄에까지 다가오셔서 돈을 한 주먹 쥐어 주며 건강히 잘 다녀오라고 하셨다.

성주에서 호명점호와 명단 작성이 있은 후 인원은 군 트럭을 타고 왜관역 광장으로 이동하였다. 군 트럭이 가는 쪽으로 손을 흔들며 통곡하는 사람, 그 자리에 주저앉아 눈물을 삼키는 사람, 실성한 듯 손을 흔들어대는 사람 등 모두가 제정신이 아니었다. 우리 가족들은 그렇게 애절한 이별은 아니었으나 형만 돌아서 있는 것으로 보아 동생을 사지로 보내는 모습을 차마 볼 수가 없어 눈물을 흘렸을 것이다.

폭격을 맞아 허물어진 성주읍 시가지를 지나 차는 순식간에 왜관역에 도착했다. 입고 떠난 옷은 홑바지 저고리에 내의도 없었으므로 양력 12월 엄동 추위는 모질고 차가웠다. 역 광장에서도 사시나무 떨 듯 벌벌 떨며 무작정 서서 기다리니 해가 지고 깜깜해지자 밤바람이 얼마나 매섭고 차가운지 말로 다 표현할 수가 없었다. 그런 모진 추위에 시달리며 밤중에 겨우 열차를 타기는 하였는데 그것은 화물차였다. 화물칸이 열 개도 넘어 많은 인원을 수송하는 모병 열차이나 우리는 어디로 가는지조차 알 수도 없었고 알려 주는 사람도 없었다.

그런데 타고 있는 화물 열차라도 움직여야 견딜 수 있을 터인데 역 예비선에 위치한 우리 기차는 출발할 생각을 하지 않았다. 그 추운 하룻밤을 새우고 이틀 밤을 새워도 갈 생각을 하지 않으니 이것 또한 참기 힘든 지옥 같은 고통이었다. 불행 중 다행으로 왜관 경찰서에 근무하고 있는 막내 삼촌이 나를 찾아오셨다. 하지만 별다른 대우를 할 수는 없었는지 입던 양털 점퍼를 가져다주어 입어 보니 추위도 한결 견디기 쉬웠고 보기도 좋아 주위에서 부러워하였다.

낮에는 그래도 햇빛에 나가 서 있으면 견디기가 조금 나은 편이나 밤바람은 살을 에어 이를 악물어야 했다. 고삐(기차)에는 문도 없고 밑바닥 판자도 군데군데 구멍이 나 있어 그냥 노천에 있는 거나 별다름 없어 한밤중에 그 추위는 상상을 못할 정도로 고통스러웠다. 그렇게 추위가 너무 심하다고 여겼는지 목탄 포대를 고삐마다 배정해 주었다. 숯불이라도 피워 추위를 견디라는 것이었다. 각자 통조림 깡통 옆구리에 구멍을 내고 숯을 피워 그 주위에 둘러앉아 화롯불 쪼이듯 하면서 시간을 보냈다.

하루는 추워서 도저히 잠을 잘 수가 없어 숯불 깡통에 의지해 밤을 새우고 동녘이 희뿌옇게 새는 새벽 무렵이었다. 밤새껏 웅크리고 있어서 꼬부라진 허리를 펴려고 일어서는 순간 아찔한 기분이 들더니 중심을 잡기가 힘들고 몸이 마음대로 움직여지지 않는다 싶다가 그만 쓰러지고 말았다. 그리고 몇 시간이 지났는지 정신이 돌아와 의식을 차려 보니 숯불의 일산화탄소를 밤새껏 마시고 가스에 중독되어 쓰러진 것이었다. 그곳은 밀폐 공간이 아니고 개방된 곳이었으나 오랜 시간 코밑에서 들이마신 결과 나 혼자만 자빠지고 말았다.

깨어나 보니 응급조치를 하는 것이 아니고 고삐 바닥에 그대로 눕혀 놓고 있는 것이었다. 만약 거기서 죽었으면 입대도 못하고 죽었으니 전사도 아니고 그저 행인의 횡사 취급을 당하고 말았을 것이다. 파김치가 되어 기진맥진하고 있을 무렵 막내 삼촌이 냄비에 죽을 끓여 손수 들고 오셨다. 머리가 아파 정신이 없었으나 며칠을 주먹밥으로 지내 배가 엄청 고픈 차에 죽을 보니 본능적으로 힘이 생겨 냄비 바닥을 소리가 나도록 긁어 먹고 나자 생기가 도는 기분이었다. 그러던 중 나흘째인가 어둑어둑해질 무렵 전원 승차하라는 고함소리가 들렸다. 드디어 이제 갈 곳으로 가는구나 하는 안도의 기쁨마저 느껴졌다.

막내 삼촌도 기차가 떠나는 것을 알았는지 전송 차 오셔서 조심하라 이르고 양털 점퍼를 가져가셨다. 목적지에 가면 군복으로 갈아입어야 하고 민간복은 필요가 없으니 점퍼를 도로 가져가신 것이었다. 그걸 입고 며칠을 지내다 벗고 나니 알몸이 된 것처럼 추위가 더욱 심하여 견디기 어려울 지경이었다. 차라리 처음부터 입지 않았으면 이렇게 춥지는 않았을 것을 하는 생각마저 들었다.

영천역에서 추위와 싸우며 대기하다

왜관역을 떠나 얼마를 갔을까. 캄캄한 밤이라 어디가 어디인지 알 수 없었고 낮이라 하여도 처음 가는 곳이라 알지 못하였을 것이다. 그런데 얼마를 가더니 기차가 또 멈추어 역 뒤 예비선으로 간 후 기관차만 떠나버리는 것이었다. 멈춘 곳이 어디인지도 모르고 어디로 가는지도 모르니 여기가 목적지인지 알 수 없었다.

수소문을 해 보니 이곳은 영천이라고 하였다. 그러니 대구를 거쳐 여기까지 와서 다시 대기 선에서 갈 시간까지 대기하는 것이었다. 또 한 밤을 추위와 싸우며 넘겨야 했다. 나는 이제 숯불도 없었으려니와 있다 해도 변을 쏟고 기절까지 하였으니 다시는 근처에 갈 수도 없었을 것이다. 그 숯불 냄새가 조금만 나도 역겨워지고 코에 그 냄새가 붙어 있어 상시 냄새가 나는 기분이었다.

하룻밤을 또 지새우고 나니 이제 육신이 나른해지고 기진맥진하며 아무 의욕조차 없어져서 죽든 살든 이와 같은 환경에서는 오래 견딜 수가 없다는 생각뿐이었다. 이렇게 하룻밤이 더 지나고 아침이 되자 다행히도 기차가 움직이기 시작했다. 그제야 살았다는 생각이 들었다. 빨리 가 봐야 치열한 전선뿐인데도 그곳이 그리워 가려고 하는 무지한 사람은 없으리라. 달리는 기차 안에서 창밖을 보니 낮이라 생전 처음 보는 낯선 땅과 산과 들을 거쳐 가는 게 선명히 보였다. 그리고 어느 곳에 도착하자 전원 하차하라는 소리에 기차에서 내려 사열 종대로 서서 걷기 시작했다.

대한민국 육군이 되다

영천에서 이동하여 온 곳은 포항이었고 역에서 사열 종대로 포항국민학교까지 행군하였다. 이 학교는 보충대로 징발되어 제주도 제1훈련소에 들어갈 때까지 대기하는 곳이었다. 간단한 신체검사 후 군번을 부여받았다. 이렇게 대한민국 육군이 되는 입영 절차는 간단하게 끝났다.

당시 우리 군과 UN군은 평양을 탈환하고 압록강까지 진격하는 대성과를 거두었으나 여기서 김일성은 물러서지 아니하고 중국에 응원군을 요청하여 중공군 수십만 명이 인해전술로 압록강을 건너오자 전세가 또 다시 뒤바뀌어 서울을 버리고 후퇴하는 지경에 이르렀다. 중공군이 산 고지에서 꽹과리와 징을 요란하게 치며 개미떼 같이 밀려오면 아군과 미군은 꽹과리와 징소리에 지레 겁을 먹고 도망가기가 바빴다고 한다. 이로 인해 인력이 소모되고 사기는 비참하게 떨어져 다시 남으로 일사천리로 후퇴하고 말았던 것이다. 그런 상황에서 우리들은 제주도 훈련소에 입소하기 위한 입대 수속을 하고 훈련소에 자리가 날 때까지 이곳에서 대기하였던 것이다.

중공군의 참전으로 전세는 순식간에 불리해져 수많은 장병들이 희생되었다. 이 병력을 보충하기 위하여 소위 소집이라는 지상명령으로 길 가던 사람이나 학생을 무차별로 끌고 와서 군번을 주고 군복을 입혀 간단한 총기 사용 요령을 가르쳐 일선에 배치해야 하는 위급한 상황이었다. 신체검사라야 형식적이고 불구자만 아니면 다 합격으로 판정되었다. 나는 형의 이름으로 대신 입대하였으니 이 과정에서 탄로나 나지 않을까 겁을 먹고 신체검사가 끝날 때까지 가슴을 조이고 있었다. 이름을 잘못 들어 대답을 않는다든지, 내 자신이 실수한다든지에 신경을 극도로 썼기 때문에 나의 본명은 얼마가지 않아 뇌리에서 서서히 사라지고 있었다.

　주위 동료들에게도 '이일훈'으로 불렸고 신체검사에 무난히 합격되어 9292490이라는 군번이 주어졌다. 타원형 스테인리스 재질에 이름과 번호가 찍힌 인식표를 군번줄과 함께 지급받아 목에 걸었다. 그리고 대한민국 육군으로 내 병적(兵籍)을 기록하는 병적기록표가 생성되었다. 이 카드는 내가 가는 곳마다 따라다니며 나의 행적을 기록하게 될 것이었다. 나는 이제 '이일훈'으로 일체의 병적이 완벽하게 작성되었고 나의 실명을 증명할 사진 같은 것은 첨부되지 않아 다행이었다. 지문 또한 좌우를 다 찍어 놓았으나 일상의 용도로는 사용되지 않는 것도 다행스러웠다.

　이제부터 군 생활의 시작이었다. 군번을 받으니 군복도 지급되었는데 전부 미제였다. 작업복 상하의와 전투모 그리고 미제 군화에 발등까지 덮는 긴 겨울 외투도 지급되었다. 외투에는 누런 황금색 큰 단추가 앞가슴서부터 배꼽까지 두 줄로 달려 있었다. 한 줄에 다섯 개씩 열 개의 단추가 가슴을 덮으니 보기에 그럴싸하였다. 겨울이어서 내의 상하 한 벌과 러닝, 팬츠 및 양말 한 켤레도 지급되었다. 개인에게 지급된 장비는 이것이 전부였다. 가지고 간 돈은 행여 타인에게 알려질 새라 허리 전대 속 따뜻한 곳에 안전하게 지니고 있었다. 민간 복장을 벗고 군복으로 갈아입을 때도 남의 눈을 피하여 간수를 잘하였다. 이제 정식 군인으로 하루하루를 군의 명에 따라 보내야 했다.

추운 바닷바람 속의 보충대 생활

포항국민학교는 바다에서 얼마 멀지 않은 시가지 가운데에 위치해 있고 출입하는 도로도 좁고 길어 군부대가 있을 만한 곳이 못되었으나 바다가 가깝고 교실을 침실로 이용해야 하기 때문에 이곳을 보충대로 이용하게 된 것이었다. 학교 주변은 철조망이 이중으로 높이 쳐져 있었고 운동장 안은 하루 종일 수천 명의 대기병들이 서서 왔다 갔다 하고 있었다.

아침 일찍 일어나 단체로 열을 지어 구보로 해변까지 나가서 바닷물로 세수하고 돌아오면 편성된 조별로 열을 지어 외투를 입은 채 운동장 땅바닥에 앉아 아침밥을 기다렸다. 사역병으로 차출된 병사들이 반으로 자른 드럼통에 배식(配食)을 받아서 김이 술술 나는 밥통을 막대에 걸어 두 사람이 앞뒤로 메고 오리걸음으로 걸어오면 그 뒤에 식기를 가진 다른 병사가 따라왔다.

배식은 각자 소속 대열의 맨 앞에 밥통을 갖다 놓은 후 식기에 밥을 퍼서 담고 그 위에 된장국을 부어 맨 앞사람에게 주면 받은 사람이 뒤로 전달하는 방식으로 이루어졌다. 맨 끝에 있는 사람은 자기 식기를 받아든 채로 배식이 모두 끝날 때까지 기다려야 했다. 식사가 끝나면 개인 소유의 수저는 요령껏 닦아서 호주머니에 보관했다. 식사는 작은 알루미늄 양식기에 국과 밥을 말아서도 반 그릇 정도였으니 굶주린 배에 턱 없이 적은 양이었다. 한두 번 우물거리면 밥은 바닥나고 말았다. 이런 식사를 하고 나면 12시까지 종일 운동장에 서서 기다려야 하니 이것도 참기 힘든 고통이었다.

때로는 배식 때 맨 나중에 받을 사람의 식기가 모자라는 경우가 일어나기도 했다. 식기 수는 그 대열의 인원에 꼭 맞추어 할당하였으니 모자랄 이유가 없으므로 그럴 때면 모두 식기를 땅바닥에 놓고 일어서야 했다. 간혹 미련한 한두 사람이 배가 고파 한 그릇을 슬쩍하여 외투 밑에 감추어 두 그릇을 챙기고 있다가 일어서라 하니 외투 밑에 숨겨둔 그릇이 탄로 나서 벌을 받아야 했다. 벌의 종류도 다양하여 식기를 물고 운동장을 도는 구보를 시키거나, 또는 아예 배식된 식기를 압수하여 가 버렸다. 그러면 한 그릇 더 먹으려고 슬쩍하다 도리어 제 몫도 못 먹는 신세가 되어 버리는 것이었다.

아침부터 바람이 많이 불어 먼지가 일어나 눈을 제대로 뜰 수 없을 때도 있었다. 식사시간에 이러한 바람이 몰아치면 그 먼지도 같이 먹어야 하니 밥에 모래를 비벼 먹는 격으로 입도 열 수가 없어 우물우물 넘기고 순식간에 식사를 해치워야 했다. 보충대 환경은 전쟁 중이라 부득이한 경우라 하지만 사람으로 처우하는 것이 아니고 짐승도 이렇게 하면 얼마 못 가서 죽고 말 것이었다. 이런 처참한 환경에서 죽지 못하여 목숨이 붙어 있으니까 그대로 있을 뿐이지 존재 의식과 생존의 이유조차 희미하였다. 철조망 근처에는 보충대 주변의 마을사람들이 굶주린 대기병을 상대로 장사를 했는데 철조망 사이로 손을 내밀어 먹을 것을 흔들며 호객을 했다. 오징어가 주로 많았고 떡도 있고 엿도 있었다. 이 안에 있는 자들은 사람이 아니고 굶주림에 완전히 돌아버린 반 짐승이라 먹을 것이 눈에 보이기만 하면 본능적으로 눈이 휘둥그레져 돈을 있는 대로 주고 사 먹었다.

교실 옆 한구석에는 먹을 것과 일반용품 등 물건을 파는 조그마한 주보(군매점)가 하나 있었다. 여기에는 언제나 인산인해로 발을 디딜 틈도 없이 모여들고 주로 먹을 것을 사는 사람들이 많았다. 워낙 사람이 많으니 가게 문전까지 가는 것이 쉽지 않고 서로 밀고 밀리는 것은 하루 종일 벌어지는 현상이었다. 어떤 사람은 힘을 다하여 밀고 들어가 엿 몇 가락을 사서 손에 쥐고 나오는데 밀고 밀리고 하다 보면 손아귀에서 드러난 부분은 다른 사람이 다 분질러 가거나 부러져 떨어지고 자기 손아귀에 쥔 것만 남았다. 아비규환이 었지만 음식 냄새라도 맡으려는지 주보 주변은 하루 종일 붐볐고 남이 사 먹는 것을 부러운 듯 보고 있는 병사들도 많았다.

살아 있음이 기적 같은 날들

하루 종일 밖에서 떨며 먼지 마시고 멍청하게 철조망 밖을 내다보며 하염없이 무의식의 공간을 헤매다가 어둑어둑 어둠이 내려오고 들짐승도 귀소하는 시간이 되면 우리 '준(準)인간'도 잠자리에 들었다. 잠자는 장소는 다름 아닌 학교 교실로 교탁이나 흑판, 책걸상 따위는 없어진 이곳은 이 준인간을 잠재우는 역할만 하는 곳이었다.

교실에 들어갈 때는 일렬로 서서 차례대로 입실하여 교실의 가장가리 창문 쪽부터 차례로 선다. 한 교실에 300명 정도를 수용하는지 입실을 완료하면 서 있어도 옆 사람과 서로 닿을 정도로 꽉 들어찬다. 입실이 끝나고 지시에 따라 창문 쪽과 복도 쪽의 줄부터 한 줄씩 앉고 나면 한가운데 두세 줄은 설 자리도 앉을 틈도 없어진다. 그런 다음 서 있는 줄의 사람들에게 앉으라고 고래고래 소리를 지르면 한 줄쯤은 비비고 억지로 앉으나 마지막 한두 줄은 도저히 틈이 없어 서 있을 수밖에 없는데, 그러면 서 있는 사람들의 어깨를 나무 막대기로 사정없이 후려치니 서 있을 수도 없어 옆 사람 머리 위로 반쯤 앉아 자세를 낮추기만 할 뿐이다. 그러면 또 다시 몽둥이가 날아오니 이를 맞지 않으려고 비비고 몸부림을 치다 보면 거의가 다 앉을 수 있기는 하나 각자는 몸을 옴짝달싹도 하지 못할 정도로 서로 겹치고 겹친다.

이렇게 앉으려고 열을 내고 나면 추위는 사라지고 좁은 교실에 많은 사람이 들어와 있으니 각자의 체온과 입김으로 순식간에 교실 내의 온도는 견딜 만하게 상승한다. 그 대신 악취는 코를 상하게 할 정도이다. 이렇게 앉은 자세에서 허리를 펴고 누우라고 하면 내 베개는 뒷사람의 배가 되고 내 배는 앞사람의 베개가 된다. 그러나 이렇게라도 누워 있으면 여러 날을 하루 종일 웅크리고 떨던 몸은 온 삭신이 으스러질 정도로 아프면서도 긴장이 풀어지는지 그 순간에는 편안한 감을 느껴 어느 사이엔가 잠이 들고 만다. 얼마를 잤는지 어느 순간 눈이 떠지기도 하는데 다리가 장시간 눌린 탓에 피가 제대로 통하지 않아 저리는 통증이 잠을 깨운 것이다. 이러다 보면 날이 새고 대지가 밝아와 또 지겨운 하루가 시작된다. 그래도 저녁이 되면 돌아올 수라도 있는 우리의 보금자리였다.

배가 고파 훔친 것 물고 운동장 돌기

식사시간이 되면 운동장 저 끝 취사장 주위에는 음식 냄새라도 맡으려는 사람들로 우글거렸다. 그러던 어느 날 한 부식 차가 도착하자 채소 등 부식을 하역하는 것을 구경하던 한 병사가 굶주림을 견디다 못해 큰 무 하나를 들고 달아났다. 그것을 본 취사병이 기어이 따라가 잡아서 이름을 적고는 그 큰 무를 입에 물린 채 운동장 교단 위에 세워 놓거나 운동장을 몇 바퀴 구보시키는 기합을 주었다.

많은 밥을 큰 솥에 하다 보니 간혹 누룽지가 많이 나오는 날이 있었는데, 이 누룽지를 가마니에 넣어 싣고 밖으로 나가는 작업을 구경하다 누룽지를 한 주먹 움켜쥐고 도망치는 병사도 있었다. 그러다가 잡히면 또 운동장 교단에서 하루 종일 벌을 서는 고초를 당했다. 전쟁터에서 싸우다 죽더라도 먹을 것은 제대로 먹고 배고픈 고통은 없이 죽었으면 하는 바람이 간절했다.

전쟁 중 부패한 지휘관의 수탈

전쟁은 다 이러한 것인지 병사들의 의식주는 가히 사람대접이 아니고 짐승도 견디지 못할 상황이었다. 하지만 실은 전군의 사병들이 헐벗고 굶주리는 이유가 부패한 지휘관들의 수탈 때문이라고 한다면 이자들은 천벌을 받아 마땅할 것이었다. 이 전쟁은 우리나라 동족상잔(同族相殘)이지만 UN이 참전하였으니 세계전쟁으로 확전되었고 미국과 세계에서 전쟁물자를 지원하였다. 군수물자는 정량으로 보급 받지만 일부 지휘관들이 뒤로 빼돌려 군 간부들의 후생비로 쓰고 있었다. 이런 사정이 알려지면 민중이 봉기할 수도 있었을 것이다. 그러나 전시에 식량 보급 등이 제대로 되지 않아 불가피한 것으로 짐작하며 참고 견디기만 했다. 이런 부정을 감시하는 기관도 없었다. 공식 또는 비공식으로 영외 거주미(營外 居住米)라는 이름으로 군 장교들의 가족에게도, 후생미(厚生米)라는 이름으로 장교들 각자에게도 지급하니 영내 사병들의 식량은 모자랄 수밖에 없어 못 입어 추위에 떨고 못 먹어 진이 다 빠졌다. 이렇게 수십 일간을 포항 보충대에서 지냈으므로 훈련도 하기 전에 병사들은 피골이 상접하여 한심하고 처절한 지경이었다.

14

제주도 훈련소의 이상한 병영 생활

제주도 제1훈련소로 향하다

포항 보충대에서 굶주리고 추위에 떨며 지낸 기간이 한 달이 가까워지니 출동한다면서 각자 소지품이라고는 입고 있는 옷밖에 없었지만 그래도 준비하라고 하루 전에 통보하였다. 제주도에는 비행기로 가는지, 배를 타고 가는지 알 수도 없었지만 지옥 같은 이곳을 막상 떠나게 되니 어쩐지 또 다른 두려움이 앞섰다.

포항에서 지내는 한 달 동안 취사장에 있는 사람 하나를 우연히 알게 되었는데 그 사람을 통해 배를 타고 가게 된다는 이야기를 들었다. 나는 가는 동안이라도 배고픈 것을 해결할 방안을 생각하고 떠나는 날 밤 어두울 때 그 사람을 찾아가 누룽지를 좀 줄 수 없겠는지 조심스레 부탁하니 천만다행으로 쾌히 승낙해 주었다. 그래서 집에서 올 때 가지고 온 미숫가루 자루를 주었더니 누룽지를 한 자루 꼭꼭 다져 담아 주었다. 굶주림이 극한에 이른 때라 음식의 질이나 종류를 가릴 처지가 아니었으므로 누룽지 한 자루는 엄청난 선물이었다. 고맙다는 인사로 허리에 차고 있던 돈 전대를 처음으로 헐어 얼마간 쥐어 주자 그쪽도 좋아서 고맙다며 잘 가라는 인사를 진심으로 하였다. 나는 굶주림의 고통을 참고 견디며 허리에 찬 돈에는 일절 손을 대지 않았다. 내 몸에 돈이 있다는 표를 절대로 내어서는 안 된다고 생각하였기 때문이다.

누룽지를 사고 보니 돈의 위력을 실감할 수 있었고 다음날 떠날 때 어쩐지 배고픈 느낌이 덜한 것 같았으며 의기도 양양하였다. LST를 타려고 부두로 가는 길에도 힘이 생겨 발걸음도 가벼웠다. 산 사람에게 배고플 때 먹을 것이 있다는 것은 마음의 안정과 생기에 크나큰 영향을 준다는 점을 실감할 수 있었다. 지나고 보니 제주 훈련소로 가는 배를 타기 전에 겪은 굶주림의 고통이 군대 생활 동안 마지막이었다.

LST 타고 48시간 항해의 시작

배를 타는 부두라고는 하나 백사장이었다. 지금 기억으로는 배를 타기 위하여 보행한 거리가 멀지 않았으니 아마도 포항 죽도해수욕장인 것으로 짐작된다. 백사장에 대기한 배는 생전 처음 보는 배여서인지 엄청 커 보였는데 앞쪽에 큰 입을 벌린 채 파도에 약간 움직이고 있었고 입구 안쪽은 굴속같이 깜깜하였다. 입구 양쪽과 백사장에 서 있는 군인 몇 사람이 우리를 응시하고 있었다. 우리는 백사장에서 장시간에 걸쳐 호명점호를 마치고 차례로 배에 올랐다. 배에 오르니 복도를 중심으로 양쪽에 약간 높게 만든 침상 같은 자리 외에 시설물은 아무것도 없었다. 이 배는 병력수송 전용 선박이었다. 우리는 양쪽으로 나누어 신발을 벗고 침상 위로 올라가 오열로 정렬한 후 중앙 통로를 사이에 두고 서로 마주보고 앉았다. 내가 있는 위치는 배 중간쯤으로 여겨졌고 같이 탄 인원은 300~400명은 되어 보였다.

배는 정박되어 있었지만 심하게 움직였고 그 큰 배가 움직이니 천지가 요동치는 느낌이었다. 이윽고 배의 출입 철문이 닫히자 천장에서 전기가 켜

지고 요란한 기계음이 바닥에서 몸으로 전진(傳振)되어 귀로도 몸으로도 들릴 만큼 육중하게 울려댔다.

철갑선 안에 갇힌 우리들은 바깥 바다와 육지가 어떻게 멀어져 가는지, 방향이 어느 쪽인지 알 수 없었으나 이제는 추위의 고통에서 벗어나 살 만하였다. 저녁때가 되었는지 주먹밥을 한 개씩 나누어 주었다. 창자가 통째로 빈 상태이니 주먹밥 하나는 코끼리 비스킷에 불과했다. 씻지 못해 때가 묻은 손으로 주먹밥을 받아 몇 입 먹고 나면 손바닥은 비고 손가락에 붙은 밥풀 몇 개도 놓치지 않고 다 핥아먹고 나면 손바닥의 거무스름한 때도 희어졌다.

병사들은 옆 사람과 쓸데없는 공상에 자신의 사연까지 이런저런 대화를 하다 지쳐 스러지듯 잠이 들었다. 나는 옆 사람과 대화를 하다 혹시나 말실수라도 하여 형 대신 입대한 것이 탄로날까봐 긴장하느라 잠이 오지 않고 눈만 더욱 초롱초롱해졌다.

숨겨 놓은 누룽지를 팔다

배를 타고 하룻밤이 지났다. 배 안은 기름 냄새, 기분 좋지 않은 구토 냄새, 많은 사람들의 체취와 잡다하고 텁텁한 공기로 가득했다. 녹초가 되어 그대로 고꾸라져 머리도 못 드는 사람들이 군데군데 보였다. 반면 나는 뱃멀미도 가벼워졌고 그동안 굶주린 배도 누룽지로 허기를 면한 상태라 갑판까지 올라가고픈 의욕이 일어났다. 선실에서 왔다갔다 하는데도 누구도 간섭하지 않는 것은 아마 도망칠 곳도 없고 이탈할 위험도 없었기 때문일 것이다.

위로 올라가 보아도 될 것 같아 철 사다리를 타고 올라가 철문을 열고 밖으로 나가 보니 가히 상상할 수 없는 광경이 펼쳐졌다. 사방은 눈이 부시게 밝고 망망대해에 파도의 포말이 일고 있었다. 배가 좌우로 넘어질 듯 사정없이 기울어 철 갑판 위에 바닷물이 이리 쓸리고 저리 쓸렸다. 높은 파도가 배와 부딪쳐 만들어 낸 포말이 배 위를 덮치니 나는 그대로 서 있을 수가 없어 문 옆에서 난간의 철봉을 잡고 얼마간 버티다 견딜 수가 없어 안으로 들어오고 말았다.

배 안으로 돌아오니 나 없는 사이에 바로 옆 사람이 이상한 생각을 하여 내 보따리를 확인한 모양이었는지 내게 귓속말로 주머니에 있는 것이 무어냐고 물어왔다. 나는 더 이상 속일 수 없다고 판단되어 바른 대로 그것은 누룽지인데 포항에서 하도 배가 고파 배 안에서 요기라도 할까 하여 상당한 돈을 주고 사 온 것이라고 실토하였다.

옆 사람은 그 소리를 듣고 깜짝 놀라면서 거기서 누룽지를 살 수 있더냐 하고 자신도 그렇게 하지 못한 것을 후회하며 내게 돈을 줄 터이니 나누어 달라고 간절히 애원했다. 나는 돈을 주지 않더라도 더 이상 혼자 먹을 수 없다고 생각하였는데, 옆 사람의 옆 사람까지 알려지면 감당하기가 힘들 것 같아 돈을 받고 파는 수밖에 없다는 생각으로 쾌히 좋다고 하며 제법 많은 양을 나누어 주었다. 그러니 얼굴에 기쁜 기색을 하며 고마워하였다. 그런데 어떻게 알았는지 몇 사람이 다가와 누룽지를 팔라고 요청하는 것이었다. 있는 것을 아는 사람에게는 거절할 수가 없어 누룽지 주머니를 꺼내 내가 필요한 만큼 넉넉한 양을 남겨두고 나머지는 모두 나누어 주고 말았다. 돈을 주는 대로 받으니 살 때의 가격보다 배나 되었다. 이렇게 되고 보니 배고픈 것을 다소간 면하고 같이 가는 사람들도 허기를 면하게 한 일이라 지금까지 기억에 남는다.

제주도에 도착하다

이틀째 되는 날 저녁나절로 짐작되는 시각인데 배가 완전히 좌우로 흔들리는 것이 예사롭지 않았다. 흔들리는 리듬이 빨라지는가 싶더니 배 한쪽이 완전히 천장까지 올라가고 반대쪽이 물속으로 내려가는 것이 마치 그네 타는 형상으로 기우는 각도가 어마어마했다. 누구라도 서 있거나 앉아 있을 수조차 없어 모두가 누워서 방바닥에 몸을 찰싹 붙인 채 움직이지 못했다. 거기에 구토질 소리가 여기저기서 들려오니 이 또한 참기 힘든 고통이었으나 어찌 다른 방도가 없었다. 이와 같은 상태가 장시간 지속되자 모두는 거의 실신 상태였고 몸은 파김치가 되었다.

그러고 얼마가 지났는지 배가 큰 덩어리에 부딪친 것 같이 앞으로 나아가지 못하고 멈칫 섰다. 또 무슨 큰 변고가 있는 것이 아닌가 겁을 먹고 있었는데 그때 호루라기 소리가 들리며 목적지에 도착했으니 상륙 준비를 하라는 명령이 떨어졌다.

우리는 장시간 파도와 싸우면서 지치고 탈진한 상태라 상륙을 기뻐할 기력마저 없었으나 일어나지 않을 수 없어 모두 일어나 각자 소지품을 정리했다. 그리고 또 다시 변하는 환경에 대한 두려움과 닥쳐올 어려움에 긴장하며 하선할 준비를 하고 대열을 정돈하였다. 그리고 얼마 있으니 배의 앞쪽 커다란 철문이 열렸다. 바깥의 새 바람과 공기가 바다 특유의 냄새를 가득 품고 배 안으로 밀려들어오자 냄새만으로도 새로운 환경에 들어서고 있음을 느꼈다. 밝은 태양 광선이 환하게 비추니 천당에라도 온 기분이었지만 도착을 환영하는 군악대 소리가 우렁차게 들려오자 즐겁기는커녕 도리어 겁이 날 정도로 위세에 눌리고 말았다.

이 역사적인 날 정전회담이 진행 중인 전방에서는 피아간에 많은 사상자를 내며 치열한 전투가 벌어지고 있었다. 전투에서 죽어간 인원을 보충하기 위하여 우리들은 약간의 훈련을 거쳐 바로 전방으로 가기로 된 처지이니, 실은 천당의 입구에서 들리는 환영 나팔 소리와 군악대 소리는 슬픈 곡조임에 틀림없었다.

땅거미가 내려오는 저녁 무렵 도착한 곳은 제주도 화순 LST 비치였다. 열을 지어 배 밖으로 나오니 군악대가 백사장 저 멀리서 번쩍거리는 악기를 들고 연주를 계속하고 군 지프차 앞에 환영 나온 장교 여러 명이 대기하고 있었다.

배 위에서는 배가 흔들리니 뒤뚱거리며 오리걸음으로 걸어 나왔다고 쳐도 육지에 올라와도 역시 땅이 울렁거려 배 위에서보다 걸음이 더 어색하고 기우뚱거리며 헛디뎠다. 배에서 48시간 계속 심한 요동을 견디다 보니 몸이 울렁거림에 습성이 생긴 것인지도 모른다. 땅이 상당히 울렁거려 걸음을 제대로 걸을 수 없을 정도이고 뱃멀미마저 느끼니 사람의 몸이 비정상으로 되어 버린 것이다.

일단 보충대로 인솔되었고 도보로 가는 도중 지나가는 밭에는 무꽃이 노랗게 피어 있고 채소도 새파랗게 줄지어 있는 것이 보였으며, 별로 춥지도 않았다. 처음 보는 제주의 환경이 너무나 신기하고 놀라웠다. 육지의 엄동설한 매서운 추위에서 한 달을 지낸 생각을 하면 이곳은 완전히 딴 세상임이 틀림없었다. 그리고 흙도 새까맣고 황토의 누런색은 찾아볼 수 없을 정도로 지표의 색깔이 다르니 완전히 이국적인 환경이었다. 가는 동안 날이 어두워져 울렁거리는 증세는 상당히 회복되었으나 간혹 헛다리를 짚는 느낌이 있어 신경을 바짝 쓰고 걸었다. 보충대에 도착하여 호명점호와 동시에 소대 편성을 받은 후 간단한 주의사항과 보충대 생활규칙을 듣고 제주의 첫날밤을 지냈다.

제1훈련소 제8연대에 입소하다

이곳 보충대는 훈련을 마치면 부산 보충대로나 강원도 전방 보충대로 갈 것인지가 결정되고 일부는 특수병과로 분류되기도 한다. 또 한편으로는 신병 훈련생들이 일단 여기에 들어와 훈련이 끝나면 출동한 중대에 입소시킨다. 제1훈련소에는 제1연대에서부터 제9연대까지 구분되어 연대별로 독립된 행정과 병참 등 병력관리가 안정적이고 질서가 잡혀 있었다.

여기에 오니 비로소 군대 생활 같은 생활을 하게 되었다. 아침저녁으로 소대별로 점호를 하고 식사당번이 차출되어 배식을 하였다. 미제 반합이 지급되었는데 찬 통에는 밥과 국을 말아 낸 국밥뿐이고 다른 찬은 아무것도 없어 항상 휴대하는 자기 수저로 국밥을 퍼마시는 식사였다. 내무반에는 중앙 통로 양쪽에 무릎 높이로 시멘트를 쌓아 올리고 바닥을 흙으로 메운 후 표면은 한라산에서 나는 갈대풀을 베어 덕석을 엮어 자리 대신에 깐 것이 전부였다. 잠은 그 덕석 위에서 그대로 잤고 달랑 담요 한 장이 지급되었다. 하지만 포항 보충대의 교실에서 앞뒤 사람에게 포개어 잘 때보다는 훨씬 나았다.

그러나 식사는 역시 반 배도 안 될 정도로 찬 통에 국과 밥을 말아 한 통이니 그저 입맛 다시면 끝이었다. 당시 병사들은 한창 장정으로 식욕이나 활동량이 가장 왕성한 시기에 식사량이 고작 그것이니 체력을 정상으로 유지하기는 불가능한 실정이었다.

보충대에서 2일 정도 지나니 제8연대 156중대가 며칠 전에 훈련이 끝나고 전방으로 출동하여 그 자리에 우리가 배속되었다. 훈련은 입소한 연대와 중대에서 16주간 미리 정해진 교육 일정 및 계획에 따라 순차적으로 이루어졌다. 당시는 전방 교전지역이 38도선 부근으로 더욱 치열하게 전투가 벌어지고 있는 시기였다.

시험을 치른 후 중대본부로 호출되다

중대에 도착하자마자 훈련조교는 강도 높은 기합을 주고 혼을 빼는 훈련을 시행했다. 호명하고 소대별로 편성하며 소지품을 검사했는데 모자와 옷, 속옷까지 완전히 벗겨 놓고 한 가지씩 입혀 확인하였다. 헤쳤다 모이는 훈련도 동작이 느리면 소대별로 기합을 받았다. 한 달간 운동도 안 하고 대기하며 시간만 보냈는데 이제 완전히 군인으로서 필요한 기초훈련을 정신없이 받기 시작한 것이다. 일개 중대 훈련병은 160명 정도인데 이들은 시골의 농사꾼이 대부분이고 간혹 도시에서 장사를 하던 이들도 있었다. 우리 중대는 대부분이 경상도 성주 사람이고 일부는 타 지역에서 왔다.

이런 오합지졸에 문맹자도 상당수 있어 구령조차 이해를 못하는 사람들도 있었다. 자기 소대원 중 동작이 느리거나 불민(재빠르지 못함)한 자가 끼어 있으면 혼자 아무리 민첩해도 단체기합을 받는 경우가 허다하였다. 이것을 안 간부들은 기초 생활부터 순리대로 훈련시키는 것이 아니라 힘으로 몰아붙이는 식으로 무식하게 훈련시켰다. 전쟁은 격전으로 치닫고 전방에서 전사자가 속출하니 모자라는 병력을 보충하기에 바빠 신사적으로 훈련시킬 그런 여유도 없었을 것이다.

그러다 이틀째에 전원을 연병장에 정렬시키더니 학력이 중졸 이상인 자는 손을 들라고 하자 20여 명이 들었다. 그 사람들을 앞으로 나오라 하더니 종이와 펜을 주며 자신의 주소와 성명을 한자와 한글로 쓰라는 시험을 보게 하는 것이었다.

나는 군번을 받을 때 병적기록표를 작성하기 위하여 생년월일, 본적, 주소, 성명과 학력을 기록하여 제출한 것이 바로 병적 신상기록이 되었고 행정기관에서 가져온 것은 아무것도 없었다. 나는 처음부터 중졸이라고 기록하였는데 필기시험을 치르고 얼마 있으니 나 이일훈 등 3명을 호명하며 앞으로 나오라고 했다. 나는 영문도 모르고 뭐가 잘못되었나 또는 대리 입대한 것을 조사하려나 하며 순간적으로 불길한 생각에 겁을 먹고 가슴이 달아올랐는데 앞으로 나가니 3명을 중대본부로 데리고 갔다. 중대본부는 기간요원들의 사무실로 훈련병의 출입은 어렵고 무서운 곳이었다.

　나는 틀림없이 잘못된 것이 있으리라 짐작하고, 그 중에 성주 수륜면 작천에서 온 이규철이라는 사람에게 다가가 무슨 일로 데리고 가는지 혹시 아느냐고 물어 보았으나 자기도 잘못된 것은 아무것도 없다며 잠자코 있어 보라는 암시를 하였다. 나는 입을 닫고 죽은 듯이 따라가면서 이제 무엇인가 중대한 일이 닥치리라 생각하며 중대본부 막사 안으로 들어갔고 시장에 잡아다 놓은 촌닭처럼 기가 죽어 서 있었다.

　이윽고 중대 선임하사가 우리 앞으로 와서 이제부터 일을 시킬 것이니 시키는 대로 열심히 하라는 말만 하고 비어 있는 책상에 가서 앉으라는 것이었다. 떨고 있다가 책상에서 일을 시킨다니 마음속으로 안도의 한숨을 내쉬며 자리에 앉으니 필기도구와 미농갱지를 나누어 주며 병적 일람표(중대원 명부)를 작성하라고 했다. 우리 중대의 160명에 대한 병적 일람표 4부를 복사지를 넣어 작성하여 상부로 보고하기 위한 작업이었다. 우리는 이 일을 종일 열심히 하였는데 그 다음날은 그것만 시키는 것이 아니라 중대본부의 행정 사항, 교육계획표 정서, 서무에 관한 사항 등 잡다한 일을 시켰다. 우리는 선임하사가 시키는 것을 정성을 다하여 열심히 하였다.

중대 간부요원의 조수가 되다

　훈련소에 입소하자마자 중대본부에 와서 시키는 일을 하니 훈련도 당일부터 면제되었다. 다른 병사들은 훈련소에 들어오기 전에 보충대에서 많은 고생을 하여 벌써 기진한 상태이고 못 먹고 추위에 떨어 건강이 극도로 쇠약해져 정상적인 훈련을 받을 수 없는 상태였으나, 급박한 전쟁 와중에 그 사정을 참작할 여유가 없었으니 입소 익일부터 정규 훈련계획 일정표에 따라 훈련이 시작되었다. 그러나 우리 3명은 하루도 훈련을 받지 않고 중대본부 막사에서 행정 업무를 보조하였다. 작업복도 새것으로 교환하여 입고 내의와 양말까지 일체를 새것으로 바꾸어 입으니 그 모습이 훈련병이 아니라 기간요원 같이 탈바꿈되었다.

이삼일은 공통적으로 시키는 일만 하였는데 다시 선임하사가 담당 업무를 지정해 주었다. 훈련중대 편제는 공통적으로 서무계, 교육계, 공급계, 병기계의 4개로 편성하고 그 위에 선임하사 상사 1명과 소대장 1명, 그리고 중대장 1명과 훈련조교 2~3명이 전부였다. 나는 공급계 조수이고 이규철은 서무계 조수, 그 외 한 사람은 병기계 조수였다. 처음에 교육계 조수는 없었고 담당하사가 직접 일을 처리하였다. 이와 같은 조수 제도는 공식으로 인정된 것이 아니고 비공식으로 자체 내에서 편의상 운영하였다. 그러니 교육검열이 있으면 사무실에서 피하여 숨어 있어야 했다. 당시 내부 사정상 중대의 업무가 많아서 한 분야에 기간병(基幹兵) 한 사람으로는 도저히 감당할 수 없었다. 그래서 훈련병 중에 학력이 있고 글씨도 잘 쓰며 똑똑한 사람을 선발하여 조수로 쓴 것이었다.

처음에는 일일이 교육시켜 처리하다가 숙달되니 기간요원은 아무것도 하지 않고 조수가 모든 일을 처리하는 모양으로 바뀌었다. 담당 기간요원은 할 일 없이 날마다 잡담하고 놀기만 하다가 때때로 제주 시내로 외출이나 하고 돌아다니니 군대라는 곳이 그랬다. 총탄이 비 오듯 날아와 목숨이 위태로운 최전방도 있는가 하면 여기와 같이 조수에게 일을 맡겨놓고 빈둥대는 후방도 있었다.

전쟁 전에 할아버지의 배려로 초전 양실중등학교를 다닌 것이 고달프고 힘들며 지겨운 훈련을 안 받고 이렇게 특별대우를 받게 할 것이라고는 꿈에라도 생각하였겠는가!

쓰레기를 뒤지는 병사들

　　제주도 훈련소에 입소하기 전에 근 한 달간 먹은 것은 하루 잡곡 한 홉도 안 될 정도였다. 거기다 때로는 밀가루 풀띠 죽도 섞어 먹었으니 혈기왕성한 나이이지만 피골이 상접할 정도로 기골이 쇠약해져 있었다. 그런데 훈련소에 도착하고 나서도 식사는 조금도 개선되지 않았고 식사량도 보충대에서와 같았다. 여기에다 강도 높은 훈련이 더해져 체력은 더욱 악화되었다.

　　그러니 사람의 인상도 바뀌어 아는 사람도 전혀 다른 인상으로 변해갔다. 피골이 상접하여 눈이 백 리나 들어가고 얼굴의 광대뼈가 드러나며 볼은 살 한 점 없이 합죽하였다. 걸음걸이도 달라지고 중환자 꼴로 변하였으니 이런 군인들이 어디 가서 전쟁을 할 것인지 의문이었다. 얼마나 배가 고팠으면 훈련장에 가지 못하고 잔류하는 병사가 낮에 막사의 청소를 마치고 쓰레기장으로 가서 취사장에서 버린 먹을 것을 찾으려고 쓰레기를 뒤졌겠는가. 무 꽁지가 나오면 흙과 먼지를 털고 손으로 닦아 그대로 먹거나 잔반(殘飯) 드럼통에 손을 넣어 물속의 밥풀때기와 국 찌꺼기를 건져 호주머니에 넣기도 하였다. 호주머니에 바로 넣든 예비 모자에 싸서 넣든 그 자리에서는 먹을 수 없으니 양지바른 곳으로 가서 먹었다. 잔반통에서 건진 밥찌꺼기, 반찬, 불은 콩과 국 찌꺼기의 미역이 섞인 것을 호주머니에 넣으니 물기가 밖으로 스며나와 축축하였다.

　　이렇게 배가 고파 잔반통이나 쓰레기장에서 음식 찌꺼기를 뒤지게 하는 것은 짐승만도 못한 처우였다. 군량미가 없어 굶주린 군인들이 적과 싸워 이길 가능성은 처음부터 없었으며, 훈련소의 책임자는 일정 기간 형식적인 훈련을 거쳐 배출하면 책임을 다한 것이었다. 나라를 지키기 위하여 승리를 염두에 둔 책임자라면 무슨 대책을 써서라도 이러한 비참한 훈련은 안 시켰을 것이다.

제주도 특유의 풍토로 인한 질병

제주도의 일기는 변덕이 심하기로 유명하였다. 소나기가 오는가 하면 금세 개고 햇빛이 쨍쨍 나다가 또 다시 먹구름이 끼어 소나기가 퍼붓는 변화무쌍한 날씨가 일상이었다. 죄 없이 끌려와 굶주리고 허기진 불쌍한 훈련병들을 날씨마저 돕지 않았다. 하루에도 몇 번씩 비가 내렸고 비가 그치면 강렬한 태양 빛이 내리쪼여 허약한 훈련병들이 대열에서 의식을 잃고 쓰러지는 경우가 하루에도 몇 번씩 발생하였다. 이렇게 쓰러진 사람은 속히 응급조치를 해야 할 것이지만 구급차마저 오지 않고 통신연락도 어려워 시간을 지체해서 생명이 위험한 지경에까지 이르기도 했다. 이렇게 하여 죽는 병사는 전사일보 한 장으로 간단히 끝났다. 적과 한번 싸워보기도 전에 비명에 가는 군인들도 부지기수였다. 훈련소 화장장 굴뚝에는 매일 연기가 끊일 새가 없었다.

이 섬에서는 비가 오다가 금방 날이 개면 바람이 세차게 몰아치고 비 내린 땅에 언제 습기가 증발하였는지 시커먼 먼지가 바람 따라 눈을 뜰 수 없을 정도로 덮쳐왔다. 허약한 피부에 노란 털만 송송한 얼굴에 먼지가 설화 같이 붙어 있으니 눈만 새까맣고 콧구멍 언저리는 먼지가 습기로 젖어 까만 것이 어이가 없어 웃음이 나올 정도였다. 이런 먼지를 하루 이틀 쏘이면 대다수의 훈련병들은 눈병을 일으킨다. 이 눈병은 눈이 퉁퉁 붓고 아침에는 눈곱이 엉겨 붙어 눈을 뜰 수 없을 정도로 심하며 통증도 대단하였다. 그러나 이와 같은 눈병은 경미한 병으로 취급되어 의무실에서 안약 한 번 넣어주는 것으로 치료가 끝났다. 그런데 이상하게도 이 눈병에 걸리고 한 번 치료된 사람은 항체가 생겨서 그런지 두 번 다시 눈병을 앓지 않았다.

어떤 사유로 훈련소를 이곳 제주도에 설치하였는지 알 수 없으나, 훈련소의 적지(適地)가 아니고 악지(惡地)임이 여러 가지 질병으로 희생된 병사들의 수를 보아도 알 수 있다.

첫째로 물이 없었다. 제주도에는 식수가 부족하여 일반 주민들의 식수도 5~6킬로미터나 되는 먼 곳에서 물을 길어다 해결하는 형편이었다. 제주도 비바리들이 물 허벅을 메고 열을 지어 물을 길러 가는 모습은 병영의 철조망 울타리 밖으로 보이는 이국적인 풍광이었다. 지하의 물이 없으니 먼 데까지 가서 물을 길어 올 수밖에 없었고 그나마 수질이 좋지 않아 육지에서 온 사람은 전원 배탈이 났는데 바로 이 배탈이 이질로 연결되는 위험한 질병이었다.

제주도의 토양은 화산재가 쌓이고 쌓여 형성된 땅으로 소낙비가 오면 낮은 곳에 물이 고이나 비가 그치면 금세 지하로 사라지니 재 같은 찰기 없는 흙은 먼지가 되고 지표는 항상 건조했다. 이곳에서 식물이 자라고 생명이 유지될 수 있는 것은 소나기가 자주 내리기 때문이었다.

막사 입구 양쪽에 드럼통 두 개가 비치되어 있었는데 방화수를 담으려는 것으로 항상 물을 가득 채워 놓았다. 이 물은 비가 온 직후 땅에 고인 물이거나 물통에는 아무런 물만 채워져 있으면 되기 때문에 사람이 먹을 수도 없고 먹어서도 안 되는 물이었다. 그런데도 훈련병들은 자다가 갈증을 참지 못하고 이 물을 퍼마셨다. 먹을 수 없다는 것을 알면서도 심한 갈증을 참을 수 없어 물은 물이니 우선 퍼마시고 보자는 것이었다. 아침에 확인하면 드럼통

두 통이 바닥나 있을 때가 허다하였다. 한낮 따가운 태양 빛 아래에서 훈련에 땀을 무한정 흘리지만 지급된 물 한 통만으로는 갈증을 해결할 수 없어 더러운 방화수를 퍼마시니 배탈이 안 날 수가 없었다. 식사도 형편없이 적은 판에 설사병이 나면 내장에는 아무것도 안 남아 나중에는 맨 물이 있는 대로 다 배설되어 사람은 현기증으로 걸음도 제대로 걸을 수 없을 정도로 탈진하였다. 그러면 병원에 입원하게 되지만 병세가 심하거나 늦게 입원한 사람은 그 길로 원기를 회복하지 못하고 명을 달리하는 경우가 속출하였다.

　　제주도의 설사병은 지독하여 변을 통제할 기력마저 잃고 언제 흘러나오는지조차 감을 느끼지 못하기 때문에 화장실에 갈 시간도 여유도 없이 옷을 다 버리고 말았다. 옷도 단벌로 빛바랜 무명 작업복이 배설물로 더럽혀지면 난감하기 그지없지만 갈아입을 옷도 물론 없으려니와 이것을 처리할 종이도 없으니 하는 수 없이 가지고 있는 수건이나 입고 있는 러닝셔츠를 벗어 닦을 뿐이었다.

이질에 걸려 사경을 헤매다

　　제주도 훈련소의 취사장은 한 연대에 한 곳으로 한 취사장의 식사 인원은 천 명 가까이 되었다. 기간요원 몇 사람의 식사는 항상 풍부하게 가져오고 부식도 다 먹을 수 없을 정도로 가지고 왔다. 나는 여기 오기 전 보충대에서 장기간 혹한에 떨고 못 먹고 하다가 중대 기간요원 조수로 뽑혀 일을 하다 보니 식사도 기간요원들과 같이 하게 되어 포식하고도 밥이 항상 남았다. 갑자기 이런 과부하를 당한 내 위장에 소동이 날 것임은 당연지사였다. 제주도의 수질이 육지와 달랐고 좋지 않은 물을 아무 방비 없이 마신 데다 수십 일 바싹 마른 창자에 엄청나게 많은 양의 음식을 밀어 넣었으니 아무리 좋은 위장이라도 견딜 도리가 없었을 것이다.

견디다 못하여 장에서 반란이 난 것이다. 도저히 처리를 못하겠다며 설사로 대항한 것이다. 처음에는 나온다는 예감이라도 있었으나 심해지니 그대로 뜨뜻한 느낌이 바지를 통하여 피부로 전해졌다. 그러면 벌써 옷은 다 버린 후였다. 속수무책으로 탈수 상태를 수 일간 지속하다 기진맥진 쓰러지고 말았다. 나는 공급계 조수였으므로 여벌옷은 얼마든지 있어 버리면 즉시 새것으로 바꾸어 입을 수 있어서 버린 옷으로 인한 어려움은 겪지 않았다. 나는 내 창고가 있어 이 창고가 나의 독방이고 나의 안식처이니 남몰래 이런 어려운 것은 다행히 수습할 수 있었다.

증세가 이렇게 심해도 약을 타서 먹을 환경도 아니고 입원하기 전에는 약을 먹을 수도 없었다. 이렇게 10여 일을 고생하고 나자 차차 배가 안정되었으나 완전히 회복되기에는 거의 한 달이 걸렸다. 이 병을 앓고 난 후에는 식사량에 신경을 써 최소한으로 조절하였다.

화장실에 나타나는 모자 도둑

훈련소 화장실은 특수하게 설치되어 있었다. 막사에서 떨어진 곳의 한 건물에 100여 개가 있었고 출입문도 없었다. 사람이 앉으면 목 위가 보일 정도의 낮은 높이로 칸막이를 세워 놓아 용변을 볼 때는 머리가 다 드러났다. 화장실에 갈 때 반드시 조심할 것이 있는데 모자를 벗어서 쥐고 들어가야 했다. 모자를 쓰고 태연히 용변을 보고 있으면 어느새 모자를 벗겨 도망쳐 버리는 경우를 당하기 때문이었다.

모자를 분실하였을 경우에 예비로 준비한 모자가 없으면 혹심한 기합을 받기 때문에 무슨 수를 써서라도 모자를 구해야 했다. 모자를 해결할 수 있는 곳은 역시 화장실밖에 없으므로 모자를 잃어버리면 화장실 주위에 있다가 모자를 쓰고 들어가는 병사를 찾아 벗겨서 도망치든가, 아니면 예비로 모자를 가지고 있는 사람을 찾아서 비싸게 사야 했다. 모자가 여분으로 있는 사람은 이렇게 팔 수도 있으니 화장실에서 모자 쓴 것을 보면 어김없이 날치기하는 사람도 있었다.

고향사람에게 먹을 것을 몰래 적선하다

우리 중대본부 막사는 미제 천막으로 되어 있고 양 벽면은 판자로 쳐져 목조 건물 같으며 입구 출입문도 판자로 기둥을 세워 만들었다. 내부의 입구 쪽 절반쯤 되는 공간에는 사무실과 중대장 실이 칸막이로 구분되어 있고 그 뒤 반쪽에는 공급계 창고가, 그 맞은편에는 병기계 창고와 교육 기자재를 넣는 창고가 있었다. 훈련병들이 중대본부에 들어올 때는 신고를 하고 들어오도록 하였다. 큰소리로 "훈병 아무게는 무슨 용무로 왔습니다!" 하면서 거수경례를 하고 용무를 보게 되어 있기 때문에 이 신고가 두려워서 중대본부 출입을 할 때는 누구나 긴장할 수밖에 없었다.

막사 옆에는 세탁할 수 있는 물탱크가 있었는데 덮개는 없고 사각형의 한 면 너비가 5미터 정도에 높이는 1미터 정도로 컸다. 세면대를 만들어 수도 꼭지를 달아 물이 나오도록 된 곳이 있으나 물은 한 번도 채워진 일이 없으며 그냥 만들어만 놓고 물탱크 안은 모래 먼지만 가득 쌓여 있을 뿐이었다.

하루는 우리 중대 병력이 숙영지(한라산 기슭에 지은 막사로 3박 4일 정도 행군 및 산악 훈련을 할 때 머무는 곳)에 가고 신병(身病)으로 잔류한 사람 중에 우리 동리에 사는 한씨라는 사람이 있었다. 나는 그 사람을 불러 세탁 물탱크 안으로 들어가게 하여 중대본부에서 남은 밥을 반합 가득 국에 말아 넣어 주고 그곳에서 먹으라고 했다. 만일 기간병에게 발각되면 나도 그 사람도 기합을 받기 때문에 몰래 밥을 먹게 하였던 것이다. 훈련소 훈련병들에게는 배고픔이 제일 큰 고통이라 밥을 주는 선물이 제일 큰 적선이었고 가장 요긴한 것이었다.

우리 중대 훈련병들이 훈련을 나간 다음 한가한 시간이면 나는 간혹 중대본부 밖에 나가 할 일 없이 지나다니는 병사들을 보면서 쉬는 경우가 있었다. 어느 날 지나가는 병사 중에 안면이 있다 싶어 고향과 이름을 물어보니 벽진면에 사는 여상배(국민학교 동기)의 백형(맏형)이었다. 처음에는 몰라보게 인상이 달라져 있어 행여나 하고 확인하니 고향사람이 틀림없었다. 피골이 상접한 몰골이었는데 눈은 있는 대로 들어가 두 눈언저리가 그대로 노출되고 살이라고는 하나도 없었다. 그 사유는 물어볼 필요도 없었다.

천리 타향에서 고향사람을 만나는 것은 바로 고향을 대하는 기쁨이고 반가운 마음뿐이었기에 그 사람도 그 물탱크에 들어가게 해서 밥과 국을 반합에 가득 담아 주었다. 그는 남김없이 다 먹고는 고맙다는 인사를 하고 갔으며 그 후로는 다시 만나지 못하였다. 그 사람은 우리보다 수개월 앞서 들어와 훈련을 다 마치고 있을 무렵이었는데 이질에 걸려 설사병까지 했으나 입원도 하지 못하고 훈련도 제대로 받지 못하면서 잔류하고 있다가 나를 만난 것이었다. 그 후 그 중대는 훈련을 마치고 육지로 출동하였으므로 다시는 그를 볼 수 없었다.

창고를 관리하다

내 직속상관인 공급계 기간병은 당시 이등중사(지금의 상등병)로 키가 작달막하였고 이름은 기억나지 않지만 성이 백씨에 전라도 나주 사람이었다. 이

상하게도 훈련소 기간병들 중에는 전라도 출신의 사람이 많았다. 백 중사의 보조 역할은 중대 병력 160명의 보급품을 타 오고 창고에 정렬하며 사병에게 나누어 주는 일이었다. 보급품은 병참품으로 담배, 의복, 신발, 위생도구, 칫솔, 치약, 비누, 모기약까지 수많은 종류였다. 백 중사는 장부 기장을 주로 하였고 창고의 관리나 육체로 하는 것은 전부 내가 하였다. 그러나 힘든 일은 없었고 창고의 정리 정돈과 숫자 파악만 제대로 하면 내 책임을 다하는 일로, 물품을 종류별로 정리 정돈하는 것이 재미도 있어 항상 깨끗하고 정돈이 잘 되어 있다는 말을 들었다. 그리고 숙식도 다른 훈련병들과는 달리 중대본부에서 하니 침구나 잠자리도 집에서보다 못할 것이 없었으며, 식사도 양이 항상 여유가 있었고 부식은 좋은 편은 아니나 간부요원들과 같이 먹으니 괜찮았다.

입은 복장도 훈련병답지 않게 항상 새것을 제 몸에 가장 맞는 것으로 골라 입고 새 모자도 쓰고 미제 군화도 신었으니 누가 보더라고 훈련병이 아니라 기간요원 같았다. 그래서 오다가다 마주치는 훈련병들이 어김없이 경례를 하였다. 일반 훈련병들은 무명 재료의 국산 작업복을 여러 차례 세탁하였으므로 빛이 바래 허옇게 되었다. 어깨와 등은 위장용 실로 얽어 놓아 아래위 색상이 맞지 않는 허름한 작업복에다 빛바랜 허연 모자를 쓰고 국산 훈련화를 신었다. 그러니 외양도 볼품없었지만 먹는 것도 모자라 영양실조의 얼굴에다 강렬한 햇빛 아래 훈련받으니 얼굴색이 바로 흑인을 방불케 하였다.

고된 훈련을 면한 나는 시키는 일 이상으로 열심히 하였고 창고 정돈도 모범적으로 하였으며 물자도 가능한 아껴서 예비물자도 많이 확보하였다. 양말, 팬티, 모기약, 치약, 칫솔, 수건 등 소모품은 항상 새것으로 준비하고 기간요원들의 필요에 맞게 충분히 공급하니 이들이 더욱 흡족해 하였다. 연대본부에 문서 사송 심부름으로 자주 드나들며 연대 사병계 병사에게도 이와 같은 생활용품을 선사하였다. 훈련소에서 연대 사병계 담당자는 인원 전출입과 신상에 대하여 전권을 가지고 있어 만약을 대비한 것이었다. 이들은 주로 양말이나 내의, 비누 등을 좋아하였고 간혹 담배도 선사하였다. 중대에 지급되는 보급물자는 내가 직접 수령하고 관리하기 때문에 이런 여유는 충분히 있었다. 때로는 겨울에 쓰는 난로 등의 비품들도 훈련소 본부에 반납 차 혼자 가서 처리하는 예도 있었다.

제주 한림의 청정하고 풍부한 담수

소모품을 제외한 작업복, 수통, 모포 등의 보급품은 폐품이 되면 한림에 있는 폐품 보급창에 가서 반납하고 반납증을 받아와 기간요원에게 주고는 이것을 근거로 장부에서 삭제하고 검열에 대비하였다. 고물과 물품을 반납하러 가는 곳은 한림이라는 해안에 위치하였고 병참창이 있어 훈련소의 모든 물자는 그곳에서 총괄했으며, 거기로 갈 때는 군용 트럭을 타고 갔다. 그곳에는 한라산 계곡에서 내려오는 민물 강이 있었다. 나는 그 강을 참 좋아하였는데 강물은 청정 담수로 항상 맑고 풍부하여 여름에 가면 지옥에서 천당에 온 것처럼 아늑하고 부드러운 느낌이었다. 맑은 물에 들어가면 작은 송사리들이 자유로이 급류를 오르내리는 것도 보이니 내가 신선같이 느껴졌다.

보급창 경내에는 어수선한 각종 고물 군수품과 크고 작은 각종 물품들이 무질서하게 널려 있어 산만하기 그지없으나 오직 강물을 보면 마음에 쌓이고 쌓인 긴장이 누그러지고 그 자연에 순화하는 차분한 느낌을 받았다. 훈련소에서는 제일 아쉬운 것이 물이고 물 때문에 죽어 가는 사람이 수없이 많으니 황금 같은 담수가 이렇게 무진장 바다로 흘러가는 것을 보면 귀하고 반갑지 않을 수가 없었다.

간혹 물자 반납 차 갔다가 규격이 맞지 않는다든지 비품의 수입(기름칠을 하고 잘 손질하는 것)이 좋지 않아 불합격을 받고 도로 가지고 돌아오면 간부들이 기분 나쁘게 생각하기 때문에 불합격을 당하지 않으려고 미리 만반의 준비를 하고 가야 했다. 거의 다 통과되고 물품을 반납할 때 가지고 간 개수보다 더 많은 개수의 수령증을 받아 가져다주면 기간요원은 좋아하며 칭찬했다. 그래서 간혹 그곳으로 갈 기회가 있을 때는 소풍가는 기분으로 들떠서 가곤 했다.

일요일은 소풍 겸 빨래하는 날

일요일은 훈련이 없고 하루 쉬는 날로 아침 식사가 끝나면 전 훈련병이 기간병의 인솔 아래 산방산 언저리 작은 계곡으로 가서 훈련 중에 찌든 옷가지 등의 빨래를 하고 목욕도 했다. 땀과 먼지가 범벅이 된 몸을 닦을 곳은 여기밖에 없기 때문에 훈련 중 유일하게 즐거운 시간이었다. 이 기회를 이용하여 주변 민간인 여자들이 장사를 하는데 훈련병에게 가장 절실한 먹을 것을 팔고 간혹 술도 팔았다. 술은 기간병의 허락하에 그 중에서도 향도나 분대장들이 기간병들과 같이 마실 수 있었으며, 돈만 있으면 얼마든지 먹을 것을 사 먹을 수 있었다. 이런 실정이라 돈이 없는 사람은 불쌍하기 짝이 없었다. 먹을 것을 눈앞에 두고도 다른 사람이 사 먹는 것만 부러워 바라보고 참아야 하니 돈의 위력이 노골적으로 과시되는 곳으로 여기보다 더 한 곳은 없을 것이었다.

일명 이동주보(이동하는 군매점)라는 것이 있었는데 일상 훈련 중 민간인 비바리들이 먹을 것을 가지고 교육장 주변에 와 있으면 조교가 사 먹는 것을 허용하는 경우가 많았다. 원칙은 교육장 주변의 주보를 금했으나 아마도 조교들과 그 장사하는 사람들 사이에 필시 모종의 거래가 있어 조교가 임의로 장사를 허용했던 것이 아닐까 싶다.

우리나라의 첫 화폐개혁 단행

　　내가 가지고 간 돈은 훈련소에 입소하고도 남몰래 그대로 간직하고 있었다. 돈을 쓸 필요가 없었기 때문이다. 먹고 자고 입는 것 전부가 집에서 지낼 때보다도 편하였고 아쉬운 것이 아무것도 없었으니 표를 내지 않으려고 마음먹고 있었다. 앞으로 훈련을 마치고 육지에 출동하면 어떤 경우를 겪을지 알 수 없고 군대 경험도 상식도 없으니 살기 위하여 돈이 필요할 수 있을 것으로 생각됐기 때문이다.

　　그러나 어느 날 중대장이 아침마다 있는 중대장 회의에 다녀온 후 지시 사항으로 소지하고 있는 화폐를 신고하여 새 화폐로 교환해야 한다고 했다. 더불어 전 중대 병사들이 가지고 있는 화폐를 신고해야 한다는 공문도 하달되었다. 중대본부에서 제출자의 명단과 액수를 기록하고 연대본부로 신고하면 새 돈과 교환하여 개인에게 지급하도록 되어 있었으므로 그렇게 되면 훈련병들이 가지고 있는 금액이 노출되고 마는 것이었다.

　　나는 남몰래 가지고 있는 돈이 너무 많았다. 집에서 준 벼 네 섬 값의 돈을 포항에서 기근과 추위에 떨며 말 못하는 고통을 겪으면서도 만약을 위하여 허리 전대에 단단히 밀봉하여 헐지 아니하고 그대로 다 가지고 있었으니 이제 난처하게 된 것이었다. 돈이 이렇게 많은 줄 알면 기간요원들에게 어떤 압력을 받을지 두려운 생각이 먼저 들었다. 돈이 있는 표를 내지 않고 없는 형색을 하다가 그 많은 돈이 나오면 나를 어떻게 볼지 하며 고민에 빠졌고 돈을 그냥 버릴까 하는 생각까지도 하였다. 여태 아무 탈 없이 잘 지내왔는데 돈 때문에 불리해질 수도 있지 않겠나 하는 우려가 무겁게 느껴졌다.

내가 형 대신 입대하지 않았으면 이 귀한 돈을 그렇게 많이 주지 않았을 것이니 실은 이 돈이 내 생명의 대가이므로 이 귀중한 돈을 그냥 버릴 수는 없었다. 그래서 우선 일차로 3분의 2 정도만 내어 놓았고 남은 것은 2차 교환 시기에 상황을 보아 하기로 하였다. 돈을 내어 놓자 중대장 이하 모든 기간요원이 깜짝 놀라는 기색이었으나 나의 면전에서는 직접 아무 말을 하지 않았다.

1953년 2월 17일자로 화폐 단위는 100대 1로 개혁이 되었는데 당시 가장 큰 지폐였던 1,000원짜리가 10환이 된 것이었다. 구 화폐를 제출하자 수일 후에 신 화폐로 교환되어 돌아왔다. 하지만 돈이 있는 것을 알게 된 기간요원들에게서 별 눈치도 내색도 없어서 대단히 다행스럽다고 생각하며 안심하고 있었다.

그러나 역시 우려하던 일이 벌어졌다. 기간병이 차용 요청을 해 온 것이었다. 공급계 직속상관인 백 중사가 도박을 하여 돈을 몽땅 날려버리고 밑천이 없으니 내게 구원을 요청한 것이었다. 직속상관인 이 사람은 내게 절대적인 존재였으므로 도리 없이 내어 주어야 하였다. 그나마 전부가 아니고 일부를 요구한 것을 다행이라 여기며 백 중사에게 돈을 건네주었다. 갚아 준다고는 하였으나 일단 그냥 주는 것으로 생각하고 준 것이었다. 만약에 이 돈을 받으려 하다가는 돈도 받지 못할 뿐만 아니라 어떤 불리한 처분을 받을지 모르므로 처음부터 돈을 포기하였다. 훈련소에 와서 훈련을 하루도 받지 않았고 특히 배가 고파 대다수의 군인들이 고통을 겪는데 이도 면할 수 있었으니 더 이상 바랄 것이 없다고 생각되어 희사하고 말았다.

나는 가진 돈을 쓸 데가 없어 그냥 보관하는 형편이었지만 다른 훈련병들은 배가 고프니 훈련장에 나가 이동주보에서 엿이나 떡을 사 먹어야 했다. 제식훈련은 힘겨워 주보에서 음식을 사 먹는 시간은 쉬는 시간으로 해 주므로 돈이 있으면 쉬는 시간도 얻을 수 있고 배가 고픈 것도 면할 수 있는 것이었다. 그리고 때때로 담요나 모자, 심지어 소총을 분실하면 그 분대는 견딜수 없는 기합을 받고 결국은 뒷거래하는 곳에서 돈을 주고 사 와야 했다. 이런 뒷거래는 기간요원이 전부 편의를 봐주는 척하지만 실은 이들의 장난이 대부분이었다. 여기서도 돈은 절대적이고 돈이 없으면 음으로 양으로 남모르는 수모와 멸시를 당하여야 했다. 심지어는 건강이 악화된 최악의 상태에서도 돈만 있으면 생명이 위급한 경우를 면할 수도 있었다.

그러던 중 내가 돈의 용처가 없어 그대로 간직하고 있는 것을 알고 다른 기간요원 한두 사람이 돈을 빌려 달라는 압력을 넣었다. 그런데 빌려 달라는 돈이 가지고 있는 돈보다 많아서 문제였다. 나는 이왕에 내 돈이 아닌 것으로 단념하였으므로 있는 대로 주면 끝나리라 생각하였다. 하지만 다른 사람이 먼저 빌려가고 남은 것을 모두 주며 이게 전부라고 하여도 믿으려 하지 아니하니 난처한 지경이 되었다.

그래서 나 혼자 고통을 당하다 더 이상 견딜 수가 없다고 생각되어 중대 선임하사에게 실토하였다. 그는 나이가 많은 특무상사였는데 역시 내 돈을 얼마간 빌려 쓴 사람이었다. 나는 사실대로 전부 이야기하고 사정을 이해해 달라고 요청하니 이 사람은 내 말을 듣고 잠자코 생각하더니 걱정할 것 없고 일이나 열심히 하라고 하며 자기가 처리해 줄 것이라는 암시를 하였다. 그러고도 며칠간 안절부절못하였으나 그 이후에는 내게 돈 이야기를 하는 사람이 하나도 없어 돈 가진 곤경에서 벗어나게 되었다.

16주간의 훈련을 마치고

훈련 전 과정, 즉 각개전투, 유격훈련, 야간 각개전투, 각종 병기훈련, 사격 등 모든 훈련을 마치면 즉시 전선으로 출동 명령을 받는다. 운 좋은 몇 명은 후방 부산 보충대로 가고 대다수는 속초에 있는 전방 보충대로 출동한다. 당시는 정전 협상이 진행되어 가는 막바지여서 휴전선의 유리한 지역을 점령하기 위해 치열한 전투가 벌어지고 있었다. 그 중 백마고지 전투는 우리나라 전쟁사에 가장 처절한 기록이 되었다.

이런 상황에서 우리 중대가 출동하게 되었으니, 추풍낙엽처럼 죽어 간 전사자의 손실을 보충하기 위하여 전원 LST 선편으로 부산을 돌아 속초항으로 직행한다는 소문이 돌았다. 1개 중대 훈련병 160명이 입소하면 대략 80% 정도만 훈련을 수료하고 20% 정도는 낙오된다. 그 중에는 훈련 도중 사망하는 사람도 있고, 중병으로 육지 병원으로 이송되는 사람도 있다. 훈련 중 입원하였던 자는 훈련 일수가 모자라기 때문에 보충훈련을 받으려고 남고 긴급 환자로 전선 배치가 불가한 자는 낙오병으로 잔류한다.

당시 우리 중대 소대장은 일선에서 부상당하여 전방 배치가 불가해서 우리 중대에 배치된 약간 다리를 저는 사람이었는데 그 소대장이 나더러 지금 출동하지 말고 낙오병으로 남으라고 했다. 전선의 전투가 최악의 상태로 신병이 배치되면 거의 다 죽는다는 것이었다. 전투 경험도 없거니와 굶주리며 훈련하였기 때문에 체력이 극도로 쇠약해진 상태로는 산악의 극렬한 전투에서 십중팔구 죽는다고 했다. 그러면서 출동을 보류하여 줄 것이니 잔류하라고 한사코 말렸다.

소대장이 내게 호감을 가지고 진심으로 나를 아끼는 마음에서 하는 충고였다. 평소에 내가 소대장에게 일상용품을 제공하는 등 성의를 다하였으니 그 보답으로 사지로 가는 나를 애처롭게 여겨 한사코 말리는 것이었다. 하지만 나는 기초훈련을 하루도 받지 않은 상태이나 훈련소 생활이 지겨워 이 말을 거절하고 무조건 출동시켜 달라고 하였다. 내가 부지타향 제주도에 와서도 훈련을 받지 아니하고 훈련소의 전 과정을 편안히 마칠 수 있었던 것은 나의 운이라고 생각되었고, 육지로 나가도 그곳에서 무슨 수가 생길 것 같은 막연한 생각이 들었다. 실은 이 망상이 허황하고 무모하게 목숨을 거는 모험인 줄도 모르고 경솔하게 진심으로 아끼는 호의를 거절한 것이었다.

그렇게 거절하여도 소대장은 단념하지 아니하고 천막 모퉁이로 오라고 하더니 귀싸대기를 때리고는 부하를 아끼는 마음에서 사는 길로 인도하는데도 아무것도 모르면서 거절하는 바보 같은 자식이라고 하며 기합을 주었다. 그리도 강하게 권고하니 더 이상 거절하지 못하고 우리 중대가 출동하던 날 나는 인사기록 봉투를 들고 병사들이 보충대로 출동하는 뒷모습을 부러운 듯 바라보았다. 결국 나는 의무실로 배속되어 연대 병원 소속이 되었다.

15

극적으로 형을 만나다

의무실에서 환자 생활을 하다

나는 전속 명령으로 정식 의무실 환자로 입원하게 되었다. 눈병 환자로 병실을 배치 받고 병원 생활을 시작하게 된 것이다. 안과 병실은 침대도 깨끗하고 환경도 깨끗하여 불편한 것이 아무것도 없었으며 단지 생활이 지루할 뿐 하루하루 그냥 눈에 안약을 넣고 시간을 보내는 것이 전부였다. 이것이 소위 나이롱 환자로 훈련소 입소 후 잘 먹고 적당한 노동으로 더욱 건강하여 살이 통통 불어나 오히려 건강한 상태로 병실에 할 일 없이 누워 있었으니 답답할 수밖에 없었다. 일주일이 지나도 아무런 조치도 없고 조용히 쉬고 있는 수양 생활의 연속이었다. 하루는 우리 연대에 신병이 입소하였는데 그 신병이 경상도 지방 출신이라는 소문을 듣게 되었다.

이 소문을 듣고 혹시나 고향의 아는 사람이 우리 연대에 입소하지 않았나 하는 호기심이 불현듯 일어났다. 경상도라 하면 경상남북도를 말하는 것으로 지역 범위가 넓으니 우리 고향사람이 올 것이라고는 상상조차 하지 않고 단순한 호기심으로 의무실에서 나와 연대 사병계의 내가 잘 아는 박 중사를 찾아가서 새 병적 일람표(훈련병의 명부)를 부탁하였다. 입소자 명단은 양면

패지에 복사한 것으로, 이 엷은 서류 한 장 한 장을 훑어보니 처음부터 주소가 경상북도 성주군인 사람이 눈에 띄었다. 그러자 가슴이 뛰고 흥분되기 시작했다. 이 넓은 훈련소에 내 고향인 성주 출신 사람이 입소하리라고는 상상도 예상도 못한 기이한 우연이었다.

동그랗게 빛이 난 내 눈은 혹시나 아는 이름이 있나 하고 그때부터 더 자세히 그리고 빨리 훑어 내려가니 이것이 웬 일인가! 꿈인가 생시인가 정신이 아찔함을 느끼는 이름이 눈에 들어왔다. 그 이름은 바로 내 이름이 아닌가! 순간적으로 착각하여 형의 이름이 내 이름인데 내 이름 석 자에 놀라 혼동한 탓에 형이라는 생각은 하지도 못하고 내 이름과 같은 이호훈의 동명이인(同名異人)이라는 생각만 할 뿐이었다. 그러나 멍하니 망치로 머리를 얻어맞는 듯한 아찔함을 느끼며 형용할 수 없는 감회로 만감이 스쳤다. 주소를 자세히 확인하니 우리 집 주소가 확실했다. 동명이인은 아니고 형이 내 영장을 가지고 내 이름으로 입소한 것이었다. 그것도 나, 이일훈은 8연대 156중대에서 훈련을 마쳤고 형, 이호훈은 158중대 훈련병으로 입소한 묘하고 기구한 운명이었다. 훈련소는 1연대에서 9연대까지 있으니 그 중 우리 연대가 아닌 다른 연대로 입소하였으면 내 이름으로 입소한 사실도 전혀 몰랐을 것이고, 같은 훈련소에 있으면서도 서로 모르고 있었을 것이다. 이것은 우리의 가련한 운명을 돕기 위한 조물주의 선처였을 것이다.

이런 우연한 사연은 운명이라고 하기에도 적합하지 않은 신의 조화라 할 수밖에 없을 것이다. 반가움인지 서러움인지 모를 묘한 감정에 사로잡혀 다시 만날 형을 생각하니 목이 메었다. 이호훈의 이름을 확인한 뒤 감격에 복받친 울음을 참고 명단을 돌려주었다. 그 일은 누구에게도 이야기할 수 없는 것이라 아무렇지도 않은 양 의무실로 돌아와서 만감에 복받쳐 침구를 뒤집어쓰고 나 혼자 서러움을 달래며 얼마간을 지냈다.

내 영장이 그렇게 빨리 나올 줄 알았다면 6개월 정도 차이이니 차라리 기다리다 내 이름으로 입대하였을 것을 하는 후회와 앞으로 군 생활 동안 생사는 예측할 수 없으나 내 이름이 장남이 되어 있으니 이것도 난처한 일이라는 생각이 들었다. 차라리 내가 전선에 나가 죽으면 형은 영원히 내 이름으로 지내면 되어 그 편이 낫지 않을까 하는 생각도 들었다. 우리 집의 어린 동생들은 그래도 형수가 계시니 한결 마음이 놓이기는 하지만 집안의 대소사는 장차 어떻게 될 것인지 생각하면 더욱 허탈하고 절망적이었다. 그러나 형이 제주도에 입소한 후에 치열하던 전쟁은 휴전 협정으로 소강 상태가 되었다.

일단 전투는 멈추었다고는 하나 그 의미를 어떻게 새겨야 하는지조차 몰랐다. 앞으로 전쟁은 끝난 것인지, 임시 휴전 상태로 있다가 다시 계속되는 것인지 잘 이해되지 않았다. 훈련도 휴전 전후에 달라진 것이라고는 아무것도 없이 똑같이 수행되었으며 훈련병도 세워진 훈련 시나리오대로 지내고 있었다. 이러니 휴전을 별것 아닌 것으로 생각하였고 우리들의 앞날을 그저 나름대로 상상만 할 뿐이었다.

형과의 극적인 상봉

형이 입소한 지 3일인가 지난 후 연대 인사계를 통하여 형을 만나게 해 달라고 부탁하여 저녁 무렵 의무실에서 형을 만났다. 멍하니 서 있던 형은 한참 후에야 정신이 드는지 이게 웬일이냐며 눈물을 글썽였다. 나는 말도 하기 전에 훈련소의 형편없는 식사에 굶주리며 강훈련을 하는 사정인 것을 뻔히 알기에 배고픈 형에게 주려고 준비한 음식을 먼저 대접하며 옆 사람이 들을새라 조심스레 자초지종을 이야기하여 주었다. 형은 아무 말도 못하고 그냥 정신없는 사람처럼 듣고만 있었으나 마음속에는 만감이 교차하는 서글픈 생각 때문에 말문을 열지 못하고 있었으리라. 그래도 아직 살아 있으니 마음 한 곳에 앞으로의 희망이 느껴지기도 하였다. 앞으로도 이와 같은 우연한 행운이 우리에게 있을 수 있다는 생각이 강하게 느껴지기까지 하였고 새로운 용기도 마음 한구석에서 살아나고 있었다.

생전에 만나지 못할 것으로 생각했던 형을 이역만리 타향 훈련소에서 다시 만났으니 기뻐 들뜬 마음으로 잠을 이루지 못하였다. 당시 연대본부의 지시는 기간병도 절절매는 판에 신병을 연대본부에서 오라 가라 하니 중대 기간병들도 이 사람은 배경이 대단할 것이라 생각하여 훈련 중에도 함부로 대하지 않아 약간의 도움은 받았을 것이다.

형을 만난 후 고민에 빠지다

나만 입대하여 죽든 살든 군복무를 마치면 된다고 생각하였는데 형마저 입대하였으니 우리 형제의 문제뿐 아니고 이제 우리 집안 걱정이 되기 시작하였다. 이상하게도 나는 이름만 이일훈일 뿐인데 내가 장남이 되어 집안일을 걱정하고 형을 동생같이 보호하여야 할 생각이 드는 것은 어떤 사유인지 내 자신도 모를 일이었다.

나 자신의 병영 생활 고민이나 두려움은 없었고 그렇다고 별다른 희망 같은 것도 없었으며, 다만 앞으로 살아가는 앞날에 막연히 행운이 있으리라는 기대뿐이었다. 이제 둘 다 군에 입대하였으니 내가 입대할 때 집안을 위해 바랐던 절실한 사유는 없어졌다. 앞으로 나 자신의 이름을 찾고 나의 위치로 회복하는 길을 찾아야겠다는 생각이 간절하였지만 가능한지조차 막연하고 두렵기까지 하였다. 단순히 사람만 바꾸면 되는 것인데 하는 생각이 계속 머리를 떠나지 않았다.

병상에 누워 이런 저런 생각을 하여 보아도 묘안은 없었다. 한여름에 형이 내 이름으로 훈련받는 것도 얼마나 힘들고 어려울까 하는 생각이 들었지만, 만약 내 이름을 운 좋게 찾는다고 하여도 내 몫으로 훈련의 전 과정을 다시 받아야 할 것을 생각하니 이것도 몸서리쳐지고 소름끼쳤다. 그러니 더 이상 아무리 궁리해 봐야 별 수 없을 것이므로 두 가지 방법을 생각하고 실천에 옮기기로 결심하였다.

한 가지 방법은 형이 소속된 중대장을 직접 찾아가서 나의 사정을 사실대로 이야기하고 사람만 교대할 것이니 눈감아 달라고 애원해 보는 것이었다. 또 한 가지 방법은 연대본부의 아는 사병계 박 중사에게 이런 애절한 사정을 이야기하고 비공식적으로 교체하여 줄 것을 요청하는 것이었다. 그것이 형을 만난 지 일주일 정도 후의 일이다.

연대본부에 사실을 실토하다

두 가지 방법을 놓고 세부적으로 깊이 생각해 보니 중대장에게 눈감아 달라고 하여 비공식으로 처리하는 것은 지휘자의 책임 문제가 있기 때문에 낭패를 당하는 결과가 될 수 있다는 예감이 들었다. 그래서 이 방법을 포기하고 연대본부에 요청하여 공식적으로 해결하기로 했다. 그렇게 결심을 하니 마음은 한결 안정되나 결과에 대한 두려움이 태산 같았다. 무척 긴장은 되나 용기를 내어 한가한 오후 시간을 택하여 하늘 같이 의지하던 박 중사를 면회하자고 주보로 불러내어 애절한 사정의 자초지종을 눈물을 글썽이며 이야기하고 만일 불가능한 것이라면 듣지 않은 것으로 해 달라고 애원하였다.

그랬더니 박 중사는 형을 위하여 전선으로 자원한 것이 감동적이었는지 동정어린 말을 하며 이런 문제는 담당 사병이 처리할 문제가 아니고 연대장에게도 보고하여 지시받아야 하는 중대한 사항이라 하였다. 만약 소속 중대장과 몰래 처리하였다가 후에 정보과에서 알게 되면 여러 사람이 처벌을 면치 못할 것이니 자신에게 오기를 잘했다는 위로의 말도 하여 주었다. 그리고 이제 자신이 알았으니 여하간 바뀐 사람을 그대로 둘 수가 없으며 처벌을 받든 그대로 교대를 하든 양단간 자신이 처리할 터이니 가서 기다리라는 것이었다. 최선을 다하여 좋게 처리되도록 노력할 것이라며 걱정하지 말라는 은혜로운 말을 듣고 돌아오니 날아갈 것 같은 기분이었다. 지금 기억으로는 2차 화폐교환 때 신 화폐로 교환하여 가지고 있었던 비상금 전부를 그 고마운 성의에 대한 선물로 주었던 것 같다.

선처의 이야기까지 들었으니 이제 양단간 처분만 기다리면 되는 것이었다. 최악의 경우라도 형무소 이상은 가겠느냐 하는 배짱도 생기고 전시에 입대했지만 둘 다 아직 살아 있다는 긍정적인 마음도 들었다. 그러나 어떤 처분이라도 이름은 회복하게 되리라 짐작되나 앞으로 겪을 엄청난 고생은 면할 수 없게 되었다. 훈련을 하루도 받지 아니하고 전 과정을 마친 상태에서 다시 또 처음부터 훈련을 신병과 같이 받는다는 것도 어려운 일이고 만약 잘못되어 실형을 받는다면 형무소에 가서 노역을 하고 다시 입대하는 과정을 겪을 것이니 이 일도 생각하면 아찔하였다. 그러나 여러 날 고심하고 혼자 속을 태우던 일을 일단 사실대로 이야기를 다 하고 나니 속이 시원하고 홀가분하여 앞으로 무슨 고난이 있더라도 지나온 엄청난 고통에 비하면 그보다야 더 할 수 있겠는가 하는 자신이 생겼다.

연대 정보과에 호출되어 심문을 받다

그 다음날 연대 정보과에서 사병 한 사람이 나를 데리러 와서 따라가 보니 연대 정보과 막사였다. 그 찰나 나는 가슴이 덜컹 내려앉았다. 정보과에 호출될 것이라는 예상은 추호도 못했으니 더욱 당황하였다. 정보과는 전시에 간첩이나 사상범을 다루는 막강한 곳이라 정보장교의 보고 하나로 생사를 결정할 수도 있는 무시무시한 곳이었다. 삭신이 떨리기 시작하고 눈앞이 깜깜해지며 들어가서 신고하는 말도 와들와들 떨려 제대로 나오지 않고 개미 소리 같이 움츠러들었다.

들어가니 정보과장이 성난 듯한 눈으로 노려보며 꿇어앉으라고 하는 것이었다. 시멘트 바닥에 무릎을 꿇고 앉으니 성명과 본적을 대라고 하고는 무슨 사유로 대신 입대한 것인지 사실대로 말하라고 추궁했다. 만일 조금이라도 거짓이 있거나 다른 의도가 있으면 총살할 것이라 하며 사병에게 총을 가지고 오라고 하더니 카빈총 개머리판으로 어깨를 두어 번 후려치고 무릎도 두어 번 뭉갰다. 겁을 잔뜩 먹었으나 이제 죽었구나 하는 생각을 하니 도리어 마음이 담담해졌다. 떨리는 소리로 더듬거리며 사실대로 이야기를 모두 했다. 정보과장이 서서 듣고 있다가 '이 새끼 간첩 아니냐' 하며 다시 개머리판으로 후려쳤다. 나는 사실 그대로이고 다른 사유는 아무것도 없다고 애원하였다.

뒤에 있던 사병이 기록을 모두 하였는지 일어나 돌아가라고 하였다. 이는 하나의 경과 절차로 형식을 취하기 위한 것이라고 오랜 뒤에 이해하였으나, 당시 나는 죽는 줄 알고 얼마나 겁을 먹었는지 지금도 기억이 생생하다. 의무실에 돌아와 정신을 차려보니 총대로 맞은 곳에 멍이 들어 있는 것이 보였고 그제야 아픔을 느꼈다.

이름이 뒤바뀐 것은 이 기회에 바로잡지 않으면 장차 더 어려워질 것이 분명하였다. 신이 형과 나를 같은 연대에 입소시켜 이런 기회를 주신 것이라는 생각이 들었고 이 기회를 놓칠 수가 없었다. 그리고 그 대가를 당당히 치러야 한다고 마음먹었다. 이 모든 것이 나 자신의 안일과 욕망을 위한 것이 아니고 우리 가정과 형을 위하여 일신을 희생하는 순수한 정의의 소산이니 이 사정을 어느 누가 들어도 책망하지는 않을 것이라는 희망도 가지며 이삼 일 초조하게 기다리니 기쁜 소식이 왔다.

형이 보충대로 출동하다

드디어 가슴 조이며 기다리던 결과가 전달되었다. 나는 의무실에서 바로 형의 중대로 복귀 명령을 구두로 받고, 형은 의무실에서 퇴실과 동시에 보충대로 출동 특명이 내려졌다. 연대본부 명령을 받은 중대에서는 훈련을 나간 형을 중대장 지프차로 즉시 데리고 와서 새 작업복으로 갈아입히고 내가 가지고 있던 이일훈의 인사기록 봉투를 받아들고 훈련소 본부로 이송하였다.

나는 우리 중대가 훈련을 수료하고 최전방으로 직행하기까지 최소한의 기초 훈련도 받지 아니하고 수료하였으니 만약 최전방에 전투병으로 배치되었으면 얼마나 불리하였을까 하는 잘못도 깨닫게 되었다. 총기 하나 만지지 못하였고 사격도 못해 보았으니 전투에서는 죽은 것이나 마찬가지였을 것이고, 독도법도 배우지 않았으니 야간전투에서 지형과 방향을 몰라 정말 난처했을 것이다. 군인으로서 최소한의 기초훈련을 정식으로 다시 받아야 한다는 점과 이러한 훈련의 필요성도 익히 알고 있었지만 당장에 받을 고통을 생각하니 막막하고 도살장에 들어가는 소와 같은 심정이었다. 특히 그 중대 기간요원들 사이에 모르는 사람이 없을 정도로 유명해졌으니 피할 길은 더욱 없어져 속절없이 신병과 똑같이 훈련을 받았다.

내무반도 여태 혼자 별도의 야전침대에서 기거하였으나 이제는 땀내가 진동하고 발 냄새가 지독한 훈련병 막사의 돗자리 바닥에서 잠을 자야 했다. 먹는 것도 형편없이 적고 식사 시간도 5분 정도밖에 안 되었다. 정신무장을 시키기 위한 방법인지 모든 것이 구보이고 시간 여유도 주지 아니하니 모두가 정신없이 혼이 나고 걸핏하면 소대별로 단체기합을 받았다.

　나의 특수한 사정에 대해서는 기간요원 대다수가 알고 있으나 훈련에는 예외가 있을 수 없었다. 그래도 이미 알 것은 다 알고 마음이 해이해진 상태에서 훈련을 받는 것이 더욱 힘이 들어 다시 요령을 부려 훈련을 면할 방안을 생각하게 되었다. 내게 힘이라고는 연대본부 인사계 박 중사밖에 없었으니 생각다 못하여 다시 그를 찾아가 훈련받는 나의 심정을 이야기하고 도움을 청하자 그도 할 도리가 없는지 의무실에 다시 입원하라는 것이었다.

16

철도기술요원으로 출동하다

일생일대의 기회가 찾아오다

연대 의무실에서 이삼일 또 나이롱 환자 생활을 하고 있으니 정신없이 휘몰아치던 훈련에서 벗어나 하루아침에 상팔자가 되었다. 그러나 마음속으로는 편하지 못하였다. 훈련 과정을 이수하지 않은 상태로 복무 부대에 배치되면 어떻게 될 것인가 하고 근심으로 시간을 보내고 있을 때였다. 연대 인사계 박 중사로부터 연대본부로 오라는 연락이 왔다. 나는 무슨 영문인지 몰라 훈련장에 다시 나가 훈련을 받으라는 지시일 것으로 짐작하였다. 그렇게 지시하더라도 이 지겨운 제주도를 떠나는 방법은 훈련을 제대로 이수하고 출동하는 것이니 하는 수 없이 남은 훈련을 받으리라 각오하고 연대본부에 갔다. 그러나 꿈에도 생각지도 못한 기회가 찾아왔다.

당시 나라 전역에 걸친 치열한 전투로 군의 중요 수송 수단인 철도나 항공 수송 조직이 완전히 파괴되어 제 역할을 못하니 군수물자 수송에 큰 지장이 있었다. 이를 복구하기 위한 병력이 필요해서 철도와 항공 경험이 있거나 전력이 있는 자를 조사하여 훈련 일수에 관계없이 보고하라는 명령이 있었고 그래서 내게 철도 운영요원으로 갈 생각이 있는지 알아보려는 것이었다.

그렇지 않아도 훈련 공포증으로 전전긍긍하며 제주도를 탈피하고 싶은 강한 희망이 있었으니 우선 이 두 가지가 다 해결되는 천우(天祐)의 기회가 온 것이었다. 하지만 철도에 대한 아무런 지식이나 경험도 없고 기차도 평생 서너 번 정도밖에 타 보지 못한 사람이 철도기술자라고 위장하여 차출되어도 기차바퀴가 고무바퀴인지 쇠바퀴인지 구분도 못하는 판에 무슨 일을 어떻게 감당할 수 있을 것인지 걱정이 앞섰다. 그러나 훈련소에서 탈출하고픈 욕망이 강하였고, 기술자로 인정하고 차출하여 주겠다니 고맙고 감동적인 특전이었다. 나중에야 산수갑산을 가더라도 일단 육지로 가 보자 하는 마음이었다. 기술이 없다는 이야기를 하려 하니 그런 말은 입 밖에 내지도 말고 입 다물고 있다가 특명이 나면 출동하라는 사적인 충고까지 해 주었다. 박 중사는 그야말로 내게 은인이며 진실로 나를 돕고자 친형제같이 대해 주는 사람이었다. 정말 고마운 분이고 이 점을 잊어서는 안 되건만 육지로 무사히 나와 편지는 한두 번 하였을 뿐 차차 연락마저 끊어지고 행방마저 모르게 되니 그 길로 영영 만나지도 소식을 듣지도 못하게 되고 말았다. 이제와 생각하니 은혜를 갚지 못한 내 잘못을 깊이 반성한다.

박 중사는 나뿐이 아니고 아는 사람이 있으면 같이 가라는 특전도 주었다. 나 하나도 태산 같은 특전이고 어려운 일인데 다른 사람에게까지 기회를 주겠다고 하니 더욱 감읍하며 고마워하였다. 당시 형과 같이 입대하고 고향의 이웃 마을에 살며 항렬이 나보다 위인 우리 집안의 아저씨가 생각나서 같이 데리고 가려고 성명을 적어 주고 이 아저씨에게 몰래 찾아가 귀띔하며 절대로 함구하고 누구에게도 발설하지 말 것을 당부하였다. 그러자 그 아저씨가 성주군 초전면에서 입대한 지인도 같이 데리고 가자고 부탁해 오는 것이었다.

나에 대한 특혜만으로도 감지덕지할 입장이나 그분이 나 혼자 가는 것이 외로우리라 생각해 또 한 사람까지 허용한 상황에서 다시 또 한 사람을 요청하려니 차마 말이 떨어지지 않았다. 그러나 밑져야 본전이라는 생각에 청을 하였더니 의외로 어려움 없이 허락하였다.

철도기술자가 되어 육지로 전출되다

출동 명령은 그 즉시 발령이 났다. 다른 병사들은 훈련장으로 나가고 우리는 아침부터 출동 준비를 하였다. 같이 가기로 한 두 사람도 새 작업복으로 갈아입고 중대본부에서 내어 준 인사기록 봉투와 간단한 소지품을 들고 중대장에게 신고했다. 훈련 중에 이렇게 특별한 경우로 출동하는 것은 창설 이래 처음이라며 기간병들도 신기해하고 큰 배경이 있는 줄로 여겼다.

제주도 훈련소에 입소할 당시는 전투가 가장 치열하여 사상자가 엄청 많은 시기였다. 이 시기에 이일훈이라는 형의 이름으로 입소하였다가 하늘이 준 기회로 내 이름을 찾아 회복하고, 형도 훈련받는 고충을 면한 것은 물론 정전 후에 육지로 출동하였으니 격렬하던 전투와 죽음도 면하게 된 것이었다. 나도 훈련 중에 육지로 나오게 된 것은 꿈만 같은 일이고 소설 같은 이야기라고 여겼다. 내가 병원에 입원 중일 때 우리 중대는 최전방 전투지로 직송되어 50%가 전사하였다고 한다. 우리 형제가 전쟁 중에 입대하여 죽지 않고 무사히 살아 돌아온 것은 내가 집안과 형을 위하여 살신 봉헌한 사정을 아마도 하늘이 알고 기회를 준 것이리라.

감옥에서 석방된 기분보다 더 가볍고 무엇인가 기대되는 들뜨고 홀가분한 기분으로 LST 수송선을 탔다. 그렇게 불과 몇 개월 만에 당당한 대한민국의 간성(干城)이 되기 위하여 임지로 떠났다.

301 철도 운용대대

　제주도에서 바로 전라남도 순천에 주둔하고 있는 301 철도 운용대대에 도착하여 육군 이등병으로 전입신고를 했다. 이곳은 부대 자체가 철도 운용을 할 수 있는 특수부대이고 부대 구성요원은 이북에서 철도 업무에 종사하던 이북 철도기관 소속 운영인원이 단체로 월남하여 현지 입대해 07군번을 부여받은 사람들이었다. 이들은 기관차 운전을 비롯하여 화차 조립·생산 등 철도 업무 전 분야를 독자적으로 운영할 수 있는 기술자들이었다. 나는 철도라고는 한두 번 기차를 타 본 경험밖에 없으니 실제로는 이 부대에 근무할 자격이 처음부터 없는 사람이었다.

　어떻든 이 부대에 육군본부 특명으로 배속되었으니 이 명령에 대하여 누구도 거부하거나 이의를 제기할 수 없었다. 이 부대에서 내 기능에 적합한 곳은 부대장의 책임으로 처음 명령받은 부서인 그 대대 정훈과(政訓課)였다. 이곳에는 장병들의 정서 생활과 교양을 함양하기 위한 도서실 겸 방송시설이 갖추어져 있었다. 그만큼 일반 군 편제에서는 찾아볼 수 없는 특별한 곳이었다. 근무 인원도 4~5명으로 단출하였으며, 정훈장교는 나이도 제법 많고 교양이 있는 신사로 무관이 아니라 교사 같은 장교였다. 문관이 한 사람 있었는데 이북에서 철도요원들과 같이 월남하였으나 나이가 많아 현지 입대는 못하고 문관으로 임명받아 군 생활을 하고 있는 사람이었다. 장교도 사병도 아닌 신분으로 식사는 제일 졸병인 내가 날라다 주어야 했다.

　군 생활이 처음인 이곳에서의 추억이 가장 기억에 남는다. 무척이나 새로웠고 나름대로 만족하며 지냈던 곳이다. 정훈과 입구에는 '맥진실(驀進室)'이라는 현판이 붙어 있었는데, 이 방은 이름도 마음에 들었고 정서가 듬뿍 배인 느낌이었다. 특히 실내에 장서가 가득했는데 국내뿐만 아니라 세계의 명작 문학 작품이 많았다. 철도 대대임에도 이 부대의 특수 임무와 관련된 기술

서적은 전혀 없는 것이 단지 이상할 뿐이었다. 부대 장병들에게는 개인 시간을 이용하여 독서를 하도록 권장하였으며, 이 방에 와서 독서할 수도 있으나 주로 대여 대장에 기록한 후 책을 가지고 가서 독서하였다. 나는 점심시간인 12시부터 1시까지는 라디오 앰프(확성기)를 통하여 뉴스방송을 하고, 마이크로 부대의 공지사항과 명령사항을 방송하는 것이 임무였다. 아울러 청소와 도서 대여·정리도 내 임무였다. 수시로 새로운 책들도 구입하여 진열하곤 하였다.

나의 고정 업무가 단순하고 간단하여 여유 시간이 많아 독서할 시간도 많았다. 미완성 훈련으로 총기 사용법을 몰라도 아무런 지장이 없는 일을 하게 된 것도 천만다행이었다. 이는 군대 생활이라기보다 일반사회 교육기관의 사무요원 생활과 같았다. 군에 가기 전에 자라면서 감히 이런 많은 양의 좋은 책을 보거나 만질 수도 없었던 처지라 이 절호의 시간을 감사하게 생각하고 밤잠을 자지 아니하고 독서를 하고 또 하며 많은 문학 작품을 읽게 되었다. 군 생활이라고 하나 이런 한적하고 단란하며 정서적인 곳은 일반사회에서도 찾기가 힘들 것이었다. 특히 육군 이등병의 신분으로 내게 지혜와 총명을 찾아 주고 무식을 일깨워 준 신이 베푼 낙원이었다.

다른 애로사항은 전혀 없었으나 상급자들이 전부 이북 사람으로 억양이 강하고 깐깐하여 정이 들지 않았고, 내가 가장 졸병이니 가까이하려는 사람도 없어 조금 외로울 뿐이었다. 이런 점 때문에 고독을 달래려고 책을 더 많이 읽었을 것이다. 그 후 6개월이 지나 육군 이등병에서 일등병으로 진급하고 그 다음에 육군 하사로 진급하고 보니 한 해가 지나 육군본부로 전출 명령을 받았다.

17

육군본부로 전출 명령을 받다

육군본부로 이동하다

내가 주어진 간단한 정훈과의 일을 열심히 착오 없이 수행하던 어느 날 생각지도 바라지도 않았던 좋은 곳인 육군본부 수송감실로 전출 명령이 내려졌다. 육군 하사로서 육군본부에 가게 된 것이었다. 이 전출 명령도 이상한 일이었다. 육군본부에 아는 사람이라고는 그림자도 없는 내게 어떤 연유로 이런 큰 곳에 발탁되었는지 알 수가 없었다.

그 당시 육군본부는 서울에서 후퇴하여 대구에 있었는데 지금의 대구여고 자리에는 일반 참모부와 본부 사령실이 주둔하고 있었고 내가 가는 곳은 육군본부 수송감실이었다. 당시 특별 참모부는 대구 시내 큰 건물들에 분산되어 주둔하고 있었고 수송감실은 '무영당'이라고 일제 때 지은 유명한 건물에 있었다. 지금 생각하니 알 수 없는 운명이 나를 훈련소 입대 때부터 조정하고 있었던 것 같다.

이곳 육군본부로 전출된 것이 내 앞길을 여는 첫걸음이 될 줄은 나 자신도 몰랐다. 군 생활이란 한때 나라의 필요에 의하여 일정 기간 복무하는 것으로, 이것이 끝나야 그 이후의 자신의 앞길에 대하여 생각하고 설계할 수 있다. 군이란 특수집단은 나 자신의 의사에 따라 아무것도 할 수가 없고 오직 명령에 따라 움직일 수밖에 없는 처지이기 때문에 그 속에서는 어떤 일도 생각조차 할 수 없었다.

그러나 나는 그때부터 내 미래의 앞길로 이어지는 길로 들어서고 있었다. 그때는 자신감도 어떤 어림짐작이나 암시마저도 없이 여건과 형편대로 순항하고 있었을 뿐이고, 여러 가지 여건 중에 육군본부가 대구라는 고향의 중심 도시로 오게 된 것이 중요한 계기가 되었다고 여긴다. 내게 육군본부는 들어보지도 못한 생소하고 겁까지 나는 곳이었으나 실제로 와 보니 일반 군영 생활과는 판이한 매우 특수한 곳으로, 전투 수행이나 전투를 위한 훈련 등 일반 군인으로서의 생활이 아니었다. 대한민국 국군을 통솔하고 지휘·통제하는 막강한 권한과 임무를 수행하기 위하여 명령 전에 사전 검토와 분석 평가를 하여 지휘자로 하여금 가장 효과적인 처분을 하게 하는, 한마디로 전군을 통솔하는 최고의 조직체였다.

내가 소속된 수송감실 통제과는 육군 수송부대의 편제와 수송부대 운영의 기본이 되는 SOP, 즉 육군 수송규정을 만들고 개정하며 그 결과를 평가·분석하는 일을 하는 곳으로 주로 대위 이상의 장교가 복무하고 있었으며 사병은 작성된 안을 정서하는 일과 문서를 정리 정돈하는 임무를 수행하였다.

그래서 계급의식이 전혀 없었고 사병이나 영관급 장교들과도 대담 토론과 의견 교환도 편안한 자세로 할 수 있었으니 다른 부대에서는 도저히 있을 수 없는 분위기와 환경이었다. 나는 25세로 젊고 패기차며 기백이 왕성하고 두뇌도 명석하였으므로 이 같은 낯선 환경에도 짧은 시간에 쉽게 적응하여 모든 곳에서 환영받는 입장이 되었다.

육군본부에서의 즐거운 생활

　이곳은 군은 군이지만 운용부대와는 판이하여 자기가 맡은 일만 충실히 하면 자유스러웠다. 군 명령 계통의 엄격성이 강조되는 것이 아니고 행정기관 업무의 특성상 다급하지 않고 육체적인 노력을 하지 않으니 모든 것이 여유로웠다. 일요일에도 자유롭게 외출하고 귀대할 때도 위병소에서의 엄격한 신고 등의 형식이 없어 건물 입출입이 자유스러웠으니 군 생활에 이런 곳이 있을 수 있을까 할 정도였다.

　일요일마다 외출은 할 수 있었으나 아는 집이라고는 동옥(東玉)이 아저씨라고 칠촌 아저씨의 집을 찾는 것이 고작이었다. 외갓집의 오촌 댁도 간혹 찾았는데 그분들은 해방 이후 일본에서 귀국하여 대구에 자리를 잡았으나 일본에서 특별한 기술을 배워 온 것도 없는 듯 무척 어려운 형편이었다. 당시 사회는 무질서하고 사회적·경제적 기반이라곤 아무것도 없는 사정이었다. 제2차 세계대전 중에 징용가거나 살기 위하여 외국으로 떠난 민족이 해방을 맞이하여 모두가 귀국길을 택하여 돌아왔으니 기반이 있을 수가 없었다. 모두가 서로가 서로를 이용하여 연명만 하는 처지였으므로 외가라고 찾아보아야 반가워할 이도 없었다.

　아는 데라고는 없어 외로운 처지였으니 싫거나 좋거나 외종조부가 계시는 외가에 자주 들러 신세를 졌다. 그래도 이만하면 군 입대 이후 즐거운 생활이었다. 외 오촌 한 분은 주먹으로 한몫을 하는 분으로 송죽극장에서 기도(문지기)를 맡아 일하고 있었다. 외출하여 갈 데가 없으면 여기에 찾아가 영화 관람이나 공짜로 하곤 하였다.

육군본부 편제위원회에 차출되다

당시 육군본부는 지금의 대구여중고등학교 자리에 주둔하고 있었으며 참모총장실과 일반참모의 건물은 한국은행 건물을 사용하고 있었다. 육군본부는 서울을 수복하기 전에 1군과 2군을 창설·편제하는 중대한 작업을 위하여 미 고문관이 참여하는 편제위원회라는 별도의 기구를 만들어 이 작업을 전담하도록 하였다. 각 참모부에서 장교 서너 명과 병사 두세 명이 파견되어 이 위원회에서 1군과 2군의 수송부대를 편제하는 작업을 전담하였는데 기간은 5~6개월이 소요되었다. 나도 이 위원회에 차출되었다.

1군과 2군의 창설·편제 업무가 마무리된 후 육군본부가 서울로 올라가고 그 자리에는 2군 사령부가 새로 창설되었다. 나는 본부 사령실의 인사행정 착오로 육군본부 요원에도 탈락되고 2군 요원으로도 탈락되어 하는 수 없이 1군으로 전출 명령을 받았다.

복숭아로 연명하며 보낸 여름

육군본부에서 1군으로 발령받고 가 보니 당시 예비사단이 새로이 창설되는 즈음이라 그런지 32예비사단으로 특명이 났다. 그 부대는 충남 연기군 조치원에 창설되어 나는 연대 수색대에서 근무하게 되었는데 이곳에서 서무계로 중대 행정 업무를 맡았다. 그 사단은 조치원 외곽지의 넓은 지역에 주둔하였는데 일부는 농경지도 있었고 과수원도 있었다. 수색중대는 복숭아밭에 주둔하였다.

당시 건강이 좋지 않고 식욕이 없어 밥을 먹을 수가 없으니 너무 말라 몸이 형편없게 되었다. 그래도 먹어야 해서 복숭아로 주식을 하며 연명하였더니 영양실조로 앉아 있다 일어서면 눈에서 별이 보일 정도였다. 병원에 간다는 것은 생각지도 못하고 매일 중대 요원들이 따다 주는 복숭아를 먹으며 그해 여름을 보냈다. 인정 많은 우리 중대 선임하사는 내가 밥을 먹지 못하는 것을 걱정하여 맛이 제일 좋은 복숭아만 골라서 주곤 했는데, 지금도 그때 생각을 떠올리면 고마운 마음뿐이다. 이곳에서 7~8개월 근무하던 중에 이상하게도 부산에 있는 제3항만 사령부로 특명이 났다.

제3항만 사령부로 전출되다

육군 제3항만 사령부는 부산 부둣가의 세관 건물에 주둔하고 있었는데 그 밑에 항만대대가 있었다. 이 제302항만대대는 초량의 어떤 학교 건물에 주둔하였으며 대대 주변 철조망 울타리를 경계로 밖은 이북 피난민촌이었다.

당시 갑자기 많은 사람이 부산으로 피난을 와서 이들은 대부분 의식주의 근본 대책이 막연하였다. 정부도 부산에 내려왔지만 전시의 피난민 구휼에 아무런 대책이 없었으니 생활이 구차하였다. 집도 겨우 노숙을 피하기 위하여 좁은 공간만 있으면 판자를 주워다가 그저 하늘을 가리고 외풍을 겨우 피하는 바라크(막사)를 지어 살아가는 비참한 형편이었다. 당시 이 초량은 바닷가 근처의 못 쓰는 땅이었는데 피난민 판자촌이 생기게 되었고 우리 부대는 사면이 전부 판잣집으로 둘러싸인 중앙에 주둔하고 있었으므로 주위 환경이 어수선하고 불결하였다. 어둡고 좁은 골목은 밤이면 폭력이 끊일 날이 없고 매춘, 강도, 절도, 사기, 협박 등 인간집단에서 있을 수 있는 모든 악행이 일어나는 범죄의 전시장 같은 곳이었다.

제302항만대대에서의 부두 근무

　　이 항만대대의 임무는 6·25 전쟁 중에 외국에서 원조되는 군수물자를 한국군이 인수하는 것이었다. 주로 미국의 원조물자를 미국 측 한국인 노무자와 우리 한국 측 쳌카(우리 부대 병사)가 물자의 품명과 숫자를 동시에 각자 작성하여 서로 동일 타리를 만들어 선상에서 인수인계를 하는 작업이었다. 우리 측 군인은 포장에 쓰인 영어로 된 포장 단위(웨이트, 큐빅), 즉 부피와 무게 등을 적어야 하기 때문에 영어를 배운 군인을 선발하여 데려왔다. 학사 군인인 SO군번을 가진 병사를 전국에서 차출하여 이 부대로 전출시켜 이 업무를 수행하도록 한 것으로, 나는 이 SO군번 병사들의 기간요원으로 차출된 것이었다.

　　이 업무는 선박이 밀리면 24시간 계속 근무해야 하였다. 모든 군수품이 이 경로를 통하여 들어오므로 목재부터 시작하여 병기 부속품과 병참 의약품, 화학 물품, 시멘트까지 종목도 다양하고 물량도 엄청났다. 이 작업은 제3부두 전부를 관장하여 부두 안에는 군수품이 산더미 같이 쌓였고 썩어가는 물품도 허다하였다. 이 작업에 동원되는 사람은 쳌카 외에도 화물을 이동시키는 인부가 있었는데 여러 가지 많은 일을 하였다.

　　당시 전쟁으로 피난 온 사람들은 먹을 것을 비롯하여 입는 옷 등 사람이 살아가는 데 필요로 하는 기본 물자가 절대적으로 부족하여 오만 가지 물건이 산적된 선박이 들어오면 견물생심으로 욕심이 나지 않을 수 없었다. 이때 물건을 훔치는 것에 대한 죄의식조차 없고 걸리지 않을 수 있다면 훔쳐야 산다는 생각으로 흔히 강도나 절도라는 개념과는 조금 다른 의미의 '슬래기' 또는 '얌생이'가 있었다. 몸에 지닌 물건을 외부에 표가 나지 아니하게 한 채 헌병들이 출입자를 검색하는 곳을 통과하면 지닌 물건의 소유자가 바뀌었다. 즉 미국 측 물건을 얌생이하나 우리나라가 인수한 물건을 얌생이하나 이 출입문만 통과하면 내 것이 되는 것이었다. 오래 근무한 경력자는 몸에 지니는 수단도 지능화되어 교묘히 감추고 유유히 걸어 대열을 지어 출입문을 통과하니 성공하는 확률도 높아 이런 얌생이를 안 하는 사람이 드물었다.

우리 부대에서도 SO군번이 아닌 일반 병사들은 거의 대부분 이런 짓을 하였는데 그 방법은 이러하였다. 부대에서 출동할 때 긴 고무줄을 여러 개 가지고 들어갔다가 주로 병참물자인 구로사지 양복바지나 러닝셔츠, 양말, 군번줄, 기타 생활용품 등이 나타나면 으슥한 곳에 감추어 두었다가 작업이 끝날 즈음에 가서 박스를 찢어 이 물건을 허리에 두르고 양다리에 감는 것이다. 요령이 좋은 이는 군복 하의 열 벌 정도까지 둘러 고무줄로 감고 외형상 육안으로는 표가 나지 않을 정도로 위장한 후 정문 통과 시에는 대열을 지어 번호 붙여 호령을 받고 발맞추어 나왔다. 한국군이 통과하는 문은 우리 헌병이 통제하니 모르기는 몰라도 약간의 눈치가 있어도 묵인하는 것이 아닌가 하는 생각을 하였다.

이렇게 얌생이한 물건은 일요일 외출 시에 가지고 나가 친척이 있는 사람은 그 집에 맡겨 돈으로 만들고 그렇지 않으면 직접 국제시장의 단골집에 갖다 주고 돈을 받았다. 나는 이들의 소행을 알았지만 막지 않았고 기간요원의 체면으로 이들과 같이 하지 않았다. 필요한 물품이 있으면 가지고 나온 경우는 있었는데 플래시, 배터리, 군번줄 정도였다.

이 부대의 생활상은 항상 안정적이지 못하고 병사들이나 장교들은 수중에 돈이 있으면 술과 방종이 대세였다. 부대 식사도 부식이 형편없어 그대로는 먹기가 힘 드니 철조망 사이로 피난민 아주머니가 부식 장사를 하는 곳에 때로는 수십 명이 모여들기도 했다. 여기서 돈을 주고 풋고추나 된장을 사서 먹는 병사들이 많았는데, 이렇게 부식의 질이 낮은 것은 장교들이 부식값을 너무 절약하고 남는 돈을 자신들의 후생비로 쓰기 때문이라고 짐작되었다.

　항만대대 근무 중에 고향인 벽진면 소재지 초등학교 일 년 선배인 여서장을 만났다. SO군번으로 군복무를 하는 중에 이 항만대대로 특명을 받고 온 것이었다. 이곳에서 고향 친구를 만난 것이 반갑고 기뻐서 일등중사인 내가 일등병인 그에게 도움을 주기도 하였다. 이 친구는 군 입대 전에 결혼하였는데 처가가 부산에 있었다. 일요일 외출 시에 그의 처가에 가서 술대접도 받곤 하며 다정히 지냈다. 이곳에서 근무한 지 4~5개월이 지나자 생각지도 않은 특명을 또 받게 되었다.

18

제2군 사령부 수송참모부로 이동하다

대구에서의 군 생활, 새로운 전기를 맞다

제302항만대대에서 2군 수송참모부로 전출 특명을 받고 대구로 오게 되었다. 상급부대에 친지도 지인도 없는 처지에서 군 사령부에 온 것은 특별한 대우였다. 누가 추천하였는지도 모르고 사령부에 와 보니 육군본부에서 당시 육군 상사였던 우리 선임하사 한 분이 2군에 잔류하여 수송참모부에 있다가 자리가 나니 나를 추천한 것이었다.

당시 수송참모부는 대봉동 미8군 고문관 주둔지와 인접한 일정 때 지은 공공건물에 있었다. 이곳에 와서도 수송참모부 통제과에 배치되어 주로 군 수송부대 SOP를 제정하고 개정하는 일과 후방 수송부대의 편제와 장비 편성 업무를 주로 하였다. 군 사령부의 하사관에게 담당 직책은 별도로 없고 과장 결재로 업무분담을 하는 것에 그치는데, 그에 대한 책임도 권한도 형식적으로는 없으나 예하 부대에는 사령부라는 이름으로 권한을 행사는 할 수 있었다.

군복무 형태도 육군본부와 별 차이는 없었으나 대구는 약간의 질서가 잡혀가는 분위기였으며 피난민들도 각자 갈 곳을 찾아 떠나고 안정이 되어가는 듯했다. 그러나 전쟁 중에 폐허가 되고 파괴된 것은 아직 복구가 어려웠고 사는 것은 대개 임시방편으로 그날그날 살아가는 형편이었다.

　　나는 당시 25세 청년으로 키가 크고 건장한 군인이 되었고 군 사령부의 보급도 예하 운용부대와는 달랐으므로 군복이나 식사도 비교적 좋은 편이라 다른 어려움 없이 군 생활을 하고 있었다.

　　그 즈음 스무 살이 된 동생 상훈이가 농사일이 체질에 맞지 않을 뿐만 아니라 자신의 장래를 위한 길이 아니라고 판단하여 혈혈단신 아버지 몰래 집을 나왔다. 동생도 역시 아버지 슬하에서는 고등학교도 가지 못할 것이므로 고학을 하려고 나온 것이었다. 대구 대신동 큰 장 옆에 초가집 셋방을 하나 얻어 자취를 하며 말 그대로 주경야독을 하였다. 낮에는 대신동 시외버스 정류소 옆 도로가에서 만년필과 라이터 등을 파는 노점상을 하였고 밤에는 성광고등학교 야간부에 다녔다. 집은 부엌 안쪽에 방이 있어 부엌을 거쳐 방으로 들어가니 채광이 안 되어 낮에도 컴컴하기가 굴속 같았다. 살림살이는 작은 양은 솥 하나, 밥그릇, 수저와 이부자리 이외에는 아무것도 없었다. 그래도 나는 일요일 외출 시 이곳으로 와서 동생을 만나 식사도 같이 하곤 하였다.

　　군 사령부의 군 생활은 단조롭고 고된 일도 없었으며 외출도 외박도 자유로웠다. 군 생활이 한가하여 여유로우니 무엇이든 해야겠다고 생각하고 골몰하던 차에 야간부에라도 학교에 가서 공부할 방법을 찾았다. 이때 내게 하늘이 준 기회가 찾아왔다. 당시 강문봉 장군이 2군 사령관으로 복무하고 있을 때 청구대학 학장(최해청)과 협의가 되어 현역 중에 학업을 이어갈 희망자에게 개인으로서도 군인으로서도 자질을 향상시킬 수 있도록 저렴한 등록금으로 야간부에 입학할 수 있는 길을 열어 주었다.

19 대학생이 되다

대학 합격통지서를 받고

내게는 절호의 기회였으나 고등학교 졸업을 하지 못한 나로서는 이를 해결하지 못하여 고심하던 중이었다. 시골의 고등학교 교장 선생님 아들이 대학을 나와 병역의무를 마치기 위하여 입대했는데 우연히 우리 참모부에서 만나게 되었다. 이것도 나의 행운이었다. 이 사람에게 나의 고충을 이야기하였더니 자기가 아버지에게 부탁하여 해결해 준다고 하였다.

당시의 사회는 무질서하고 학생들도 길을 가다 강제로 입대하는 경우도 있는 등 변칙적인 사항이 허다한 시기라 특별한 사정도 있을 수 있었다. 이러한 사정을 감안하여 조기 졸업을 한 것으로 해서 어렵게 졸업증서를 마련하여 대학에 입학하게 되었다.

입학시험도 치렀는데 다른 과목은 그럭저럭 별 문제가 없었지만 영어 실력이 부족하여 떨어지는 줄 알고 노심초사 애간장을 태웠던 기억을 아직도 잊을 수가 없다. 영어 시험지에 내가 아는 대로 쓰고 말미 여백에 '나의 영어 실력이 좋고 나쁜 것은 다 국가의 책임'이라고 써 놓은 것을 참작하여서인지 합격통지서를 받고 좋아서 펄펄 뛰었다. 이제 대학에서 열심히 공부만 하면 그 무엇이 이루어질 길을 잡을 수 있을 것이라 생각하니 벅찬 희망이 느껴졌다.

면학의 조건은 군인 신분으로 힘들고 어려웠으나 긍정적으로 생각하려고 애를 썼다. 먹고사는 걱정은 전혀 할 필요가 없었고 학비도 매우 저렴했으며 군인의 월급으로 부족한 금액은 아버지와 삼촌들에게서 지원받으면 해결되었다. 공부하는 방은 별도로 없었으나 저녁에 군 사무실에서 공부하는 데는 지장이 없었다. 야간에 학업을 계속한다니 군 동료나 윗사람들도 도와주려는 분위기였으니 이만하면 앞으로의 성과는 내 노력에 달린 것이라 생각되었다. 입학년도는 1955년이니 55학번이었다.

법을 공부하면 장래에 더 기여할 것이라는 판단 아래 법대에 지망하였다. 1학년에는 주로 교양과목 학점을 이수해야 하기 때문에 논리학, 사회학, 정치학개론, 법학개론 등을 수강했으며 당시 교수는 전국에서 유명한 학자들이었다. 강의는 신기했고 새로운 지식에 듬뿍 빠질 정도로 매력적이었다. 신부의 신분으로 논리학을 강의하던 교수님의 삼단논법 이론이라든지 이재철 교수의 법학개론, 백남억 교수의 형법, 배요강 교수의 사회주의 이념에 대한 사회학 이론, 김위석 교수의 철학 강의 등 새로운 지식에 매료되어 시간이 나면 어디서든지 책을 읽고 공부를 하였다.

학교에서 돌아오면 내무반으로 가지 않고 바로 사무실로 가서 공부를 하느라 12시 전에 잠을 잔 적이 없었다. 학문이 재미있기도 하였지만 기초가 모자라 남들을 따라가기 힘든 처지였으니 남들보다 몇 배의 노력이 필요하기 때문이었다. 강의 시간에 교수가 강의하는 내용을 이해 못해서 안타깝고 속이 상할 때가 한두 번이 아니었고 이를 이해하는 데 많은 시간과 노력이 소요되었다. 당시 성적은 점수제로 성적표에 기록되었는데 나는 거의 다 90점 이상을 받았으나 영어는 과락을 하는 망신을 당했다.

여름에는 사무실에서 밤이 깊도록 공부할 수 있었으나 겨울에는 문제가 달랐다. 난방용 경유는 일과 시간에만 소요되는 양을 공급하므로 일과가 끝나면 기름도 다 없어지고 말았다. 밤늦게 학교 수업을 마치고 사무실에 도착하면 엄동설한 추운 겨울밤이었지만 따뜻한 내무반에 가서도 안 되니 지급된 겨울 군복을 있는 대로 겹쳐 입고 외투를 이불 뒤집어쓰듯 해서 눈만 내 놓은 채 공부하였다. 당시 체력은 강하였으나 60킬로그램 내외로 깡마르고 키만 큰 허약 체질이고 음식도 많이 먹지 않았으니 체력으로는 감당할 수 없어 정신력으로 버티며 이겨내고 있었다.

육군 이등상사로 진급하다

군 제대는 할 수 있었으나 학교가 문제였다. 그간 등록금을 낼 때마다 근무 확인서를 첨부하여 등록금 감액 혜택을 받았는데 그렇지 않으면 등록금을 낼 돈이 없으니 하는 수 없이 학교를 마칠 때까지 제대를 못하는 형편이었다. 제대를 못하니 자연 정기 승진 기간까지 복무하였고 이등상사로 진급하는 특전이 주어졌다. 영외 거주를 하면 영외 거주미를 지급받으면서 출퇴근을 하게 된다.

나는 동생이 얻어 놓은 셋방에서 같이 숙식을 하였다. 동생이 대구로 나올 때 내가 대학에 입학하면서 아버지와 소야 작은 아버지로부터 약간의 금액을, 천장 작은 아버지로부터는 상당한 지원을 받았다. 등록금을 내고 남은 돈은 상훈이의 장사 밑천에 쓰여 상훈이도 학교를 다니고 장사하는 데 약간의 도움이 되었다. 영외 거주를 하게 된 후로는 야간에 학교를 마치면 셋방으로 와서 자고 이튿날 출근하게 되니 공부하는 환경이 좋아졌고 남자 둘이서 자취 생활을 하고 있으니 집 모양은 어설프고 휑하였지만 군 막사보다야 좋아 공부에 큰 도움이 되었다. 이러다 이 셋방 주인아주머니에게 잘 보여 내 생애(生涯)에 아주 중요한 전기를 맞게 되었다.

20 평생의 반려자를 만나 보금자리를 꾸미다

군인 신분으로 결혼하다

자취 셋방은 내당동 서문시장 뒤 옛 춘천정미소와 헌병검문소 아래쪽 복개되지 않은 개천가의 초가삼간이었다. 집을 바라보면 왼쪽의 구석방이 우리 방이었고 가운데 방이 집주인인 동래 정씨의 방이었다. 그 집안은 과거에 순사를 한 전력이 있어 순사 할배집이라고 하는데 내외와 아들딸 사남매가 살았다.

전후(戰後) 당시의 생활상은 최악으로 정상적이고 안정된 것이라고는 전혀 없었다. 시장에서 막 장사하며 하루 벌어 하루 살아가는 처참한 처지였으니 이 주인 집안도 다르지 않아 상훈이와 같은 나이의 아들이 시장가에서 이것저것 장사하여 하루하루 이어가는 생활을 하고 있었다. 그 집 주인아주머니는 성질이 강직하여 자녀 교육에 엄하고 조금이라도 흐트러지거나 예절을 이탈하는 태도는 용납하지 아니하고 매질까지 서슴없이 하는 대단한 분이셨다. 나는 동생과 잠만 자고 아침 일찍 나가곤 하여 일요일에나 간혹 집에 있으니 이 집 식구들과 마주치면 인사 정도 하는 관계로 무관심하게 지냈다.

내가 집을 나온 지도 5~6년이 되었고 내 나이도 26세로 어느덧 결혼 적령기가 되었다. 2군에 와서는 대학에 입학하여 학업에 열중하다 보니 나 자신의 장래에 대한 생각은 할 수도, 할 여유도 없었다. 당시의 열악한 사회 환경에서 살아갈 수단이라고는 맨주먹과 남달리 커 보이는 육신밖에 없었다. 앞날을 생각하면 막연할 따름이고 대학에서 공부라도 열심히 하면 여하튼 무슨 수가 생기겠지 하는 생각은 했으나 실은 냉정히 생각하면 앞날이 깜깜할 뿐이었다. 신경이 곤두서고 날카로워 신세타령만 절로 나오는 심정이었다.

시골로 다시 돌아가 하기 싫은 농사라도 죽자고 지으면 의식(衣食)은 그런대로 해결되겠지만 내게는 단 한 평의 농토도 없으니 이 길로 가려면 하는 수 없이 남의 머슴살이부터 시작하여야 할 형편이었다. 그러니 참담한 앞날밖에 보이지 아니하였고 이런 나를 이끌어 지도해 줄 친지나 지인도 전혀 없었다. 다만 살아가야 한다는 의지는 누구보다 강하여 무엇이든 잡으면 놓지 않으리라는 굳은 결심과 노력만이 내 전 재산이었다.

그런 나를 순사 할매라는 분이 좋게 보았던지 자기 집안의 과년한 종질녀(사촌의 딸)의 신랑감으로 점찍은 모양이었다. 나는 그런 눈치는 생각도 못하고 있는데 아버지로부터 결혼을 하라는 독촉이 연일 전달되어 왔다. 시골의 이웃마을 집실 동네에 장씨 규수 집 부모들하고 이야기가 다 되었으니 와서 선을 보라는 것이었다. 나는 결혼할 생각도 없었고 결혼할 형편도 못되었다. 학교도 졸업해야 하고 군대라는 직장으로 가족을 부양할 수가 없어 여건이 마련될 때까지 그대로 있으려고 하였으나 아버지로부터 혼사를 일방적으로 결정하시겠다는 통보를 받았다. 어쩌면 신부 한 번 보지 못한 채 결혼해야 하는 절박한 지경에 이르렀다.

그 당시는 남자 나이 25세면 노총각인 데다 동생들도 줄줄이 있으니 여건에 관계없이 혼사는 이루어졌고 살아가는 방안은 그 이후의 일이었다. 이런 사정을 순사 할매가 알고는 혼사에 적극적으로 나서서 처녀를 자기 집으로 오라고 하더니 서로 얼굴이나 보라고 했다. 이러한 동기로 인연이 되어 혼사가 이루어지게 되었다.

그렇게 정한주 씨의 장녀 정일주 양이 내 동반자로 선택되어 진세(塵世)에 역경(逆境)을 같이 살아가게 되었다. 2군 사령부에 있으면서 야간대학을 다니며 거기에 결혼까지 하게 되니 한편으로는 새 희망, 새로운 각오로 힘찬 설계를 하여야 할 시기였다. 그러나 그러지 못하고 어려운 역경을 헤쳐가야 한다는 무거운 짐을 진 기분으로 결혼하였다. 처갓집도 알고 보니 고생을 많이 한 집안이었다. 고향 성주 용암면 문명동에는 동래 정씨(東來 鄭氏) 집성촌이 있었고 처조부 되시는 분은 당시 일본 유학을 갔다가 일본 대지진으로 행방을 몰라 실종되었다. 상속된 많은 농토와 과수원을 경작하는 부자 살림으로 아내는 어린 시절 호의호식하며 귀하게 자랐으나, 장인이 가정을 잘못 운영하여 재산을 전부 탕진하고 대구로 이주한 후 가족은 많은 고생을 하며 그날그날 어렵게 살아가고 있었다.

약혼하자 장인어른은 첫 사위라 기뻐하시고 좋아하시었는데 결혼하기 수개월 전에 유명을 달리하시고 말았다. 평소에 가정에 도움을 주지 못한 분이라 작고를 하시어도 집안 살림에는 별 영향이 없었으나 워낙 가진 것이 없어 결혼 직전에 살던 집마저 팔고 내당동 무영당이라는 셋집을 얻어 살게 되었다. 식구도 많아 생활의 어려움은 극심하였고 내 아내가 공장에 직공으로 다니면서 번 돈으로 의식을 겨우 해결할 정도였으니 결혼한 신방에 불도 넣지 못해 냉방에서 첫날밤을 세웠다.

결혼식은 구식으로 무영당 마당에 초례상(혼례상)을 차리고 사모관대를 한 신랑과 족두리를 쓴 신부가 홀기(笏記, 혼례 의식의 순서를 적은 글)에 따라 마주 보고 초례를 올렸다. 1957년 한겨울이었다. 초례상에 놓인 생닭 한 쌍과 목기러기 한 쌍도 상 위에서 절을 받는 낭만적인 구식 결혼이었다. 그 당시에 절반가량은 신식 결혼도 하였으나 우리 가정도, 처갓집도 전통적인 가정이라 구식 결혼식을 하는 데 합의하여 혼례를 올렸다.

셋방살이를 시작하다

결혼식 축의금으로 처가에서 멀지 않은 곳에 기와집 셋방을 얻었으나 옷장도 없어 벽에 줄을 치고 그 위에 천을 걸어 가리는 것으로 대신하였다. 취사도구도 최소한으로 장만하고 방 앞에는 솥을 걸고 가대기(까대기)를 달아 비바람을 막았다. 문도 없는 노천 부엌에 전기도 없었으니 호롱불이나 초를 써 불을 밝혔고 장작을 한 단(묶음)씩 사다가 취사와 난방을 해결하였다.

다행스럽게도 천혜의 자원인 연탄이 개발되었고 값도 비싼 편이 아니어서 소시민들은 그나마 추위의 고통과 취사의 어려움을 면하게 되었으나, 전기는 여전히 절대적으로 공급이 부족하여 전기가 있는 집이라도 정전이 시도 때도 없이 되어 불편함이 이만저만 아니었다. 그때는 전기 있는 집을 부러워할 정도였는데 사실 일반 가정에는 전기를 신청할 길도 없었다. 전기가 없어 견딜 수 없이 불편해서 하는 수 없이 가까이 있는 전신주에 군복 정장을 하고 올라가 선을 연결해서 쓰는 간 큰 짓도 하였다.

첫딸 경숙이 태어나다

1958년 여름이었다. 식량이 군에서 지급되었지만 군 월급이 적어 생활비는 태부족이었으나 그래도 첫딸이 태어났다. 셋방에서 첫딸이 태어났으나 나는 기쁘고 경사스러워 잠을 이루지 못할 정도였다. 앞으로 더 열심히 아이를 위하여 노력할 것을 밤새 다짐했다. 내가 온갖 고생을 다 하더라도 우리 아이들은 나처럼 자랄 때 부모의 힘을 받지 못하게 하지는 않을 것이라는 각오를 하고 또 하였다. 아이는 형편상 외갓집 큰 할머니께서 돌봐주셔서 이 할머니 등에서 많은 시간을 보내며 건강하게 아무 탈 없이 잘 자랐다. 아내는 열심히 아이를 기르고 살림을 해 가며 일하러 다니는 육체적 고통과 어려움이 있었으나 서로 위로하고 고행을 삼키며 그럭저럭 잘 살아나갔다.

21 군 생활을 마치고 사회인이 되다

군에서 제대하다

새 가정을 이룬 지 얼마 뒤 대학 졸업반이 되었다. 이제 해가 바뀌면 전후방 교류 제도가 시행되어 후방 근무가 일정 기간 넘은 사람은 전방으로 교류근무 명령이 나게 된다. 군 방침이 정해지는 대로 특별한 경우가 아니면 학교나 가정의 개인 사정이 용납되지 않으니 새 살림에 학교 졸업도 못하고 중퇴를 하여야 하는 난관에 봉착하게 된 것이다.

제대를 할까도 생각해 보았으나 당장 가정 살림에 대책도 없으니 무턱대고 나올 수도 없는 형편이었다. 고심 끝에 일단 전방으로 가서 형편을 보아 당분간 군에서 버티어 보고 여의치 않으면 제대하기로 작정하였다.

2군 수송참모부에 있었던 터라 군용기 탑승권을 마련하고 당일 동촌 비행장에 나갔더니 그날따라 비행기가 이유도 없이 결항되어 집으로 돌아올 수밖에 없었다. 집에 돌아와 생각하니 처음부터 가고 싶은 생각 없이 형편상 억지로 가려고 나선 것이고 그때까지 전방의 군복무는 한 번도 해보지 않아 두려움도 있어 결국 제대를 결심하였다.

부대로 가지 않으면 자동 제대가 되는 것이니 전방부대로 가지 않고 말았다. 그러나 사회는 아직 혼란기와 격동기를 벗어나지 못해 제대하여 앞으로 가장으로서 한 가정을 이끌어 나갈 길이 막막하기만 하였다. 생산 기반시설이 아무것도 없었던 당시 나라는 전쟁으로 그마저 폐허가 되었으니 어디가서 일자리를 구하기가 하늘의 별 따기였다. 일자리가 좋고 나쁘고를 가릴 여지도 없이 모두가 막다른 길에서 죽느냐 사느냐 아귀다툼을 벌이고 있는 형국이었다.

대학을 졸업하고 고시 준비를 하다

군에서 제대하고 크게 할 일도 없는 상황이라 열심히 학교를 다녔다. 그해는 졸업할 해였으나 영어 시험에 과락을 하여 기본 점수를 따지 못하고 유급해 하는 수 없이 한 해를 더 고생하고 가을 학기에 졸업하였다.

주경야독이 아니라 주군야독(畫軍夜讀)으로 4년 반 각고(刻苦)의 고생을 하며 졸업하였으나 축하해 주는 사람도 없이 사절지 크기의 학위증서 하나를 들고 다시 어두운 사회를 향한 발걸음을 내디뎠다. 미래가 보이지 않는 불확실성은 모든 젊은이들이 겪는 공통의 문제였지만 내게는 그래도 고시라는 확실한 목표가 있었다. 재학 시에도 그러하였지만 법과를 지망할 때 나는 난지난제(難之難題)인 사법고시에 합격하여 우리 집안을 일으켜 세워 보자는 청운(青雲)의 각오를 하였다. 이제 제대도 하였고 가정에 도움이 될 벌이도 할 곳이 없었으니 본격적으로 고시 준비를 하기로 했다.

학교를 졸업할 때까지는 집에서 공부하였다. 가정생활은 아내에게 의지할 수밖에 없었다. 아내는 결혼하기 전에도 봉제 공장에서 일한 전력이 있었으므로 일자리를 구하기는 어렵지 않아 그나마 다행이었다. 하늘이 무너져도 솟아날 구멍이 있다고 아내가 일을 하여 식생활은 최소한으로 해결은 되었으나 여유라고는 전혀 없었다. 그러니 집에서 공부하는 것도 마음에 부담이 되어 일단 집을 떠나 절로 가기로 작정하였다.

수도사에서 공부를 시작하다

마침 처가에 칠촌뻘 되는 정원석이라는 청년이 있었다. 그는 나보다 두세 살 적었지만 머리가 좋아 경북대학교 사범대학을 월반으로 입학하고도 진학은 보류한 채 사법고시 준비를 하고 있었다. 이 친구와 함께 영천군 신녕면에 있는 수도사라는 절을 찾아갔다.

이 절은 신녕면 치산리 마을을 지나 팔공산 북쪽 능선에 있는 팔공폭포 계곡 입구의 한적한 곳에 자리 잡은 고찰로, 신도도 별로 없었고 대처승인 주지는 평소에는 사가에 가 있고 절 머슴인 노인 한 분이 절을 지키며 우리 둘의 밥 시중을 들어 주었다. 부처를 모신 대웅전은 계단 위에 높이 지어져 있었고 머슴이 사는 정사는 낮은 뜰에 남향으로 지어져 있었다. 그 정사 앞마당을 사이에 두고 역시 남향으로 뱃집 기와집에 숙사 네 칸을 짓고는 방마다 구들 부엌을 만들어 놓았다. 한적한 절간인 데다 그때는 사찰이 일반 대중에게 관심도 신앙도 없어 인적이 별로 없는 곳이라 공부하기에 적절하였다.

한 해 겨울 동안 눈 덮인 팔공산 북쪽 능선을 바라보며 심호흡하고 다시 방에 처박혀 새벽달이 뜰 때까지 밤낮을 가리지 않고 책만 읽고 외우고를 반복하였다. 칠촌은 결혼 전이고 부모가 건재하여 외동아들을 지극정성으로 보살피는 등 환경이 좋고 여유가 있었지만 나는 막다른 처지로 더 물러설 곳도 여유도 없었으니 더욱 열정을 낼 수밖에 없었다.

한 해 겨울이 지나고 3~4월이 되어 산에 새싹이 나고 봄꽃이 피며 산새가 우는 계절이 되자 이웃 동네에서 소풍 나오는 사람들이 늘어나 멀지 않은 숲속 개울이 시끌벅적하였다. 조용하던 절간이 소란하여지니 정신이 산만하고 집중이 안 되어 여기서 공부를 지속할 수 없다는 생각이 들었다. 결국 도저히 견디기 어려워 책 보따리를 싸서 이사하기로 하였다.

진불암으로 이사하다

당시 진불암(眞佛庵)은 팔공산 북쪽 능선 중턱에 위치한 암자로 거리가 멀고 험하여 여기까지는 상춘객이 오지 못하였다. 이곳에서 기거할 수 있는지 탐색하려고 올라와 보니 이 암자는 언제부터인지 사람이 관리하지 못하고 버려진 암자로 비가 새서 서까래 두어 개가 썩어 있었고 기와도 허물어져 있었다. 좁다란 앞뜰은 잡초가 우거져 마른 풀대만 키 높이로 커서 이리저리 엉켜 있었다. 암자 주위에는 산불이 났는지 타다 남은 고목들이 난잡하게 쓰러지고 꺾여 있어 어수선하기 이를 데 없었다. 절간 큰 방의 문도 비틀어져 제대로 닫히지 않았으며 문 한 짝은 아예 떼어 내어 방구석에 세워져 있었다. 그래도 부엌 아궁이는 아이들 키만큼이나 크게 유지되어 있어 그대로 불만 지피면 온돌 난방은 가능하였다. 암자 옆의 우물은 허물어져 바닥에 진흙이 가라앉아 있으나 다시 보수하면 식수는 해결될 듯했다. 암자의 여건이 지극히 어수선하고 민가와 거리가 멀어 혹시나 공비(共匪)라도 나올까 하는 두려움도 있었으나 조용한 것 하나만 생각하고 짐꾼을 사서 진불암으로 이사하였다.

방은 세 개가 있었으니 부엌 쪽의 작은 방은 칠촌이, 큰 방은 내가 쓰기로 하고 하룻밤을 보냈다. 땔나무는 암자 주위에 썩은 나무가 지천으로 널려 있어 맨손으로 나무를 주워 와서 아궁이에 넣고 불을 지피니 불이 잘 타고 방고래로 불이 잘 들어갔다. 오랫동안 비워 둔 방의 구들이라 많은 양의 나무로 불을 지펴도 여간하여 찬기가 가시지 않아 아예 아름드리 통나무를 가져다 그대로 아궁이에 넣어 두고 방으로 들어가 책을 보았다. 그러나 어쩐 일인지 큰 산 중턱의 적막하고 무거운 기운이 무시무시하고 정신이 산만하여 책을 읽기가 힘들었다. 굶주린 공비가 산중턱에 있는 절간의 불빛을 보고 습격하는 것이 아닌가 하는 생각도 들었다.

방바닥은 따뜻하여지나 외풍이 엄청 심했다. 문이 있다고는 하나 노천이나 다를 바가 없이 빈틈 투성이고 온기가 다 나간 집이라 어깨가 시리고 추위 점점 견디기가 힘들었다. 또한 오래 비워둔 집이라 습기가 차 방안에 곰팡이 냄새가 진동하니 올라올 때 생각지도 못한 어려운 상황들이 드러나고 있었다.

새벽녘이 되고 동쪽 하늘이 붉어올 때가 되자 아궁이에 지핀 장작이 타서 방바닥은 살갗이 데일 정도로 뜨거웠다. 아궁이에 넣어둔 통나무가 밤새 타서 구들장이 달아 오른 것인데 이제는 불이 날까 덜컥 겁이 났다. 생각다 못해 새벽에 일어나 우물에 가서 물을 퍼다 바닥이 검게 탄 곳에 물을 부었다. 방은 지글지글 김이 솟아 가마솥이 되었다. 이렇게 방에 신경을 쓰다 보니 공부할 수가 없었다. 이틀 밤인가 견디다 결국은 더 버티지 못하고 다시 원위치로 돌아왔다.

사법고시에 응시하다

절에 들어가 공부한 지 1년째, 단기 4293년도(서기 1960년) 고등고시 시험 공고가 났다. 시험 일자는 4월 23일이었다. 진불암에서 내려와 다시 수도사에서 마지막 정리를 하고 집으로 돌아와서 총정리를 하고는 하루 전에 서울로 상경했다. 시험 장소는 단국대학교였던 것으로 기억한다. 시험 방식은 주관식으로 논문을 써야 했다. 시험 시간은 모든 과목당 1시간으로, 한 과목당

두 문제를 흰 전지에 붓으로 써서 앞에 있는 흑판에 붙이면 그 제목으로 논문을 써야 하는 것이었다. 시험 문제는 하나도 기억이 나지 않으나 첫 시간은 얼마나 당황하고 긴장하였는지 손이 떨려 글씨를 제대로 쓰지 못할 지경이었다.

당시에는 고시만 합격하면 가문의 영광이며 모든 것이 해결되었다. 그러므로 합격률이 1,000명당 1명 정도로 어렵고 힘이 드는 시험이나 대학을 나와도 의식을 해결할 직장이 없으니 울며 겨자 먹기로, 칠전팔기의 강인한 정신으로 계속 도전하는 것이었다. 일 년에 한 번밖에 없는 시험을 위해 죽자사자 공부하다 폐결핵으로 쓰러지는 사람도 있었고, 몸이 건태같이 여위어 위장병에다 여러 가지 병을 얻어 죽어가는 사람도 허다했으며, 하늘의 구름 잡는 고시를 거듭하다가 인생을 망치는 젊은이도 많았다.

고시 출제위원들 중에는 서울대 법대 교수가 많았다. 그 교수의 이론과 학설을 논문에 제시하고 평소 강의 중에 강조하던 부분이 출제되는 경우가 많았으니 서울대 학생들의 합격률이 높았다. 어쩌다 지방대학에서 몇 년 만에 한 사람이 합격하면 가문의 영광임은 물론 그 출신 학교와 고을에 소문이 나서 큰 경사가 난다. 응시자 5~6천 명 중 합격자는 10여 명에 불과했으니 시험 한 번으로 합격하는 사례는 있을 수도 없는 일이었기 때문에 나뿐만 아니라 함께 공부한 칠촌도 낙방하고 말았다.

사실 기대는 안했지만 섭섭하기는 하였고 아내는 위로의 말을 한다고 하나 나는 체면이 서지 않아 변명도 응답도 할 처지가 아니었다. 그래도 여태껏 마음먹고 하려고 한 것은 반드시 성사되는 경우가 많았으니 막연하나마 희망을 가지고 새로 시작하기로 했다. 이번에는 집에서 공부하기로 하였다. 절에 가는 경비라도 절약하기 위해서였고 절에 가 있으면 정보가 어두워 그리 도움이 되지 않을 것이라는 판단에서였다.

當默而默近乎時當笑而笑近乎中
周旋可否之間屈伸消長之際動而
不悖於天理靜而不拂乎人情默笑
之義大矣哉不言而喻何傷乎默笑
中而幾何患乎笑勉之哉吾惟自況
而知其免夫矣

默笑居士自讚 丁巳春晩堂

1. 직장에서
2. 2018년 제2회 팔만대장경
   전국예술대전 문인화 입선작
3. 2006년 대구경북 미술전람회
   서예부 입선작
4. 반야심경 서예

2부

전후 복구와
경제성장기

般若波羅蜜多心經 觀自在菩薩行深般若波羅蜜多時照見五蘊皆空度一切苦厄 舍利子
色不異空 空不異色 色即是空 空即是色 受想行識亦復如是 舍利子 是諸法空相 不生不滅
不垢不淨 不增不減 是故空中無色 無受想行識 無眼耳鼻舌身意 無色聲香味觸法 無眼界
乃至 無意識界 無無明 亦無無明盡 乃至 無老死 亦無老死盡 無苦集滅道 無智亦無得 以無
所得故 菩提薩埵 依般若波羅蜜多故 心無罣礙 無罣礙故 無有恐怖 遠離顚倒夢想 究竟涅
槃 三世諸佛 依般若波羅蜜多故 得阿耨多羅三藐三菩提 故知般若波羅蜜多 是大神呪 是
大明呪 是無上呪 是無等等呪 能除一切苦 眞實不虛 故說般若波羅蜜多呪 卽說呪曰 揭帝
揭帝 波羅揭帝 波羅僧揭帝 菩提 薩婆訶

佛紀二千五百三十年丙寅立秋 德堂 李虎烈

3/10

... 部長 吳休... 11:00 集會

... 中山里에 到着 (평야에서 ...

... 油 (...)

月2日 05:00 起床 朝食 后 06:40 出發하여

... 밤게시를거쳐 天王峰에 12:00

도착 대우 힘든 登行이 었음. ... 重量이 ...

500m 앞 등 계단은 10K에 나 되는듯 全力 步行함

1915m

... 산장에서 中食. ... 4~5名 이를

... 고있음.

... 에서 새벽 정상 산장까지 走行...

... 05:00 ... 날이 ...에 走行

산장 은 주변 ... 께끗이 ... 되어

西歐式 洋屋 ... 그늘이

... 아주 ...

22

국가 공무원이 되다

공무원 채용시험에 합격하다

딸 숙이가 태어난 이후에는 더욱 힘을 내어 잠자는 시간을 아끼고 절약하며 옆도 돌아보지 않고 열심히 공부하였다. 그러나 아무리 젊은 시절이라고 하지만 밤낮으로 책상에 앉아 책만 보고 있으니 체중도 줄고 몸이 쇠약해지자 신경질만 늘어갔다.

당시 절에 들어가서 공부할 때 4·19 혁명이 일어나 자유당 정권이 타도되고 이승만 대통령이 하야(下野)하였다. 이기붕 총리 일가족과 그 아들 이강석이 총격으로 몰살당하고 새로이 대통령 선거를 하여 윤보선 씨가 당선되어 소위 민주당 정권이 수립되었다. 당시 이념 투쟁이 극심하여 혼란한 사회인데다 생산 시설이나 기업도 없었다. 대학을 졸업한 학사들이 직장이 없어 대부분 실업자로 지내고 있는 상황이었다.

그러던 이듬해 2월인가 국가 공무원 채용공고가 났다는 소문을 들었다. 광복 이후 처음으로 난 국가 공무원 채용공고였다. 목표가 있으니 내 인생의 모든 것을 다 바쳐서라도 기어이 고시에 매진해야겠다는 생각과 어려운 형편에 가장으로서 식구들을 고생시키며 확신도 할 수 없는 고시에 매달려야겠는가 하는 생각으로 고민에 빠졌다.

나라 상황은 우왕좌왕 불안했고 매일 같이 이어지는 데모에 국론 통일이 되지 않은 극도로 어려운 국면이었다. 당시 사상계(思想界)의 장준하 사장이 난국 타개의 한 방편으로 재무부 김영선 장관과 의논하여 대학을 졸업한 고급 인재들이 직업 없이 데모만 하고 있으니 이들을 국가에서 채용하여 국가 발전의 터전을 마련하자고 제안해 국무원 사무처에서 채용공고를 낸 것이었다. 응시 조건은 대학 졸업자나 졸업예정자, 병역을 필한 자였다.

아내는 집 걱정은 하지 말고 하던 고시 공부를 계속하라고 격려했지만 합격할 수 있다는 보장도 없었고 공무원 채용시험이 앞으로 지속된다는 보장도 없었다. 이번 기회를 놓치면 다른 직장을 구하기도 어려워지리라 생각되고 고시는 장기전(長期戰)으로 현직에 근무하면서 의지만 굳고 계속 노력한다면 언제든지 볼 수 있다는 생각이 들어 일단 한 발 물러서서 직장부터 구하기로 하였다.

함께 공부했던 칠촌이 원서를 가져다주어 응시하고 시험은 우리 학교에서 치렀다. 그리 어려운 시험이 아니어서 무난히 합격되었다.

국토건설 추진요원으로 명명되다

1961년 2월 합격자 전원이 소집되었다. 2,066명이라는 많은 인원이 합격하여 서울에서 일주일간 합동 훈련을 했다. 수료식 날에는 옛 중앙청 청사 앞 광장에서 대통령이 축사를 했고 각료들이 배석한 가운데 우리는 제복을 입고 수료식을 마친 후 서울 시가행진(市街行進)을 했다. 중앙청 광장에서 을지로로 해서 종로를 거쳐 다시 중앙청 광장으로 돌아오는 경로였다. 거국적인 행사라 KBS 방송에서 대대적인 홍보도 하여 그 뉴스 사진을 지금도 보관하고 있다.

수료식 이후 전국 각 군·읍·면 단위에 한 사람씩 배치되었다. 당시 국회의원 선거 때가 되면 여당 후보자는 표를 얻기 위한 전략으로 지방 발전과 농업 지원 공약을 내세웠다. 그러나 공사를 시작만 한 소류지(小留池) 사업과 호안공사(護岸工事)는 선거가 끝나면 하나 같이 완공을 보지 못하고 다음 선거 때까지 수년 동안 지연되거나 중단되었다. 일부 진행된 공사마저 허물어지고 유실되어 다음 선거 때 또 다시 시작하는 악순환이 계속되어었다. 이를 시정하기 위하여 공무원을 직접 공사 현장에 배치하여 공사 진행 사항과 애로사항 등을 중앙으로 직접 보고하도록 하였다. 그렇게 하니 공사가 원만하게 이루어졌고 공사 담당 지방공무원들도 태만하거나 부정한 회계 처리로 예산을 유용하는 사례가 없어졌다. 이렇게 전 국토의 사업이 완공되자 이러한 공무원들은 국토건설 추진요원(國土建設 推進要員)으로 불리게 되었다.

체신부 대구우체국으로 발령받다

수료식 전에 정부 12부처 중 근무 희망 부서를 1지망, 2지망으로 지원하면 국토건설 추진요원으로 각 면 단위에 배치되기 전에 희망에 따라 각 부처에 발령되었다. 나는 고시가 주목적이고 공무원의 임무는 이를 위한 수단으로 생각하여 고시 공부를 하기에 가장 적합한 부처를 고르다 체신부에 지원하였다. 우체국은 민원이 적고 사무가 단순하여 여유 시간 활용이 가장 좋은 부처라는 생각에서였다. 그렇게 대구우체국 서기로 촉탁 발령을 받고 국토건설 추진요원으로 선산군 장천면에 부임하였다.

배치 지역은 각자의 희망에 따라 결정되었다. 나는 고향으로 오기보다 막내 숙모의 친정이 선산읍이라 선산으로 희망해서 장천면으로 배치되었는데 대구에서도 멀지 않아 좋았다. 공사 현장이라고는 난생 처음이라 개략적인 교육은 받았으나 실은 문외한이었다. 일단 면사무소에 찾아가 면장에게 신고하고 면 직원의 주선으로 면사무소에서 가까운 곳에 하숙집을 얻어 근무를 시작했다. 면사무실에 책상도 하나 마련되었고 면 내 공사장에 갈 이동 수단이라고는 자전거밖에 없어 이것도 면에서 마련해 주었다.

일반적으로는 우리가 면민들의 의견을 듣고 필요한 공사를 면장과 의논해 선정하여 중앙으로 보고하는 체제였으나 이 면은 이미 공사가 확정되어 예산 배정이 완료된 상태였다. 공사 내용은 소류지 신설 한 곳과 개수공사 두 곳이었고 호안공사는 없었다. 공사 예산은 당시 얼마로 책정되어 있었는지 기억나지 않으나 식량이 모자랄 때라 주로 미국의 원조 양곡이 주 예산이었다. 일하는 작업인부에게 양곡표를 주어 인력으로 공사하였다. 중장비는 듣도 보도 못한 시절이었다.

신 소류지 못 둑을 만드는 공사는 지역주민들이 지게로 한 짐 한 짐 져다가 둑을 쌓는 방식으로 이루어졌다. 한 짐을 지고 둑에 올라가면 십장이 양곡표 한 장을 주었는데 그 표를 모아 양곡을 타서 연명하였다. 사변 후에 식량이 모자라 이렇게 하여서라도 식량을 구하지 못하면 살아갈 수가 없었다. 이때 원조물자의 주된 품목은 밀가루로 공사 금액에 따라 저장하였다가 지급하였는데 국민들의 식량난도 해결하고 국토도 건설하는 이중의 목적을 달성하는 효과를 가져왔다.

때는 2월이라 춘궁기이고 농한기라 식량이 떨어질 시기였다. 농촌은 전후에 산야가 황폐되고 나라 살림도 극도로 빈약하였으니 국민들의 기근은 주로 미국의 구호 양곡으로 해결했다. 구호 양곡을 무료로 배급하기보다 소류지 공사와 수해 방지 공사를 내용으로 하는 국토건설사업의 공사 임금으로 지급하였다. 내가 담당하는 공사는 순조롭게 진행되었고 인부 동원도 잘 되었으며 배정된 양곡은 충분히 공사를 완료할 수 있을 만큼 확보되었다.

인부에게 나눠준 양은 매일 확인하고 이를 집계하여 중앙 본부로 보고하였다. 공사는 정상적으로 성공리에 준공 단계에 있었고 남은 양곡도 충분하였다. 그 무렵 서울본부에서 회의 소집이 있어 며칠 자리를 비워야 했는데, 그 사이에 면사무소의 나이 많은 담당 직원이 어떻게 교묘히 처리하였는지 행정 경험이 없는 나로서는 알 수도 없게 남은 양곡을 거의 바닥까지 출고시켜 버렸다. 어떻게 며칠 사이에 남아 있던 많은 양곡을 없앴는지 그 기술이 대단하였다.

그런 의구심으로 고민을 하던 차에 나라에 예상치도 못한 큰 변동이 일어났다. 5·16 군사혁명이 일어나서 정부의 기존 체계가 하루아침에 무너지고만 것이다. 우리의 위치도 근원도 없어졌으니 현장의 공사도 중단되고 말았다. 그러니 그 자리에 있을 명분도 이유도 사라졌으므로 모두가 일단 집으로 돌아갔다.

국가 공무원 임명장을 받다

집으로 돌아와 며칠 쉬고 있는 중에 국가재건 최고회의에서 통보가 왔다. 우리들의 신분과 처우를 종전과 다름없이 보장할 것이니 즉시 현장으로 복귀하라는 내용이었다. 이와 같은 통보를 받고 다시 현장으로 나가 일을 정리하던 중 국토건설위원회로부터 서울로 오라는 연락을 받았다. 그래서 현장의 모든 것을 면사무소에 인계하고 1961년 5월말 서울로 집합하였다.

전국 각지에 파견될 당시 이미 지정된 부처 그대로 나를 포함한 체신부 소속 100여 명의 직원이 장관에게 신고하고 임명장을 다시 받았다. 서기 임명권은 일선 관서장에게 있었으므로 명의는 대구우체국장으로 되어 있으니 본부 지시에 따라 백지 임명장을 장관에게 보내면 성명만 본부에서 기입하여 임명장을 장관이 대리 수여하는 특별대우를 받는 형식이었다.

이로써 국가공무원 행정서기에 임명되어 공무원 생활이 시작되었다. 임명장에는 그때 연호가 단기로 통용됐기 때문에 단기 4294년 5월 31일로 표기되어 있다. 서기로는 1961년 5월 31일이었다.

23   엄격한 공무원 사회에 첫발을 내딛으며

대구우체국으로 부임하다

그 당시 행정부처에 지식이 어두운 나로서는 체신부의 위상이나 공무원 생태를 다른 부처와 비교할 수 있는 상식조차도 없었다. 부임신고 날인 5월 31일에 가지 못하고 하루 늦은 6월 1일 국장 직무대리를 맡고 있던 통신과장에게 신고하였다. 하루 늦은 것에 대한 책망을 들으니 공무원 사회가 이렇게 엄격하구나 하는 경각심을 가지게 되었다. 당시 군사정부는 공무원 내부의 정화 차원에서 부정을 하거나 지탄을 받는 공무원 또는 부도덕한 공직자는 지위 고하를 막론하고 직위 해제하였는데 내가 대구우체국에 부임할 당시 국장이 직위 해제를 당해 통신과장이 직무대리를 맡고 있었던 것이다.

대구우체국 통신과 발착계에서의 근무

군사혁명 직후라 군인들이 통제관으로 일선 관서에서도 업무 내용을 직접 통제하고 간부들의 업무 성실성을 파악하는 등 그 기세가 강하였다. 이 기관은 업무의 특성상 비교적 외부 변화에 익숙하지 못하고 소극적이고 보수적인 곳이었다. 그러니 이와 같은 엄청난 변화에 어리둥절하였고 그 기세에 눌려서인지 풀이 죽어 시키는 대로 순종할 시기에 새로운 사람이 부임하니 정부 방침으로 특별히 파견된 사람이 아닌가 하는 의심으로 경계하는 기색도 보였다.

첫 근무 부서는 영남의 중심 우체국인 대구우체국의 발착계였다. 근무 부서에 가 보니 아연실색하고 말았다. 행정업무를 처리하는 부서가 아니고 우편물을 지역별로 구분하는 작업장이었던 것이다. 발착계의 우편물 구분 작업은 행정서기가 하는 일이 아니고 기능직이나 집배직이 하는 작업이었는데 굳이 대학까지 나온 서기에게 이런 막노동을 담당케 한 국장대리가 원망스럽기도 하였다. 당시 나와 같이 발령받은 백씨 성을 가진 사람은 나보다 하루 일찍 부임하여 하루를 근무하고 사표를 내고 말았다. 내가 출근하기 전날이었으니 나는 얼굴도 보지 못하고 이야기만 들었을 뿐이다.

나도 이틀간 시키는 일을 해 보니 주위의 동료들이 불친절하고 거만하게 굴었으며 대화도 부드럽게 하려고 하지 않았다. 모르는 것이 있어 물어 보아도 상세히 가르쳐주기는커녕 행정 서기직에 있는 자가 알아서 할 일이지 무엇을 물어 보느냐 하는 듯 저희들끼리만 웃고 지껄이며 괄시하였다.

작업도 하루 종일 서서 해야 했다. 전 시내에서 수집된 우편물이 도착하면 서울, 부산 등 우편물의 행선지를 확인하고 지역별로 칸칸이 뚫려 있는 구분함에 집어넣는 작업이었다. 하루 종일 쉬는 시간도 없이 계속 처리하여도 우편 행낭에 넣어 체절(締切)하는 시간까지 다 못하는 경우가 많았다. 다행인 것은 일이 밀려 제시간에 반출하지 못해도 이를 나무라거나 잘못되었다고 추궁하는 사람은 없었다. 그러니 다 해도 되고 다 하지 못하여도 그만이었다.

다른 사람들은 교대근무로 야근을 하나 그래도 내게는 일근(낮 근무)만을 시키는 특전을 주었다. 이 같은 작업을 한 지 일주일이 지나자 어느 정도 숙달되어 기존 선임 직원에 뒤지지 않는 양을 처리할 수 있었다. 하지만 종일 서서 작업하다 보니 종아리가 통통 부어 걸을 때 통증을 느끼는 지경이 되었다.

이러한 작업을 언제까지 지속해야 하는지, 다른 근무지로는 어떤 곳이 있고 어떤 일들을 하는지 아무것도 알 수가 없어 답답한 심정이었다. 현재의 일이 너무 황당하고 실망스러워 나도 사표를 쓰고 나올까 하는 생각이 강하게 들어 며칠을 고민하였다. 그러다가 일주일이 되는 날 특수계에서 근무하라는 지시를 하였다.

새로운 곳으로 가 보니 이곳도 근무 환경이나 직원들의 업무 처리 행태가 서글픈 건 다름없었다. 육체노동이나 다를 바 없는 힘든 곳이었고 단지 책상에서 작업하는 것이 구분 작업보다는 나았으나 먼지도 많았고 직원들의 행세도 단정하지 못하였고 직원들과 같이 대화도 섞기 싫었다.

하루 이틀간은 일근을 하다 24시간 교대근무를 하게 되었다. 이곳은 집배직은 없고 행정서기보 이상의 정규직원들이 근무하고 있었다. 명칭은 특수계로 계장은 행정주사보였는데, 업무는 소위 특수 우편물을 발송하고 배달에 부치고 중계하는 것이었다. 특수 우편물이란 등기 우편물로 타 우체국으로 보낼 때마다 기록되어 그 기록이 우편물을 따라 다니는데 내가 하는 일은 우편물에 매겨진 번호를 기록하여 보내고 배달하며 배달한 배달장을 보관하는 작업이었다.

대구우체국은 집중국으로 등기 우편물이 엄청나게 많이 모여드는 곳이었다. 작업 환경이 지저분하고 먼지도 많아 하루를 근무하면 콧구멍이 새까맣게 될 정도였다. 이곳도 오래 있을 수 없다고 생각하면서도 1개월 정도를 버티었다. 그러던 어느 날 갑자기 조리주임이 나를 데리고 가더니 창구계장에게 인사를 시키며 우표 판매 담당을 하라는 것이었다.

우표 판매로 보직이 변경되다

이곳에서는 형식적인 인사 발령도 없이 과장의 구두 명령이 곧 보직 명령이었는데 과장은 언제든지 계장들과 상의하여 하루아침에 담당 업무를 바꾸었다. 그 큰 우체국에 우표 판매 창구는 단 하나뿐이었다. 이곳은 전 근무부서보다는 깨끗한 환경이었으나 공공장소에서 손님들을 상대로 우표를 판매한다는 것이 내키지는 않았다. 하지만 그만두는 한이 있어도 좋든 싫든 주어진 업무는 그때까지 성실히 하리라고 마음먹었다. 창구에서는 정수표에 적힌 종류, 개수만큼 상비 우표를 보관해야 하는데 정수에서 판 숫자만큼 서무과 회계계에서 보충을 받고 판매한 만큼 현금으로 수입하는 제도라 불편 없이 처리가 가능하도록 되어 있었다.

당시 월급은 3~4명 가족이 최하 생활을 할 수 있을 정도로 적었다. 우리집 생활비에 충분하지 않았으나 그래도 적은 월급이나마 집안 살림에 보태니 큰 힘이 되었다. 우체국 직원들도 거의 다 다른 잡수입 한 푼 없이 오직 월급으로만 살아가는 모범 공무원들이니 평소 생활도 검소하고 절약을 당연한 것으로 여겼다. 그러나 사회 전반의 사정은 일자리를 구하는 것이 하늘의 별 따기와 같았고 생계 수단이 비참하리만치 열악한 탓에 쥐꼬리 월급이지만 직장이 있는 것만으로 자부심을 가지는 시대였다. 최소한 기근은 면할 수 있었기 때문이다.

아내가 병을 얻어 입원하다

취직하여 우체국에 근무한 지 3개월 여가 되었어도 생활 형편이 말이 아니게 궁핍하였고 생활비가 모자라 주위 상점에서 외상으로 근근이 살아갔다. 그런 형편에 하늘은 엄청난 시련을 주었다. 아내가 병이 나 자리에 눕게 된 것이다. 아내가 노력하여 얻는 수입이 자연스레 막히니 가정 형편은 더욱 어렵게 되었다. 아내의 병은 입원하여 치료해야 했지만 병원비를 낼 재력도 의지할 곳도 없었으니 이보다 더 큰 재앙은 없었다.

아내는 좌골신경통이라는 낯선 병으로 수술을 해야만 했는데 어디 가서 큰돈을 마련할 길도 없어 막막할 뿐이었다. 근근이 살아가면서 어린아이까지 있었으니 집안 사정은 말로 다 표현할 수가 없었다.

아이는 처조모가 전적으로 맡아 주셨고 가정살림은 장모님과 처제들의 지원을 받을 수밖에 없었다. 당시 병원 치료비는 사회의 다른 경제 여건에 비하여 엄청난 고가(高價)였다. 시골에서 수술할 병이 나면 한 살림을 다 팔아야 할 정도였으니 중병에 걸리면 돈 없는 사람은 병원에 입원도 못해 보고 저승으로 가는 경우가 대다수였다. 그러니 일단 입원하고 수술을 받을 수 있는 것만 하여도 복을 타고 난 사람이라고 할 수 있었다. 치료비가 아무리 비싸고 사정이 어려워도 사람의 생사가 달린 병이니 수술을 받을 수밖에 없었다.

당시 대구우체국은 지금과 같은 장소로, 옆에는 경찰서가 자리한 중앙지점에 위치하였다. 나는 하루 일과를 마치면 경북대 병원까지 매일 걸어서 병실로 찾아갔다. 병상에 누워 돈 걱정하는 병든 아내에게 빌려온 돈을 보여 주고는 돈 걱정은 추호도 하지 말라 안심시키며 치료에만 신경 쓰고 하루 속히 완쾌하기를 당부했다. 당시 병원비는 말단 공무원의 몇 달치 월급에 달하는 큰 액수였다.

24

행정주사보 시험에 합격하다

공무원으로 첫 보직을 발령받다

당시에 우체국을 지휘·감독하는 관청은 체신청으로 부산체신청이 경상남북도 우체국을 모두 관할하였다. 대구우체국에 근무한 지 5개월이 될 무렵인 11월 25일 부산체신청으로부터 개별 통지를 받았다. 공무원 보통전형 시험에 응시하라는 통보였다. 보통전형 응시 자격은 학력에는 관계가 없으나 행정서기로 일정 기간 근무경력이 있어야 했다. 당시 행정서기로 7년 이상 근속자에게 주는 자격을 5개월 근속자인 내게 특별대우로 준 것이다. 시험은 부산체신청에서 실시하였다. 사법고시를 준비한 실력으로 별문제 없이 합격되어 통지서를 받았다.

승진하면 일정 기간 시골로 나가 있어야 하는 인사 관례를 적용받지 아니하고 현재 근무하던 대구우체국 환금저금과 보험계장으로 보직 발령을 받았다. 보험계에는 계장 밑에 나이 많은 행정서기와 행정서기보 달랑 두 명의 직원이 있었다. 보험이라는 말은 처음 듣는 단어로 무엇을 하는 곳인지도 모른 채 계장 보직을 받아 부임하고 보니 난감하기 그지없었다.

직원이라고는 50세가 넘은 영감 두 사람이었고 방이 별도로 있는 것도 아니며 넓은 사무실에 책상 세 개가 전부였다. 그마저 낮에는 두 사람 모두 외근을 나가고 아무도 없어 사무실에서 나 혼자 초라하게 책상만 지키는 모양새였다. 보험 사무는 우체국 환금이나 저금도 아닌 특수한 업무라 그 업무를 아는 자도 없고 자문이나 가르침을 받을 경험자도 없었다.

두 직원에게 질문하니 보험이라는 실체도 모른 채 보험계약자에게 가서 보험료를 받아 수납하는 형식적인 사무 처리만 하며 하루하루 때워가는 처지였다. 날마다 그냥 할 일도 없이 책상만 지키고 있을 수 없는 성미인지라 내가 맡은 업무를 파악하려고 먼저 보험이라는 것을 알아보기로 했다. 하지만 법 규정과 관련 참고 서적을 샅샅이 뒤져 읽어 보아도 워낙 생소하고 주위에도 아는 이가 없어, 부산체신청 보험 담당 직원에게 전화로 묻고 직접 부산체신청까지 내려가 관련 책자를 얻어 와 공부하였다.

대체적인 윤곽을 파악하여 현재 직원이 하고 있는 업무 처리가 올바른지 검토해 보니 너무 엉터리였다. 그렇게 부당하게 처리되어도 시정할 수 있는 통제부서도 없었다. 계약자로부터 받은 돈은 제때 수입·처리되지 않고 부당하게 유용되고 있었다. 그 액수가 상당함을 알게 되어 담당자에게 일차 변제토록 종용하고 업무 내용도 잘못된 것을 하나하나 시정하였다. 그렇게 잘못된 업무를 시정하고 변상하였더니 그 다음해 부산체신청 업무 감사에서 역사상 처음으로 보험 분야 우(優)를 받았다.

이와 같이 행정 처리를 정상 궤도에 올리기까지는 많은 일들이 있었다. 직원이 유용한 변상액이 커지자 그 아들이 대신 변제하기까지 하였다. 당시 그 직원의 아들은 공군 장교로 직접 내국(來局)하여 변제하였는데 유용한 돈에 대해 알고 보니 도박으로 탕진한 것이었다. 이것이 표면화되면 파면을 면치 못할 것이었다. 당시 엄중하던 군사정권 아래에서는 용납할 수 없는 사항이라 그 아들이 직접 와서 변상한 것이었다.

보험 업무를 연구·개발하는 데 주력하다

당시 우체국 보험은 종신보험, 퇴직보험, 상해보험, 교육보험 등 여러 가지가 있었으나 업무 처리 규정과 관련법을 알고 처리하는 이는 없었다. 관련 규정도 일정(日政) 때 쓰던 것을 번역만 하여 시행하고 있었으니 모든 것이 엉성하고 선례도 없어 소외된 분야였다.

보험 가입자는 주로 체신부 직원으로, 체신부 직원이면 의무적으로 보험에 가입하도록 내부규정이 정해져 있어 임명된 후 첫 월급부터 보험에 가입되었다. 월급은 전화국, 우체국 공히 과별로 과 조리계에서 조서를 작성하여 공제하고 보험도 합산하여 우체국 보험 당무자가 가서 수금해 왔다. 가입된 보험계약자는 보험계에 인적사항이 기록되고 집금표가 있어 매월 불입한 내용은 개인별로 기록 · 보관하도록 되어 있었다.

매월 불입되는 보험료의 명단을 받아 원본과 일일이 대조해 보니 놀라운 일들이 발견됐다. 변동 사항을 즉시 처리하지 않아 전출되고 퇴직한 직원의 보험이 그대로 불입되고 있었고 새로 임명된 직원의 보험은 장기간 가입도 되지 않고 있는 일이 허다하였다. 결국 변동 사항이 확인되는 즉시 수정 · 처리하고 수많은 직원들의 보험료에 잘못이 없도록 매달 보험료 불입 때마다 확인을 거쳐 처리하도록 당부하였다.

체신부 직원 외 우체국 보험 가입자는 희소하나 그래도 계약자가 있어 우리 직원 두 명이 매일 수금 차 출장을 나갔다. 일상 업무는 정상화되었지만 보험 신규가입이 더 어렵고 힘든 문제였다. 처음 보험계장으로 임명되었을 때 당시 과장은 현상 유지만 해 달라고 당부하였다. 신규가입 업무는 관심도 없고 과장의 당부도 그렇고 하니 적당히 있다가 다른 부서로 가려는 생각을 하였으나 내부 사무를 정상화하고 나니 호기심도 생기고 여력도 생겨났다.

당시는 나라의 경제 재건에 드는 국민 저축이 빈약했고 외국 차관도 어려운 실정이었다. 군사정권에서는 국민 저축을 적극 권장하면서 저축이 없으면 개인도 국가도 발전할 수 없음을 강조하였고 성공사례를 개발하여 국가 차원에서 홍보도 하였으며 각 학교에도 의무적으로 학생들 개개인이 저축하도록 하였다. 공무원들도 의무적으로 얼마간 봉급 액수에 따라 저축하게 하였는데 저축은 소액이므로 우체국 저금이 주로 많았다. 이 의무 저금을 보험으로 전환하면 보험사업도 활성화되고 가입금액에 따라 보험 모집자는 상당한 액수의 보조금도 지급받게 되니 일석이조의 성과를 올릴 수 있을 것으로 생각해 과장에게 보고하여 승낙을 받았다.

가입 대상을 물색해 보니 단체 가입이 가능한 전매청과 단체 저금을 하고 있는 몇 곳이 선정되었다. 공직자는 모두 의무 저금을 하고 있으니 개별적인 상대는 효율적일 것 같지 않아 개별 상대는 하지 않고 단체 가입을 시도하였다. 우선 전매청의 간부를 만나 퇴직보험에 가입할 것을 권장하니 적극적으로 협조할 의사를 내비치며 노조위원장을 만나 설득하는 방안까지 일러 주었다. 나는 노조라는 것이 있는지도 모르고 있었으나 이 업무에 노조가 큰 역할을 한다 하니 이들에게 권고하여 동조할 것을 약속받았다.

대구 전매청은 직원 수가 1,000명이나 되는 큰 조직이었다. 당시 연초 제조창은 여직원들이 직접 연초를 수작업으로 손질하고 제조하는 작업을 하는 곳으로, 자주 출입하여 여직원들의 작업 과정을 견학해 보니 예상외로 많은 인원에 놀랐다. 그런 많은 직원을 보험에 가입시키는 단체 가입은 처음인 것 같았다. 덕분에 나는 큰 성과를 올렸다. 당시 아내는 병원에서 아직 치료 중이어서 이 보험수당이 치료비와 생활에 큰 보탬이 되었다. 나는 공직 생활에 익숙하지 않아 이 수당은 공식적으로 모집 당무자가 다 수령하게 되어 있다는 단순한 생각으로 상사를 배려하지 않아 과장에게 호출되어 힐책을 당한 일도 있었다. 이것이 내 공직 생활의 고지식한 일면이다.

25 고생 끝에 마련한 다섯 식구의 보금자리

소망을 위해 열심히 저축하다

셋집에서 사는 동안 경희와 규호도 태어나 식구가 둘이 더 늘어 다섯 식구에 처조모까지 여섯 식구가 되었다. 다섯 식구가 살아가는 데는 내 월급으로 턱없이 모자라 생활고가 이만저만이 아니었다. 그러니 집에서도 간간히 일을 하여 얻은 수입을 생활비에 보태야만 했다. 당시에는 사금융이 유행하여 봉급생활자가 목돈을 마련하는 저축 수단으로 '산통'이라는 것이 있었다. 전주(錢主)가 회원 10여 명에게 매월 일정액의 기금을 모아 그 중 한 사람에게 주고 다음달부터는 타 간 돈의 이자까지 계산한 액수를 더 내며 맨끝 차례의 사람은 자신이 낸 금액보다 많은 고리로 계산된 금액을 수령하는 방식이었다.

다섯 식구가 살아가는 것도 힘든 형편에 산통을 들 여유는 없었으나 아이들도 커 가고 식구가 많으면 셋방을 구하는 것도 어렵기 때문에 저축을 하지 않으면 안 되었다. 집주인 입장에서는 식구 많은 집이 세 들어오는 것을 꺼리기 때문이었다. 그러니 생활은 여유가 없고 구멍가게에서 외상으로 하루하루를 겨우 이어가면서도 얼마간은 산통을 넣어야 했다.

명절이면 재봉틀 일이 수준급이었던 아내가 아이들의 옷을 손수 해 입히는 경우도 허다하였고 밥도 두 가지 밥을 하는 것을 훗날에야 알았다. 쌀값은 비싸고 보리쌀은 쌀값의 반 정도이니 쌀 양식만으로는 감당할 수가 없었다. 나는 어릴 적 보리밥에 진저리가 나서 보리밥을 싫어하였으므로 내게는 쌀밥을 별도로 해서 차려 주고 아이들은 반반, 아내는 꽁보리밥으로 끼니를 해결했다. 어려운 중에도 얼마간을 저축하며 언젠가는 우리도 집을 마련하리라는 소망을 갖고 생활고를 감수하며 살아갔다.

결혼한 지 5년 만에 우리 집을 마련하다

우리는 목돈을 마련하기 위하여 항상 산통의 끝번을 희망했지만 끝번도 아무나 하는 것이 아니었고 전주와 친분이 없으면 불가능하였다. 마침 우리는 처외육촌(妻外六寸) 되는 분에게 신세를 져서 목돈을 마련하는 데 도움을 받았다. 취직 후 삼 년 정도 되던 해에 내당동, 일명 고려당 언덕에 초가삼간 집을 사게 되었다. 1963년 7월말이었을 것이다. 천창 숙부가 계약서를 쓰면서 연월일을 쓰지 않아 확실치는 않다.

천창 숙부의 친필 글씨는 이 계약서가 유일한 유품이다.

내용은 '大邱市 內唐洞 1018番地의 31號 垈地 四六坪 草家 四間 一棟' 이다.

결혼한 지 5년 만에 초가삼간이라도 내 집을 사게 되니 희망과 기쁨이 충천하여 너무 좋아서 잠이 오지 않았다. 이 집의 매수 금액은 7만 원으로 우리 집 사정으로는 무척 큰돈이었다. 산통 한 구를 타고 절반의 돈은 차용한 것이었다. 이 차용한 돈은 다음 산통에 첫째 번호를 타서 일부를 변제(辨濟)하고 남은 빚은 차차 갚게 되어 있었다. 이렇게 집은 구입하였으나 이후 생활의 어려움은 비참할 정도였다. 아내와 아이들의 고생도 상상을 초월하였다. 그러나 부정을 하거나 도리에 맞지 않은 재물을 추호도 가까이 하지 않았다. 공직 생활 동안 유혹도 있었으나 청빈한 길을 지킬 수 있었던 것도 아내의 도움이 컸다. 봉급만이 우리의 생명줄로 알고 공무원의 아내로서 감히 그 이상의 재물은 생각지도 않았고 불평 한 번 한 적 없이 살아온 덕이었다.

26

승진과 객지 생활, 그리고 고마운 사람들

경남 고성우체국 서무계장으로 발령받다

대구우체국 보험계장으로 근속 3년 되던 해인 1964년 12월 31일자로 행정주사로 승진되어 경상남도 고성우체국 서무계장으로 발령이 났다. 3년 19일 만에 행정주사로 승진된 것이다. 초임 임명인 1961년 5월 31일부터는 총 3년 7개월 만에 주사로 승진되었으니 유례가 없는 파격적인 승진이었다.

당시 행정주사로 발령되기 일주일 전에 부산체신청 고참 주사인 이모씨로부터 전화가 왔다. 나를 어떻게 알았는지 그분은 고향이 구미라며 성주 벽진의 우리 일족이라고도 하였다. 내게 관심이 있었는지 타향이라도 승진할 의사가 있느냐고 물었다. 그분은 인사 업무도 아니고 체신청 우정과 집배운송계장으로 있는 분이나 청내(廳內)에서 선임자이고 명성이 있는 분이라 인사에도 힘이 있었다. 보험계장이라는 자리도 처음이고 체신부 내부 사정도 모르는 입장에서 3년을 근무하였으니 실은 싫증도 나서 나는 쾌히 객지라도 좋으니 승진하겠다고 하였다. 그리고 일주일 후에 승진과 동시에 고성우체국 서무계장으로 발령이 났다.

당시 일반 교통 사정이 불편하고 어려워 아침 일찍 나섰는데 어두운 저녁이 되어서야 고성에 도착하였다. 대구에서 마산까지 가는 차도 하루에 몇 번밖에 없고 마산에서 고성으로 가는 차편도 잘 연결되지 않아 몇 시간을 기다리다 타는 경우가 많았다. 새벽에 집을 나서 서부 주차장에서 마산까지 가는 표를 사서 차에 오르려면 먼저 타려고 밀고 당기고 하는 통에 노약자는 타지도 못하고 아우성을 치는 판국이었다. 자리를 차지하는 것도 하늘의 별따기라 마산까지 4~5시간 서서 비포장도로를 달리는 차에 매달려 가면 기진맥진이었다. 게다가 마산에서 고성까지 가는 버스는 더 만원으로, 차가 들어오면 기다리던 사람들이 먼저 타려고 우르르 몰려가서 승강구에 매달리니 그 어려움은 이루 말할 수 없었다. 이렇게 대구에 한 번 오가는 것이 힘들어 명절이 되어도 다녀오지 못하고 객지에서 외로이 술을 마시면서 독백을 하며 수심을 달래는 때도 있었다.

고성으로 이사하다

대구의 초가집을 장만하고는 정도 다 떼지 못한 채 고성으로 발령받아 몇 달간 나 혼자 객지에서 하숙 생활을 하였으나 대구 집에 오가기가 너무 힘들었다. 그래서 우리 집을 옆방에서 셋방살이를 하던 처가에게 우리가 올 때까지 사용하게 하고 큰딸 숙이를 처가에 남겨둔 채 경희와 규호만 데리고 고성으로 이사하였다.

숙이를 남겨두고 가니 마음이 아파 발걸음이 떨어지지 않았고 어린 것도 떨어지는 것을 한사코 거부하고 따라가려고 하니 더욱 눈물겨웠다. 그러나 초등학교에 갓 입학하였는데 공무원 생활이 떠돌이 신세이니 가는 데마다 전학시킬 수도 없는 일이었다.

우리가 얻은 셋집은 고성읍 동산 밑 한적한 곳으로 주인은 그곳 토박이

이고 나이 많은 노인 내외였다. 사는 데 불편한 것이 없었고 우체국과도 거리가 멀지 않았다. 간혹 점심 식사를 가져올 때 경희가 따라와서는 좋아서 뛰어놀던 것이 기억난다. 아이들이 객지에서 친구도 없이 놀기가 심심하였을 것이다.

고성우체국에서 어려운 고비를 만나다

고성우체국은 경남 고성군 소재지의 군 단위 작은 우체국으로 우편, 교환 및 전화 업무가 이루어졌다. 국장 사무관 밑에는 서무계장 행정주사와 업무계장 행정주사보로 조직 편제도 단출했다. 서무계장은 국장을 보좌하고 국의 살림살이 전체를 관장하는 부국장 직책이었다. 내가 부임하니 행정사무라는 분이 고령에다 병이 있어 장기 결근 중이라 실제 국무 운영은 경험도 없는 신참인 내가 혼자 해야 했다. 그러다 얼마 안 있어 고성우체국장과 충무우체국장의 교체 발령이 났다. 충무우체국은 시 지역에 있어 국장의 직급은 같지만 국세는 배나 큰데 고성우체국장과 맞교체가 된 것이었다.

여기서 문제가 생길 줄이야 짐작이라도 하였겠는가. 국장이 교체된 지 20여 일이 지날 무렵 고성경찰서 수사과 형사 두 사람이 와서 회계장부와 증빙 서류 일체를 내놓으라는 것이었다. 나는 청천벽력 같은 일을 당해 어떤 영문인지조차 모르고 기가 막혀 멍하니 실성한 사람처럼 서 있었다. 그들이 요구하는 서류를 몽땅 내 줄 수밖에 없었고 피할 방도도 없었다. 영문조차 모르니 변명도 사정도 일언반구 못하고 당하고 말았다.

아무리 생각해도 이해가 가지 않았다. 국의 예산이라고 해야 보잘것없었고 국을 운영하는 데는 운영비라는 명목의 예산제도 자체도 없을 때라 기관장으로서 약간의 잡비 조달이 있고 우체국 운영에 드는 돈은 수용비나 기타 잡다한 예산을 전용하여 겨우 지탱하는 시절이었다. 우체국이 경찰 수사를 받는다는 것은 흔하지 않은 사례이고 이 작은 우체국에 범법이 될 사건도 특별한 동기도 없었으니 더욱 의아했다. 있을 수 없는 대단히 중대한 사항이라 새로 온 국장에게 보고하였더니 보고받은 국장이 죄가 있으면 당연히 형무소에 가야 한다며 냉담한 태도로 일관했다. 잘못이 있으면 자체 감사를 요청하는 길도 있는데 경찰 수사를 받는다는 것은 우리 우체국을 망치자는 속셈으로밖에 이해되지 않았다. 나 혼자만 수사 대상이 되어 고초를 당하거나 형사 입건될 처지에 놓인 것이었다.

그 와중에도 이 사실을 신문기자들이 알까 제일 두려웠다. 당시 언론은 중앙지 기자도 수없이 많았으며 이름조차 모를 잡다한 신문사 지국이 지방에 웅거하면서 월급도 없는 기자가 남의 약점만 보면 공갈과 위협으로 돈을 뜯어 살아가는 시절이었다. 만약 우체국이 경찰 수사를 받는다고 하면 이자들에게는 노다지를 발견한 것이나 다름없는 사건이었다. 나로서는 감당하기 힘든 상황으로 갑갑하게 속을 태우며 일주일을 밤잠도 제대로 자지 못하고 지냈다.

일주일이 지나고 담당 형사도 한두 번 만났으니 이제 낯선 처지도 아니라서 그 사유를 알려 달라고 사정하였다. 마지못해 하는 말이 투서가 들어와 수사를 할 수밖에 없다는 것이었고, 수사를 하지 않으면 검찰에 다시 투서하겠다고 한다니 어쩔 수 없이 이렇게 된 것이라 귀뜀하였다. 그때서야 나는 불현듯 어떤 생각이 머리를 스쳤다.

새로운 국장이 충무우체국에서 고성우체국으로 발령받은 것은 고성우체국장이 위에 인사 로비를 하여 큰 국으로 가게 되었기 때문이라는 생각이 들었다. 자신은 작은 국으로 좌천되어 억울하다는 앙심을 품고 전 국장을 해칠 목적으로 술수를 써서 투서한 것으로 추정되었다.

3주일 정도 되자 어느 정도 잠잠해졌지만 어떻든 이대로 막연히 기다릴 수만은 없어 경찰서장을 만나 형식적이나마 우체국 운영의 어려움을 호소할 수밖에 없다는 생각이 들어 일요일 아침에 서장 관사로 찾아갔다. 빈손으로 갈 수는 없어 어려운 형편에 쌀 한 가마를 자전거에 실었다. 서장은 낚시를 가려고 낚싯대를 정리하고 있었다. 우체국 서무계장이라고 인사하니 정중히 대하는 기색도 없이 찾아온 사유를 미리 다 알고 있으면서도 하는 말이 "별것 아니더구먼" 하며 앉은 채로 낚싯대를 만지면서 수사과장을 만나 보라는 이야기만 해 주었다.

　　이번에도 극도로 겁을 먹고는 즉시 수사과장 집으로 찾아가 인사하자 그자도 알았으니 돌아가라며 대수롭지 않게 대했지만 그래도 마음이 놓이지 않았다. 돌아오려는데 그가 하는 말이 담당 형사가 가거든 식사나 한 끼 대접하라는 것이었다. 나는 그제서야 안심하고 돌아왔고 며칠 있으니 형사 두 사람이 가지고 갔던 서류 보자기를 돌려주며 우체국의 사정이 그렇게 어려운 줄 미처 몰랐다며 도리어 동정했다.

　　이렇게 하여 근 한 달간 애간장을 태우던 일이 아무 혐의 없이 무사히 끝나니 이제 새로 온 국장에게 감정이 생겼다. 국장이라는 자가 인사에 불만을 가지고 전직 국장을 죽이려고 외부 기관에 투서하는 것은 악질 같은 소행이라 단정하고 우체국의 대소사에서 국장의 의견이라면 반대하거나 소극적으로 대했다. 국장도 명백히 자기가 투서한 것이라고 하지 않아도 양심에 가책은 있었는지 내 태도가 불미하였지만 참고 견디며 나를 가급적 찾지 아니하고 차석을 불러 지시하며 하루하루 억지로 지내고 있었다.

　　이 일이 있은 후 다른 곳으로 떠나야겠다고 생각하고 부산체신청 총무과장에게 편지를 썼다. 편지에는 이 일의 자초지종과 새 국장의 악행을 소상히 적고 사건이 무사히 종결되고 외부에도 노출되지 않아 깨끗이 해결되었으며 이제 이곳에 더 있을 수가 없어 대구로 나가고 싶다고 적었다. 그 후 얼마 있다 새 국장은 저금보험 관리국으로 좌천되었다.

경북 청도군 동곡우체국장으로

부산체신청 총무과장에게 편지를 보낸 지 며칠 후에 전화가 왔다. 경북 청도군에 있는 동곡우체국이라도 희망하는지 묻는 전화였다. 어디든지 좋다고 하였더니 며칠 후 동곡우체국장으로 발령을 내주었다. 저질의 국장을 만나 송별회도 약식으로 하고 뒤도 돌아보지 않고 떠났다.

동곡이라고 하는 곳은 청도군 금천면이 소재지였다. 소재지 마을 이름이 동곡이라 동곡우체국이라고 하였는데 금천우체국은 강원도에 같은 이름의 우체국이 있어 중복을 피하기 위한 명명이기도 했다. 전기도 없는 산간벽지이나 대구하고는 멀지 않고 관사도 있다 하니 다행스러웠다. 날짜를 맞추어 식구들을 데리고 동곡으로 가기 위하여 주차장에 나오자 마음이 가볍고 시원하여 기쁜 마음으로 떠났다. 규호가 세발자전거를 타고 주차장 건물 안 넓은 공간을 돌아다니니 주변에 있는 사람들이 귀엽다고 쳐다보며 한 마디씩 하는 통에 마음이 더 가벼웠다.

새로 부임한 우체국의 관사는 사무실과 한 건물에 있었고 사무실 옆에 큰 방 하나와 부엌이 따로 있어 우리 식구가 사는 데는 큰 불편이 없었다. 동곡우체국은 일정 때 별정우체국이었던 것을 해방 후 국가에서 환수하여 일반우체국이 된 곳이었다. 우체국 규모는 집배원 3명, 서기 1명, 교환원 4명, 사환 1명으로 도합 9명이었다. 업무도 단출하고 할 일도 별로 없는 조용하고 한가로운 곳으로 직원들도 인정이 있고 호의적인 데다 특히 젊은 국장이 부임해 온 것을 크게 환영했다.

내 전임 국장은 나이도 많은 데다 사리에 맞지도 않은 간섭으로 직원들을 괴롭혔으며, 면민들에게도 계획에도 없는 전화를 가설해 준다고 허세를 부려서 사례나 대접을 받는 일도 있었고 불가능한 대부도 가능하게 해 준다고 속여 사례를 받는 등 여러 가지로 인심을 잃어 여론이 극도로 나쁜 상황이었다. 그래서 이자를 전보시키고 내가 간 것이니 직원들은 대환영이고 국장을 편하게 하려고 갖가지 배려를 하니 더욱 고마웠다.

직원 중 집배직에 김유곤이라는 나이가 상당히 많은 분이 계셨는데 집에서는 농사를 짓고 본인은 우체국 집배원으로 근무하고 있었다. 심성이 후덕하고 순박한 사람으로, 따뜻한 봄날 운문산 계곡에서 내려오는 청정 대천의 냇가에 가서 소천엽 등 안주를 손수 만들어 술을 대접하기도 하였다. 조금이라도 지루한 시간이 없도록 즐거운 기회도 마련하고 가끔 일과 후에는 재미나는 주석을 마련하는 등 이곳에 있는 동안은 정승같이 대접받으며 지냈다.

그러나 얼마 되지 않아 다시 대구우체국으로 발령이 나자 6개월의 짧은 기간 동안 많은 정이 든 직원들이 아쉬워하였다. 나는 젊은 나이에 국장으로 있으면서 머리가 희끗한 면장이나 교장 등 기관장과 어울리기가 만만치 않았고 직원들에게도 내가 제일 연소하니 국장이라고 엄격히 통제하지 아니하였다. 어차피 오래 있을 곳이 아니라고 짐작하고 있었기 때문에 더더욱 직원들과 동료같이 지냈으니 정들자 떠나는 격이 되었다. 짧은 기간이었지만 공직 생활 중 가장 기억에 남는 기간이었다. 그곳을 떠날 때 김유곤 씨가 부탁이 있다고 하여 들어보니 자기 아들이 농사일을 하고 있는데 도시에서 직장을 구하여 가는 것이 소원이라고 해서 아들 취직자리를 주선해 주기도 했다.

대구우체국의 서무계장 자리로

대구우체국 서무계장 자리는 전임자가 사무관으로 승진되어 공석이 된 것이었다. 애초에 이진봉 국장이 나를 서무계장으로 추천하였으나 동곡우체국장 재임기간이 전보 제한 기간인 6개월이 되지 않아 불가능하였다. 이 자리도 가려고 희망하는 사람이 여럿 있었지만 국장이 나 외에는 받지 않겠다며 내 전보 제한 기간이 끝날 때까지 공석으로 두었다고 하니 내게 특별한 대우를 해 준 고마운 분이었다.

대구우체국 서무계장으로 부임하면서 식구들과 우리 초가집으로 다시 이사를 왔다. 이사를 오니 경숙이 신나서 펄펄 뛰었다. 나도 이제 고향으로 돌아와 새로운 각오로 새로운 생활을 시작했다.

대구우체국 서무계장은 국내(局內) 전체 계장으로는 상석 계장이고 도 단위 중심국으로 제일 큰 우체국이라서 수백 명에 달하는 직원의 복무와 인사 및 청사 등을 관리하는 막중한 자리였다. 명실공히 큰 우체국의 중견 관리자로서 책임을 다하여야 했다. 1년 6개월간 객지에서 갖은 고생과 어려운 경험도 하였고 중간국(中間局)의 국무 운영도 맡아 해 보았으며 작은 국의 국장까지 경험하였으니 마음이 여유로울 정도로 직무 수행에 자신이 생겼다. 우체국이라는 곳은 비교적 안정적이라 내가 떠날 때 있던 대다수 직원들이 진급도 했고, 서무계장직으로 돌아온 나를 대단한 사람으로 인정하였다.

초가집에 장롱을 마련하다

우리 집은 내당동 빈촌의 초가집이 즐비한 곳에 있었다. 골목은 리어카가 겨우 다닐 정도였고 길가에는 집집의 수채 물이 흘러 나와 낮은 곳으로 내려가는 하수구가 있어 더러운 데다 여름이면 악취가 등천하고(그득하고) 지렁이가 집단 서식해 불결했다. 낚시를 갈 때 이 하수구를 뒤져 지렁이를 잡아가는 경우도 있었다. 그리고 집집마다 재래식의 퍼내는 화장실이니 동네 중간에 들어서면 하수구의 물 썩는 냄새와 화장실 냄새로 아무리 비위가 강한 자도 미간을 찌푸리지 않고는 그냥 지나기 힘들었다.

우리 집을 사는 금액은 다른 곳의 전세방 값과 비슷하였다. 편안한 생활을 하려는 직원 중에는 전세방에 살았으면 살았지 우리 집과 같이 변두리에 환경이 나쁜 곳에서는 살려고 하지 않은 고급 직원이 여럿 있었다. 하지만 변두리 집값은 해가 거듭할수록 올라가는 상황이라 우선은 살기에 힘들지만 주거의 기초를 마련하려는 공무원은 참고 견디었다.

우리는 모진 환경에서도 열심히 살아 빚을 어지간히 갚고는 큰마음 먹고 농방에 가서 장롱을 샀다. 두 짝짜리로 앞면에 주물로 그림을 그려 붙이고 호마이카(포마이카, 가구에 칠하는 도료)로 번쩍번쩍 윤이 나게 다듬어 상당히 품위가 있어 보이는 장롱이었다.

장롱을 사서 보란 듯이 집에 들여 놓으려고 가져와 보니 생각지도 않은 문제가 생겼다. 정말 어이없는 일이었다. 초가집이다 보니 방문이 작아서 장롱이 들어가지 않는 것이었다. 할 수 없이 문을 전부 떼어내고 억지로 구겨넣듯 장롱을 방안에 넣었다. 그렇게 겨우겨우 들어는 갔으나 이제는 천장이 낮아 세울 수가 없었다. 힘겹게 가져온 장롱을 도로 가져갈 수도 없었으니 이번에는 천장을 뜯어보기로 했다. 그래도 불가능하면 장롱을 반품하는 수밖에 없었다.

천장을 뜯으니 서까래 하나가 약간 굽어 있어 이것을 갉아 내든지 뽑아 버리면 될 것 같다는 생각이 들었다. 여하튼 서까래 하나쯤 없어도 집이 꺼지지는 않을 것이라고 생각해 서까래 하나를 거의 절반 이상 깎고 그 옆의 것 하나도 제법 갉아 내어 장롱을 세워 보고 다시 갉아 내고 하여 하루 종일 고생 끝에 겨우 천장에 꼭 맞게 끼워 세우는 데 성공했다. 장롱을 들여 놓아 보니 좁은 방을 장롱이 다 차지하고 남은 공간은 좁아서 큰 키에 누우면 발은 아랫목 벽에, 머리는 장롱에 꼭 끼었지만 불편한 줄도 모르고 고급 장롱이라며 무척이나 좋아했다.

27 　행정사무관으로의 승진, 포항으로 향하다

사무관 시험 준비 통보를 받다

대구우체국 서무계에는 부하직원이 5~6명이나 되었는데 모두 성실하고 우수한 직원들만 있었다. 업무도 직원 복무 관리와 청사 관리가 중요한 일이고 인사 사무는 별로 없었으니 업무 전반이 무난하고 부하직원들과도 화합하여 재미있는 세월을 보냈다.

인사 업무 중에는 전 직원의 근무평정 업무도 있었는데 수, 우, 양, 가 등급으로 점수를 정하였다. 서무계장은 항상 최고 점수를 받게 되어 있어 그해 연말 체신청에 '수'로 올렸더니 사무관 승진 서열이 되었다. 사무관 응시 자격 순위는 승진 예정 수 5배수 범위 내로 이 안에 드는 사람은 모두 응시 자격이 부여되었다.

대구우체국에서는 수를 받은 사람이 나 하나뿐이고 주사 경력 3년이 되는 해였다. 당시 근무평정의 수는 한 국에서 한 사람만 받아 동기생인 신현대는 규정상 만점이 불가하였으나 국장에게 진언하여 부산체신청에 사정해 볼 것이니 만점을 주어 보내자고 부탁하였다. 국장은 내 의견을 전적으로 신임하고 동조하여 주는 분이었다. 그러나 며칠 후 부산 청에서 전화가 왔는데 평정 규정을 무시하고 두 사람에게 만점을 줄 수 없다며 회송하였다.

내 동기생인 신현대는 당시 남대구우체국이 신설·개국되어 그 국으로 전출 처리되었으니 그 국의 직원으로 간주하여 그대로 인정해 줄 것을 간곡히 부탁하며 회송된 문서를 다시 돌려보냈다. 그 이후에 아무 말 없이 그대로 통과되어 인정받고 사무관 시험도 같이 추천받아 1967년 봄에 시험 준비를 시작했다.

이 시험은 개인의 중대사를 넘어 소속 국에서 큰 관심사로 취급되는 사안이었다. 총무처에서 시행하는 전 국가공무원의 중견간부 시험으로 중앙부서에서도 부처 중견간부 시험이니 적극적으로 지원하고 성원하는 시험이었다. 체신공무원 교육원에 특별 교육반이 신설되어 1개월간 교육받고 돌아와 3~4월은 직장에 나가며 공부하였으나 5월 이후 시험일까지는 출근도 하지 아니하고 공부만 할 수 있도록 국에서 특혜를 주었다. 5~6월 염천(더운 날씨)에 초가집 작은 골방에 틀어박혀 공부하자니 날씨가 워낙 더워 부잣집이 아니면 감히 구경도 못하는 선풍기를 하나 장만하였다. 그리고 드디어 총무처에서 시험 공고가 나고 개별 통지를 받아 시험을 치르러 서울로 올라갔다. 1967년 6월말의 일이었다.

임관되어 포항우체국으로 초임 발령을 받다

다시 생각해 보면 그간에 고시 준비를 한 전력이 있고 체신공무원 교육원에서 교육도 받았기 때문에 집에서 몇 개월간 전력을 다하지 않아도 이 시험에 무난히 합격할 수 있었을 것이다. 예상한 대로 1967년 7월초 총무처에서 시험 합격통지를 받고 7월 10일자로 포항우체국 통신과장 직무대리로 발령이 났다. 당시는 체신부장관이 인사권자이므로 장관의 인사 보직명령이었다. 대구우체국은 전임자도 행정직 고등고시 같은 어려운 시험에 합격해 가고 연이어 나도 합격해 가게 되니 국으로서는 큰 경사라 축하 송별회도 성대하게 하였다.

포항우체국에 부임하여 보니 국장은 조병구 서기관이라는 분으로 서기관 승진이 되어 처음 부임한 곳이었다. 과장 직무대리로 20일을 보내자 직무대리가 없어지고 1967년 8월 1일자 대통령 발령으로 행정사무관 포항우체국 통신과장이 되었다. 이는 공무원으로 임명된 지 불과 6년 만에 사무관으로 승진한 것으로, 승승장구하여 어렵지 않게 1년에 한 계급씩 승진한 셈이었다. 주위에서도 경하하는 사람이 많았고 당시는 군수도 사무관 직급이었으니 고향 마을에서도 군수급 고급 관직자가 나왔다고 소문나고 아버지도 잔치까지 하며 집안의 경사를 자축할 정도였다.

어쨌든 우리 집안에 대통령 발령장을 받은 것은 처음이었으므로 경사라 할 만하였다. 나는 사실 승진에 대한 간절한 욕구가 없었으나 어려움 없이 관(官)의 자리까지 오르니 앞으로도 공직 생활을 하며 자기 맡은 일만 충실히 하면 승진은 따라오는 것으로 생각하게 되었지만 결과적으로 좋은 생각은 아니었다. 서기관 승진은 시험도 없고 단지 형식적으로는 실력에 의한 승진이라 경쟁은 여기서부터라는 것을 깨닫지 못한 것이다. 그 실력이라고 하는 것이 돈과 배경이었음을 오랜 뒤에야 깨달을 만큼 고지식했다.

포항에서의 하숙 생활

나는 하숙방을 얻어 혼자 기거하였다. 포항우체국은 서기관 국으로 집배원이 많아 직원 수가 많았다. 우체국 창구 업무와 업무 전반을 조정·통제하는 업무이나 해야 할 일은 별로 없었고 직원들의 복무 관리와 업무 완급에 따라 인원을 조정하는 일을 계장들의 보고에 따라 승인하는 정도였다. 우편 업무는 엄격한 규칙에 따라 물 흐르듯 우편물을 수집하고 구분하여 지역에 따라 행낭을 체절하여 보내고 보내 온 우편물은 중계할 것은 다시 보내고 관내 우편물은 다시 구분하여 구획된 지역의 집배원에게 돌려 배달하는 일이었다. 매일 똑같은 순차대로 자동으로 이루어지니 그 순차를 어기거나 결행하는 것이 없도록 감독하는 일이 내 업무였다. 환금, 저금, 보험 업무도 수동적인 일로 그대로 두어도 담당 직원이 스스로 일상 처리하는 방식대로 돌아가서 일에 대한 어려움은 아무것도 없고 애로사항도 없었다.

단지 객지 생활의 무료함으로 일과 후에 직원들과 술집을 전전하는 일이 빈번하였다. 여름이고 더위가 극심할 때라 일과가 끝나면 바닷가로 가서 국에서 쳐 놓은 직원 휴양 천막 근처에서 직원들과 소주잔을 나누다 날이 어두워 낮 더위가 가신 후에야 하숙방으로 돌아왔다. 이곳의 특이한 점은 시가지 표고가 높지 않아 하수구에서 생활하수가 잘 빠지지 않고 항상 고여 있는 것이었다. 그러니 모기가 극성이라 하숙집에 가도 모기장이 없으면 잘 수가 없었고 모기장을 치고 자도 아침에 일어나 보면 모기에 물린 데가 몇 군데 있을 정도였다.

그 외에 어려운 것은 식생활이었다. 이곳 출신은 생선을 좋아하였지만 육류를 선호하는 나는 입맛에 맞지 않아 고생스러웠다. 처음 부임하니 환영회를 한다고 식당에서 물회를 시켰는데 나도 멋모르고 같이 주문하고 채소에 생선회를 얹어 고추장과 비빈 후 물을 부으니 생선과 채소가 죽 같이 되었다. 나는 비위에 거슬려 도저히 먹을 수가 없어 술만 먹고 말았는데, 이 물회는 상당한 기간이 지나서야 조금은 먹을 수 있게 되었다.

이곳에서의 일상생활은 아침에 출근할 때 해수욕복을 미리 가지고 가서 일과가 끝나면 바닷가에서 노닐다가 술이 거나해져 집으로 돌아가니 낭만적이고 유유자적하였지만 내 성미에는 맞지 않았다. 젊고 혈기 왕성할 때였으나 이렇게 낭만이나 즐기는 느긋한 생활이 비위에 맞지 않았고 혼자 생활하는 것이 고통이었다. 저녁에 조용히 혼자 누워 식구 걱정이 무겁게 느껴질 때면 잠을 설쳤다.

안일하고 조용한 와중에 큰 사고가 터지는 법

어느 날 아침에 집으로 전화가 걸려 와 받아 보니 대단히 큰일이 터진 것이었다. 포항우체국은 지방의 중심국으로 관내의 작은 우체국들에서는 저금과 환금 업무를 끝내고 일정 금액을 초과하는 돈은 포항우체국으로 보낸다. 그리고 다음날 많은 돈이 필요하면 다시 포항우체국에 요구하여 돈을 받아 업무 처리를 하는 체제로 운영된다. 그날은 안강우체국에서 큰돈이 수납되어 우편 행낭에 넣어 규정대로 포항우체국에 철도수송편으로 보냈다. 그런데 이 돈이 행낭째 없어지고 송증(送狀)에만 과초금(過超金) 300만 원 행낭을 정상 인수한 것으로 되어 있는 것이었다. 이 우편물을 받아 온 직원은 공교롭게도 임시직원으로 부산체신청 총무과장의 친척인 김씨라는 사람인데 업무도 미숙하였지만 사람이 여물지 못하고 엉성한 편이라 더욱 난처하게 되었다.

철도편 우편물은 포항역에서 받는데 정차하는 시간이 짧아 주고받는 우편물이 많으면 확인할 여유도 없어 열차가 도착하면 있는 힘을 다하여 마구잡이로 던져 올리고 받는다. 짧은 시간 내에 받은 행낭을 확인하는 것이 쉽지 않은 것이다. 역에서 우체국까지의 거리도 상당하였으나 우편물의 양이 많지 않아 항상 리어카로 체송하였는데 혹시나 역에서 오는 도중에 없어졌는가 싶어 길가를 수색하고 또 역 구내에 떨어졌는지 찾아보았으나 없었다. 사고 경위를 국장에게 보고하고 우편과 전 직원에게 비상을 걸어 오전 내내 주위와 인근까지 수색해 보았으나 끝내 찾지 못하였다.

　　이 사고는 운송 도중의 분실이 아니라 철도 직원의 계획적인 절도 행위로 인한 것이었다. 우체국 업무 중에 항상 이 분야가 불안전하고 위험하였으나 서로 믿고 업무를 수행하여 왔었다. 우편물을 싣고 받는 것은 내규로 정해져 있었다. 열차가 우편물의 인수인계를 위해 기다려 주지 않으므로 여하간 짧은 시간 안에 인수인계를 끝내야 한다. 정차 시간에 맞추려고 정신없이 주고받는 과정에서 숫자를 점검하고 행낭을 검사할 시간이 있을 수가 없어 열차가 다 떠나고 난 다음에야 받은 우편물을 확인하게 된다. 하지만 그것도 대략만 하고 비가 오거나 추운 날에는 그대로 국으로 가지고 와서 송증과 개수를 확인하는 것이 상례였다. 그러나 규정상 인계인수를 할 때에는 정확히 하여야 하고 일단 주고받은 이후에는 인수자가 책임을 져야 하므로 행낭 취급 중 일어나는 사고는 개인 책임으로 담당자가 변상하게 되어 있었다. 그러나 이런 큰돈은 그 임시직원의 몇 년 치 월급을 다 내어 놓아도 변상이 불가능한 금액이었다. 도둑을 잡아 가져간 돈을 찾기 전에는 다른 방법이 없으니 하늘이 노랗게 된 것이다. 그렇게 많은 돈을 오래 비워둘 수도 없는 형편이었다.

　　우체국에서 다른 대책이 있을 수도 없고 이 사실이 언론기관에 알려지면 더욱 큰일이었다. 그렇게 되면 돈을 다 변상하고 업무 처리 부실로 문책까지 받아야 하니 외부적으로 쉬쉬하고 안에서 해결해야 했다. 결국 직위에 따라 전 직원으로부터 십시일반으로 모금하여 처리하는 방안으로 국장과 의논이 되었다. 국장도 상당액을, 나도 담당과장인 책임자로 상당한 금액인 1개월 봉급 정도를 내고 전 직원의 협조로 사고를 마무리했다.

　　객지 생활에 하숙비도 부담스러운 형국에 이런 사고까지 당하였으니 몇 달 동안 집에 갈 차비를 마련하지 못하여 직원들이 차표를 사 줘야 가는 경우가 빈번하였고 이발비도 없어 장발이 될 때도 있었으며 목욕도 제대로 못하는 형편이었다.

　　그리고 또 한 가지 희한한 일도 겪게 되었다. 하루는 부산체신청 국제계장이라는 분이 관내를 몰래 순시하여 우리 여직원의 비위 증거를 잡아낸 일이 있었다. 이 여직원이 국제우편물을 접수하며 별납으로 처리한 돈을 수입하지 않고 착복한 것이 여러 건이었다. 이 여직원이 변명할 사유가 없으니 추석에 과장인 내게 선물도 사 주고 현금도 주었다고 허위 진술하며 과장과 공모하였다고 한 것이다. 결국 처벌이 어려워 넘어가기는 했으나 이 여직원을 즉시 타 국으로 쫓아내고 말았으며, 그 후에 우체국장인 아버지가 찾아와 죽을죄를 지었으니 용서해 달라며 사과하는 일도 있었다.

포항종합제철소의 착공

　　당시에 국가 산업시설이 빈약하고 여력도 없어 새로운 시설도 건설할 수 없는 상황에서 이곳 연일군 대송면 해변가로 거의 일개 면의 큰 면적에 공사가 시작됐다. 이곳은 천주교 수녀원이 있던 솔밭이었으나 수녀원은 서산 쪽으로 이사시킨 후 엄청나게 무성하고 좋았던 방풍 숲을 다 베어내고 바다를 준설하여 메우는 작업을 시작했다. 당시는 군정이라 나라에서 하는 일은 누구도 이의를 제기하거나 반대하지도 못하여 수녀원도 말없이 이사하였고 거기에 국가 기반시설인 제철소를 건설했다. 나는 이 중대한 공사가 시작되는 것만 보고 대구로 돌아왔다.

28 대구로 금의환향하다

지루한 포항을 떠나다

포항은 임관 초임지이고 공직자로서 승진도 빨리 되어 패기와 열의로 책임을 충실히 수행하려고 마음먹었으나 관리자가 해야 할 일이 너무 없고 현상 유지 이외의 과제도 없이 1년을 지내니 지루하고 싫증났다. 그런데 때마침 운이라고나 할까 대구우체국의 편제가 확장되면서 자리 하나가 더 생기게 되었고 이 자리로 발령이 나서 1969년 3월 1일자로 1년 8개월 만에 다시 대구우체국으로 돌아왔다.

서무계장에서 집배운송과장으로 보직을 받고 돌아와 지긋지긋하던 객지 생활은 일단 끝을 보게 되었다. 대구 시내에는 사무관 과장 자리가 대구우체국 3자리, 대구전화국 2자리, 전신전화건설국 1자리, 남대구우체국 2자리 등 도합 8자리가 전부였다. 현직에 있는 자들의 유고나 사고가 없으면 자리가 빌 때까지 기약 없이 기다려야 하나 운 좋게도 대구우체국의 규모가 커지면서 편제가 늘어 내가 들어가게 된 것이었다.

내가 서무계장으로 있을 때 같이 근무하던 직원들이 거의 그대로 있었는데 내가 계장에서 과장으로 돌아오니 직원들로서는 예우 관계가 어색하였으나 조직사회이니 계급에 따른 예우가 지극하였다. 처음 대구우체국에 발령받았을 때 상사들을 제치고 먼저 사무관으로 승진하여 과장으로 부임하니 모두 우러러 보기도 하였다.

새로 맡은 집배운송과의 업무

부임한 부서는 집배운송과로 우편물을 수집 및 배달하고 타 지역으로 운송하는 업무를 맡고 있었다. 대외 우편 업무를 전부 관장하였으므로 우편물을 배달하는 인원이 100명이 넘고 철도나 버스 편으로 보내는 우편행낭 운송차량 관리도 큰 비중을 차지했다. 이에 따른 관리 인원도 많아 차량 및 인원 관리와 작업 관리가 주 업무였고 작업 지정도 매일 하여야 하니 이것도 간단하지는 않았다. 단순하고 반복적인 작업 관리나 관리할 것이 많은 데 따른 이변도 있어 각별한 주의가 필요하였다. 우편이라 하는 것은 하나라도 소홀히 하지 않고 지체없이 움직이게 하는 것이 생명이었기 때문이다.

배달하는 집배원은 대다수가 순진하고 소박하여 남의 소식을 전달하는 일을 보람으로 생각하고 천직으로 알며 비가 오나 눈이 오나 한결같이 일을 반복하는 천사 같은 사람이 대다수였다. 그러나 간혹 오다가다 술을 지나치게 마셔 자신의 본분을 망각하고 다른 사람들과 싸움을 하는 사람, 원거리 외딴 동네에 가는 것이 지겨워 우편물을 땅에 파묻어 버리는 사람, 하루에 처리하지 않고 미루어 가지고 돌아오는 사람도 있었다. 이런 불상사를 예견하고 항상 직원들의 성격과 동태를 잘 파악하여 사고 예방에 신경을 써야 했다. 항상 아침에는 북적댔으나 모두가 각자 정해진 지역으로 출발하고 나면 하루 종일 한가하고 조용하였다.

대구우체국은 우편집중국, 즉 대구경북 지역의 모든 우편물의 유통을 집

중 관리하여 집산(集散)하는 임무를 담당하는 곳이었다. 따라서 우편 수집 및 배달 업무 외에 외부로 유통되는 업무도 막중하고 많아 우리 과는 우체국의 전체 업무 중 가장 큰 비중을 담당하고 있어 우체국 인원의 70%가 우리 과의 인원이었다.

30대 약관으로 많은 인원을 관리하는 과장으로 부임했으나 이 업무는 처음이라 내용에 정통하지 못하여 어려운 데다 나이 많은 선배 계장을 통솔하는 것이 더욱 신경 쓰였다. 물론 모두 순박하고 성실하여 큰 어려움은 없었으나 나는 원칙을 이해하고 규칙을 따르고자 나름대로 관련 법령을 연구하여 운영 선례와 규정들을 개선하고자 노력하였다.

대구라는 특수지역 기관장들의 행태

대구우체국에는 서울이나 부산체신청에서 문책 발령으로 좌천되어 오는 국장이 많고 이들은 국무에 성의도 책임감도 없이 현상 유지에만 급급하였다. 그 중 어떤 국장은 전직에서의 과실로 인한 과민으로 비효율적인 업무 처리가 많아 직원들의 고통도 많았다. 매일 출근과 동시에 이루어지는 간부회의 시 국장은 지시 또는 강조하는 사항을 일일이 노트에 기록하여 계장급까지 모두 공람하게 하고 지시 내용의 실적을 보고하게 하는 등 일상 업무 처리보다 이 사항을 더 중요시하니 폐단 중의 폐단이었다. 그 노트가 떠날 때는 수십 권이 되었다.

한 국장은 직원 수탈에만 골몰하는 소문난 사람으로 이재(利財)에 민감하여 모든 분야에서 업무 처리 기준을 자기 사리(私利)에 두고 치부하였다. 일을 잘하고 못하고는 처리하는 자의 책임이고 자신과는 무관한 것으로 일관했으며, 자신에게 이득이 되는 일을 하는 직원은 상사에게 성의가 있는 예의 바른 자라며 특별히 격려하지만 그렇지 않는 자는 냉대하였다.

　우체국에는 민원사무도 스폰서도 없으니 다른 부수입이라고는 아무것도 없이 쥐꼬리 월급으로 생활해야 하므로 그 일부를 떼어 윗사람에게 비위를 맞추기는 불가능하였다. 나는 그런 융통성을 부릴 줄도 모르고 그렇게 할 의도도 없어 원칙대로 부여된 일만 성실하게 사고 없이 수행하고 처리하였다. 이것이 내게 다행인지 불행인지 대구 체신관서의 몇 사람 안 되는 사무관급 사이에 소문이 났다. 일을 원칙대로 하고, 불의와 타협하지 않고, 머리가 좋고, 예외를 모르는 고지식한 사람이라는 것이었다. 법을 전공하여 그런지 원칙에 어긋나는 것은 다 부정 및 불법으로 인식하고 알고서는 부정을 할 수 없는 기질이 굳어 버렸기 때문이다.

　자신의 이득을 탐내는 상사는 존경하지 않고 무시하는 경향이 많았으니 이런 상사와의 친분은 없었다. 반면에 정직하고 공정한 상사는 무척 따르고 다정하게 대했다. 이재에 능하여 돈이 생기는 일만 생각하고 재량권을 남용하여 이득을 취하여야 결재하는 부패한 국장도 있었다. 임시직원의 결위(缺位)가 생기거나 인원이 증원되면 직원 채용은 그 국장의 재량권에 속하여 돈의 액수를 기준으로 결정하기도 하였다. 이러한 국장은 직속 과장의 추천을 받아 채용하지 않고 국장 운전기사나 수위 등 최하위 말단직원으로부터 이력서를 직접 수집하고 그 대가를 받는 방법을 택하더라.

　그렇게 하여 돈이 생기면 자국에서 판매되는 주택채권을 환저금과 당무자에게 지시하여 사 모으는 것이었다. 새로 발행되는 기념우표도 당시에는 수집 열의가 대단하여 수집하는 사람들 사이에 치열한 경쟁이 벌어지는 때였는데도 우표가 발행될 때마다 국장은 많은 물량을 매점(買占)하였다. 이 사람이 한 말 중에 유명한 말이 항간에 구전되었으니 '인사를 하면 반드시 인사를 한다'라는 말이다. 인사를 하였는데 고맙다는 인사를 하지 않은 사람은 반드시 응분의 불이익을 주는 사람이었다. 그러나 그 사람은 수많은 직원들의 고혈을 빨아 모은 재산을 한 푼도 가져가지 못하고 일찍 저승으로 가더라.

낚시를 시작하다

대구우체국의 편제는 서무과, 통신과, 집배운송과, 환저금과의 4개 과로 편성되어 있었다. 과장은 모두 한직으로 일상적인 일만 기계적으로 처리하였고 작업 과정의 조정이 간혹 필요할 경우 외에는 일을 더 하려 해도 할 일도 없었다. 휴일이면 특히 부담 없이 휴식을 취했다.

어느 날 통신과장이 체력이 나약해 일상생활에 안정을 취하라는 의사의 이야기를 듣고 생각 끝에 낚시를 해 보기로 했다며 내게 같이 가자고 권유하였다. 나 또한 고시 공부를 중단한 이후 의욕도 사라지고 그간의 상황에 몰두하다 보니 여력도 용기도 사라진 지 오래여서 휴식이 필요한 가운데 휴일을 무료하게 보내던 때였다.

평생 낚시를 한 일이 없어 도구며 요령을 전혀 몰랐으나 이 과장이 하자는 대로 도구를 장만했다. 처음에는 저수지가 많은 경산 지역을 주로 다녔는데 봄부터 시작하여 한두 번 따라다녀 보니 낚시의 특별한 재미를 금방 알게 되었다. 고기를 잡아오면 아내는 그리 좋아하지 않아 내가 직접 손질하여 주기도 하였다. 그러다 한여름이 지나고 나서는 휴일이면 빠지지 않고 낚시를 다니는 광적인 꾼이 되어 가을에는 토요일에 가서 밤새 낚시를 할 정도였다. 이렇게 시작해 몇 년을 여기에 몰두하게 되었다.

한번은 경산에 있는 사일못에 가서 밤새 낚시를 하다 보니 새벽에 배가 고파 못의 물을 떠서 라면을 끓여 맛있게 먹었다. 아침에 해가 밝아 물속을 보니 작은 벌레들이 우글거리고 있어 금방 속이 메스꺼워졌다. 이는 원효대사의 해골 음수라, 세상만사의 진리가 마음에서 일어난다는 이야기가 생각났다.

우체국의 연말연시는 대목이다

1969년과 1970년에 걸쳐 두 해의 연말을 이곳에서 집배운송과장으로 보냈다. 우체국의 일은 국민들이 우편물을 이용하는 양에 따라 업무량이 정해지는데 우리 업무는 고정적으로 변동이 거의 없어 평소 업무량을 처리하는 인력을 정원으로 삼았다. 그러나 연말이 되면 상황이 달라지는데 연말연시의 성탄 우편물과 연하장의 폭주 때문이었다. 12월 중순부터 다음해 1월까지는 우편물이 평소의 몇 배로 쏟아졌다. 이 많은 물량을 처리하기 위해 연말연시를 특별기간으로 정하여 국장 이하 전 직원이 우편물 구분 작업에 동원된다. 평소에 손도 달싹 않던 국장도 이때는 스스로 현장에 나와 작업을 거드는 형편이었다. 작업은 힘들고 고단하지만 특별수당이 지급되기 때문에 직원들은 성심성의로 열심히 일하였다.

우체국 현업 과장의 책임에 대하여

많은 인원을 관리하다 보면 비공식적인 비용이 들게 된다. 일상 업무 수행 중에 부하들의 업무 처리 과오로 대외적인 말썽이 발생하면 이것을 수습하기 위한 경비는 공식비용도 사적비용도 아닌 비공식적 공식비용이다. 때로는 상부기관에서 업무 감독 차 오는 손님의 대접은 비공식적으로 해결해야하는 경우도 있고 간혹 국의 전체 비용에서 할당받는 경우도 있다. 이런저런 비용은 과 단위에서 비공식적으로 관리한다. 이와 같은 비용은 직원들에게 부담시킬 수도 없고 간부들이 개인적으로 부담할 수도 없는 공적인 비용으로 공식 예산이나 염출(돈을 어렵게 걷는 일) 방도가 없는 것이 우체국 현업, 즉 통신과나 집배운송과의 사정이었다. 그러니 항상 비공식적인 부채가 있어 과장이 이동하게 되면 이 부채도 인수인계가 되는 형편으로, 이 액수가 과다하여 변제할 가능성이 없으면 인수를 거부함으로써 타협이 안 되어 개인이 부담하는 경우도 간혹 발생한다.

이와 같은 비공식적인 공식비용을 잘 해결하는 공무원이 우수한 공무원으로 인정받아 소위 좋은 자리를 도맡아 차지하였다. 이렇게 생긴 부채를 해결하는 방법은 예산을 집행하며 허위 증빙서류를 만들어 정당한 지출인 것처럼 변태로 지출하는 방법이 가장 용이하고 빈번하였다. 이런 예산을 많이 따오기 위해서는 상부관청에 청탁하여 여유 예산을 확보하고 그 대가를 상납하여야 하였으니 상당한 예산을 집행한다 하여도 실제 남는 것은 얼마 되지 않았다. 상부기관에 상납도 해야 하지만 예산을 집행하는 기관장도 그냥 넘어가지 않는 악습이 있었다. 그러니 우체국의 현업 과장은 항상 부채에 대한 책임을 져야 했다.

우체국의 현업 과장에게도 1년에 단 한 번 기회가 있으니 그것은 바로 연말연시 우편물 특별소통 기간이었다. 많은 물량을 처리하기 위한 인력예산을 활용하여 부채를 탕감하는 절호의 기회로 삼는 것이다. 이런 융통성이 있는 예산이 많은 부서는 일등 부서로 보직 경쟁이 치열하였다. 그러나 나는 이런 실무경험도 없었고 이렇게 부정한 방법으로 이득을 취하는 것을 근원적으로 거부하여 상사에게도 상부에도 공식 이외의 거래를 하지 못하였으니 항상 한직에 일이 많은 부서를 맡게 되었다. 이렇게 한 해도 지나고 1년 8개월간 근무하다 그 이듬해인 1971년초에 경북체신청으로 발령이 났다.

29 경북체신청의 창설, 보험 최우수청을 만들다

경북체신청이 창설되다

그간 체신부도 편제가 확장되어 경상남북도를 관할하던 부산체신청에서도 면 단위까지 우체국이 설립되었다. 기관의 수가 배로 늘어나 지역과 국의 수가 많아지자 1971년 경북체신청이 부산체신청 산하에서 독립해 개청하였다. 신설된 체신청의 개청을 위해 제일 먼저 준비한 작업이 인원 편성이었다. 신설 청의 초대 인사를 관장하는 총무과장의 발령이 먼저 났는데 1개 청 100여 명의 편성인원 발령을 총무과장이 전결 독단으로 처리하였다. 인사를 하면 반드시 인사를 하여야 하는 사람이 한 일이었다.

젊은 사무관들은 감독관청인 체신청에 가기를 희망하였다. 대구에는 사무관 숫자도 적어 새로 생긴 자리를 다 채울 수도 없었으나 처음 승진된 서울 출신의 새 사무관들은 이런저런 연줄과 총무과장의 전횡으로 이름 있는 자리를 다 차지하였다. 그러던 중 가장 말직인 환저금과 보험계장으로 갈 사람은 없었는지 내가 그리로 발령되어 가게 되었다. 일이 많고 어려워 누구도 마음이 내키지 않는 자리였다.

보험 전국 최우수청을 만들다

개청 초 300여 개 관하 우체국을 통괄하는 기반을 구축하는 작업은 엄청 일이 많고 어려웠다. 모든 업무가 새 출발을 하여야 하나 경험도 없고 아는 이도 없어 부산체신청에 가서 배워 오기도 하였다. 부하직원도 주사 1명, 주사보 1명, 서기 1명, 기능직 여직원 1명이 전부였다. 이들도 현업 각지에서와 체신청 행정 경험이 전혀 없어 어려움이 많았으나 혼연일체가 되어 차츰 운용실무를 익혀가게 되었다.

연초에 청장이 공석으로 있다가 1월말 무렵 신모 이사관이 초대 체신청장으로 부임하였다. 이분은 충청도 고참 체신인으로 승진하여 초임지로 온 것이었다. 체신청의 여러 가지 업무 중에 보험 업무에는 관심이 있는 청장은 없었고 오직 전신전화와 우편 업무에만 주력하였다. 그런데 이분은 다행인지 불행인지 보험 업무에 관심이 많은 특수한 분이었다.

이 관서에 있으려면 내가 맡은 분야는 확실히 알아야겠다는 생각으로 노력하여 이 분야에 막히는 것이 없을 정도로 일류가 되었다. 나이도 젊은 한창 때인 데다 간부직으로 시간 여유가 있어 노력만 하면 마음먹은 것을 다 익힐 수 있었다. 새로운 청장에게도 인정받게 되었다. 항상 연초에는 체신부 본부에서 보험 신규모집 목표액을 할당받는데 청별로 치열한 경쟁을 벌여 우수청이 되면 특별 상여금에 보상금도 상당하였다.

우리 청은 연초에 새로이 탄생해 업무 기반을 조성하는 일도 어려워 연간 목표액 달성이 힘든 처지였는데 우수청을 만들어야 한다는 초대 청장의 특별 당부가 전해졌다. 청 신설 작업이 우선이어서 우수 청은 불가한 것으로 건의하였으나 이분은 이를 용인하지 않았다.

다른 분야 직원들은 새로운 업무 개시 준비 작업에 몰두하였으나 우리는 준비 작업 외에도 우수 청 달성을 위하여 시급하게 300여 개 우체국별 목표액을 할당하고 활동 요령 지침을 만들어 시달하는 이중(二重)의 업무를 수행해야 했다. 본부에서 할당받은 목표액을 다른 청보다 먼저 달성해야 제1청이 되고 우승기도 받을 수 있기 때문에 체신청 경험이 없는 우리 직원들이 보험 모집 권장 업무까지 하려니 매일 제시간에 퇴근하지 못했다. 그리고 수시로 청장을 수행하여 현업 각국에 순회 독려까지 하여야 하니 더욱 힘들었다.

이렇게 밤낮을 가리지 않고 매진하다 보니 다른 기성 청에 비하여 늦게 출발하였지만 3월 무렵에는 우리 청이 앞서는 성적이 되었다. 이에 청장이 더욱 힘을 내라고 격려하니 사명감이 더 무겁게 느껴지면서도 가능성이 있다고 판단되어 각 지방을 돌아다니며 열심히 독려하였고 결국 맨 먼저 목표를 달성하여 보험 최우수청을 달성했다. 개청 초기 행정 기반도 없는 상황에서 이 업적을 달성하기 위해 공사 지출도 많았고 개청 업무를 위한 그리고 본부 출장원의 대접과 예우를 위한 부채도 상당하였으나 마침 우수 청에 대한 보상금으로 충당할 수 있게 되었다.

2대 체신청장이 부임하다

보험 업무에 관심이 많았던 초대 청장과는 그런대로 잘 지냈지만 이분도 비공식의 공적 금액을 만드는 데 소질이 없는 나를 만족하게 생각하지는 않았을 것이다. 청장이 한 번 바뀌면 돈이 많이 들었다. 청에 공식적인 예산은 전혀 없어 각과 계 단위로 경비를 할당하여 비공식으로 비자금을 만들어 써야 하는데 이는 지극히 어려운 일이었다. 하지만 제때 돈을 내지 못하면 무능한 사람으로 취급하여 인사 조치되는 벌을 받기 때문에 불평하면서도 도리 없이 순응해야 했다.

나는 이런 비공식적인 부채를 갚기 위하여 어느 해 연말에는 몇 군데 현업 우체국장과 의논하여 예산을 배정해 주고 그 예산을 집행한 후에 우리 차석 주사를 시켜 수금 출장을 보냈다. 출장 기간 끝에 차석이 돌아오기만 기다리고 있는데 차석이 전화를 걸어와 시내에서 만나자는 것이었다. 비밀로 간 출장이라 사무실에서 이야기하기가 어려워서 그런 줄 알고 나가 이야기를 들어보니 기가 차는 보고였다. 약속된 금액을 받아 돌아오다 시외버스 차 안에서 소매치기를 당했다며 죽을죄를 지었다는 것이었다. 도둑이 도둑을 맞았으니 어찌할 도리가 없었다. 평소 이 차석은 도박의 악폐가 있어 수금한 돈을 도난당했다는 것이 핑계라는 심증은 있으나 밝힐 방도가 없었다. 업무능력이 전혀 없는 이자를 이곳에 오게 한 것도 인사전권이 있는 서씨 배경이었다.

이제 많은 부채를 해결할 방안이 없으니 난처하기만 했다. 일단 본부에 사정하여 특별예산을 구걸하여야 했지만 이것도 만만치 않았다. 이런 사정을 과장에게는 보고하였으나 청장에게는 감히 말할 수도 없는 형편이었다. 초대 청장이 부임한 지 얼마 되지 않아 타 청으로 이동하여 새로운 청장이 부임한 상황이었다.

후임 청장은 고향이 경남 고성으로 행정고시 출신이며 대단한 카리스마를 가지고 있는 유능한 분이었다. 하지만 장관과는 의사가 맞지 않고 직무상 말썽이 생겨 좌천되어 오게 되었으니 처음부터 대구에 대한 인상이 좋지 않아 가족은 오지 않고 관사에서 독신 생활을 하였다. 통이 크고 대범한 이분은 산을 좋아하여 나는 간부 몇 사람과 등산을 같이 하며 다른 계장에 비하여 가까이 지내고 있었다. 또한 이분의 동생은 나와 사무관 동기로 대구에 내려오면 요릿집에 가서 술을 마시고 함께 청장 관사에 가서 놀다 오곤 할 정도로 친분이 있는 사이라 이분과 잘 지낼 것으로 생각하고 있었다.

그러나 이것은 나만의 안일한 생각이었다. 당시는 청의 간부 자리를 유지하려면 특별한 재간이 있어야 했다. 서울에서 온 햇병아리 같은 사무관들은 임관 이전에 이미 상사를 대하는 자세를 기술적으로 익히고 온 터라 상사에게 끝없는 충성을 다하였다. 실상 주어진 업무는 등한시하더라도 그렇게 하여야 앞길이 순탄한 시절이었다. 그러나 대구의 시골 사무관들은 고지식하고 맡은 직무만 충실히 하면 되는 것으로 생각하고 있었으니 공직사회에서 종적(縱的)으로 두터운 신임을 얻지 못했다.

당시 이런 직장 환경에서 나는 부서의 비공식 채무 처리 과정에서 차석의 사기 사건으로 어려운 지경에 놓인 것이었다. 이때 서울에서 사무관 승진 시험에 합격하여 경북청을 희망하는 이가 있었다. 이자는 청장과도 친분이 있고 청장 동생의 심복 부하이기도 하였다. 그렇게 나는 우정과 업무계장으로 밀려나게 되었다.

30 통신 분야의 획기적인 발전 사업이 시작되다

대구전신전화 건설국 서무과장으로

1972년 4월 6일자로 대구전신전화 건설국으로 발령이 났다. 이곳은 대구와 경상북도의 전신전화 건설 업무를 총괄하는 기관으로, 그 규모가 엄청나고 예산도 막대한 곳이라 뭇사람들이 갈망하는 요직이기도 했다. 국장도 기술직인 데다 기술과장 또한 업무를 직접 추진하는 특수한 곳으로, 서무과장인 나만 회계 업무와 인사 및 직원 관리 그리고 청사 관리를 하는 행정직이었다. 그러니 직원들도 전부 기술직이라 하부직원과 과장급도 친분이 별로 없는 생소한 곳이어서 타 부서에 온 듯한 낯선 기분이었다.

이곳에서의 중요한 일은 회계 업무로 특히 예산 집행이 주 업무였다. 경상북도와 대구의 넓은 지역에 대한 전신전화 유지보수 및 건설 예산은 이곳에서 전부 집행되었으니 그 액수의 규모는 엄청났다. 그 당시 우리나라 통신 분야의 획기적인 도약을 위해 추진 중인 사업으로 군 소재지의 수동식 전화를 전부 자동식 전화로 변경하는 공사와 더불어 전 국토의 이동 단위까지 전화를 건설하는 공사가 진행 중이었다. 이 두 가지 사업은 유사 이래 처음 시행하는 획기적인 전화 발전 사업이며 국가 경제발전에 기반이 되는 사업이었다. 규모도 엄청나고 소요되는 물자도 천문학적이었다. 전 국토의 낡은 수동식 선로로는 자동식 교환시설에 적용할 수 없어 기존 선로를 걷고 새로운 선로를 구성하는 공사가 벌어졌다.

전후에 황폐화된 국토에 전화를 가설하는 것만으로도 큰 발전이었지만 짧은 기간에 면 단위까지 전화를 가설하는 것도 대단한 일이었고, 이를 다시 군 단위까지 자동식 교환국으로 전환하는 것은 또 한 번의 대단한 발전이라 할 수 있었다. 군 단위 우체국에서 사람이 교환하던 업무를 기계로 전환하는 것이니 전화의 진화 과정이라고 할 수도 있었다. 이것은 소위 정보화 사회로 가는 기초 작업이었다.

군 단위까지 자동화한 후에는 또 다시 경상북도 일원의 기존 전화망을 그 몇 배나 되는 양의 새로운 선로로 구성하는 공사를 하여 전화 가입 구역이 군 단위로 확대되었다. 이와 같이 큰 사업의 공사는 공사업체가 맡았고 건설국에서는 설계하여 공사입찰 계약을 하고 공사 진행을 감독하는 체제로 이루어졌다. 이는 이 지역의 전 구역을 몇 개 그룹으로 나누어 3개년 계획으로 추진하였다.

우리 지역은 면적이 넓어 군 단위로 공사를 발주해야 했는데 무척 복잡하고 물자도 관급해야 하는 공사라 한 건의 입찰서도 수백 쪽이 되었다. 이 공사의 입찰은 도급업체의 일이 너무 많아 경쟁 입찰이 되지 못하고 상호 지역을 안배하여 공사를 맡는 형식이 되었다. 서무과장인 나는 국장인 재무관을 보좌하여 이 입찰서를 검토하고 예정가격을 정하여 입찰에 붙이는 업무를 담당하였다. 그러나 서류 분량이 과대하여 세밀한 검토는 불가능했으며 기술 설계서를 이해하지 못한 상태에서 입찰에 회부하여 업자를 선정하는 어려운 임무를 수행해야 했다.

부채액 변제를 위해 노력하다

대구전신전화 건설국의 기본 임무는 대구시와 경상북도 전역에 대한 전신전화시설 투자와 경북 전역의 시설 유지관리 및 시외전신전화 선로 유지관리였다. 이 임무를 수행하기 위한 업무량이 엄청나 건설국의 직원과 주재원만으로는 감당하기 어려웠고 관할구역 또한 넓고 방대하여 이 업무를 한곳에서 맡는 것이 무리라고 생각되었다.

특히 막대한 예산을 투입하여 대대적인 공사를 진행하는 시기였고 또한 여타 기관의 사업, 즉 건설부가 국토관리 차원에서 추진하는 도로망 사업에 따른 통신 선로 매설 작업도 겸하여 진행되고 있었다. 건국 이래 통신망 확장과 개선공사의 일대 전환기라고 할 만큼 만만치 않은 일이었다. 이런 많은 업무를 담당하는 소수의 직원들은 비능률적인 관리체계와 전근대적인 물자관리 조달체계, 특히 대외 권력기관(경찰 및 지방행정기관)에 대한 공포 의식과 부담감으로 항상 위축된 자세로 업무를 수행하고 있었다.

그 중에 특이한 것은 국내 비공식적인 부채 액수가 방대하다는 것이었다. 그것은 주로 기관장의 비공식 지출이 지나쳤기 때문이었다. 이 비공식 지출은 부적절하고 부당한 지출이나 넓은 지역에서 많은 업무를 수행하는 수많은 직원을 관리하다 보면 불가피한 일이었다. 이것을 빌미로 유사한 지출을 어떤 개인이 아닌 국의 비공식 부채로 치부하는 경우가 많았다. 그 예로 케이블 매설을 위해 도로를 굴착하는 토목 공사장의 구덩이에 일반 통행인이 빠져 부상을 당하는 경우나 공사를 하다 다른 사람의 기물을 파손하는 경우 등이 있었다. 이런 경우 형사 또 민사 사건으로 가면 공사를 중단하고 사고 처리를 해야 하지만 공사의 공기와 여타 관련 공사로 인하여 공사를 중단할 수도 없어 부득이 피해자와 협의하여 손해를 배상하고 사건을 마무리하게 된다. 이때 배상금은 공식적으로 지불이 불가능하기 때문에 비공식적인 부채가 되는 것이다.

또한 힘없는 기관에서 국가 공사를 하고 허가 사항도 많으니 조속한 허가를 위한 로비에 소요되는 돈 역시 부채가 된다. 특히 이상하고 이해하기 힘든 사례는 명절에 검찰, 경찰 및 출입형사, 출입기자, 그리고 상부기관 및 담당부서에 떡값이라고 하여 봉투 수십 개를 만들어 일일이 머리 숙여 사례하는 행태였다. 이는 여태 잘 봐 주어 고맙다는 인사와 앞으로 잘 봐 달라는 인사였다. 이 부채를 감당하기 위하여 비공식 공사를 하고 공사비를 남겨 부채 탕감에 온 힘을 다하여야 했다.

이런 행태 이외에 때때로 청장이 지방 순시를 할 때 건설국장이 수행하라는 명이 떨어지면 거역할 수 없고 그 출장 경비를 다 부담해야 했다. 숙식비를 지불하는 외에 더러는 명승지 요정(料亭)에서 대접하는 경우도 있고 또 청장의 잡비조로 봉투를 주는 경우도 있다고 들었다. 그러니 이런 부채를 위한 비자금 조성은 전적으로 부하직원이 위험 부담을 안고 해결해야 했다.

나는 이런 기관이 생리에 맞지 않았다. 이런 행태는 오랜 관행으로 내려오는 것이고 이 부채의 관리를 서무과장이 통괄하고 있었으니 더욱 이 자리가 마음에 들지 않았다. 그러나 이런 자리가 소문난 좋은 자리로 인식된 것은 이와 같은 비공식 경비를 관리하다 보면 자신에게도 이득이 되는 여지가 있기 때문일 것이다.

건설국장은 연세가 많고 기술 계통의 원조라 할 만한 이름 있는 분이었다. 이분은 국내의 이런 비공식 부채에 대하여 책임감을 가지고 관리하였다. 때로는 운영부서에 직접 유지보수 공사를 설계·시행할 것을 지시하여 그 공사를 집행하고 남는 금액으로 부채를 탕감하도록 하였다. 그러니 실무 관계 부서에는 큰 힘이 되었고 따라서 직원들은 그런 국장을 존경했다.

그런데 새로운 국장이 부임하자 상황은 전환되었다. 새 국장은 쓰기만

하고 그 책임은 회피하는 사람이었다. 한번은 국장이 자신의 집을 건축하는 중이었다. 국장이 집을 지으면 국의 서무과장이 건축비 지원 자금을 만들어 주는 것이 국장에 대한 예우라고 생각되던 시절이었다.

이러한 경우에는 공사 담당 과장에게 할당하여 협조를 구해서 돈을 만드는 방법밖에 없었다. 그러나 당시 선로과장과 기계과장은 근원적으로 불협하여 협조가 되지 않았다. 걱정만 하면서 차일피일 늦어지고 있었는데 집이 완성되어 간다는 이야기가 들려서 하는 수 없이 두 과장에게 사정하여 얼마간의 돈을 만들었다. 그러고는 국장을 찾아가 늦어서 미안하다고 사죄하며 1호 봉투에 든 돈을 건네주었다. 국장은 나를 한 번 돌아보고는 봉투를 가로채듯 가져갔다. 어이도 없고 내 자신이 한심하게 여겨져 두고두고 기분이 상하였다.

국장은 국의 부채에 무관심하고 무책임하여 막대한 부채는 서무과장의 책임하에 두 과장에게 협조를 구하여 비자금을 조성해서 변제하고는 있었으나 나날이 액수가 불어만 가고 두 과장의 무성의와 비협조로 감당하기가 어려워졌다.

당시 낡고 허름한 공기관의 건물 보수 공사는 새마을 사업의 일환으로 직원들이 페인트를 사서 자체 도장을 하였다. 익숙하지 못한 직원들이라 페인트만 엄청 많이 소비되고 도장의 질은 형편없었으나 자체에서 건설하고 미화하는 정신적 훈련 수단으로 적극 권장할 때였다. 한번은 잠시 사무실을 비웠다 돌아와 보니 천장의 무거운 마감재가 떨어져 책상이 박살나 있었다. 만약에 내가 거기 있었다면 깔려 죽었거나 중상을 입었을 것이라고 생각하니 더욱 더 그 자리를 피하고 싶은 마음이 간절하였다. 그렇게 떠나야겠다고 결심하고 비공식적인 경로를 통하여 인사이동을 요구하였다. 그러던 중 화재가 발생했다.

한밤중 창고의 화재

건설국의 업무체계는 한 공사가 발주되어 시공하게 되면 공사 담당부서에서 업자에게 관급 물품을 창고에서 송장으로 미리 지급하고 그 송장에 의한 장부 정리를 해야 한다. 이 장부 정리는 연말이 지나고 4~5월까지 이어지는데 작업량이 너무 많아 매일 야간작업이 불가피했다.

일을 하다 날이 저물어 추워지면 사무실에 난로를 피워야 했지만 난로의 신목(薪木)은 고(古) 전주를 잘라서 사용해야 하기 때문에 이만저만 번거로운 것이 아니어서 창고 담당자는 창고에서 숯불을 피워 놓고 야간작업을 했다. 물품 중에는 가연성 물질도 있어 창고에서 화기를 엄금하고 있었지만 어느새 이러한 창고에서의 작업은 습관이 되어 있었다.

그러던 어느 날 국장실에서 아침 간부회의가 있었다. 그날 국장의 지시사항은 직원이 창고에서 일하는 것을 허용해 주고 불을 피워도 묵인해 주라는 내용이었다. 창고담당부서 과장은 기술직으로 국장에게 별나게 충성을 다하는 사람이었는데 국장에게 창고에서 숯불 사용을 허용할 것을 서무과장에게 지시하도록 요구한 것이었다. 화기 책임자는 바로 서무과장으로, 창고에서 난로 사용을 못하도록 단속해야 했지만 내 입장에서는 국장이 지시하니 무시할 수 없는 처지라 묵인하고 말았다.

그런 일이 있고 나서 며칠 후 새벽에 당직실로부터 전화가 걸려 왔다. 불길한 예감으로 잠결에 전화를 받으니 창고에 불이 났다는 것이었다. 국사에 화재가 발생하면 서무과장은 직위 해제가 되고 국장도 화재의 대소에 따라 중벌을 받게 된다. 화재 통보를 받고는 혼비백산하여 옷을 입었는지 신발을 신었는지 정신없이 집을 나와 택시를 타고 국에 도착하자 벌써 소방차가 와서 화재 진압을 하고 있었다.

경찰도 이미 와 있었는데 창고에는 검은 연기가 굴뚝같이 치솟고 소방

호스는 창고 안을 향해 물을 뿜고 있었다. 어이가 없고 당황하여 멍하니 서 있을 뿐 무엇을 조치할 것도 방도도 없었다. 국장은 잠옷 바람에 맨발로 달려왔는데 정신이 다 빠지고 넋 잃은 사람이 되어 있더라. 나는 순간적으로 국장이 원망스럽고 무능하다고 생각되었지만 책망의 소리가 나오는 것을 꾹 참고 말았다.

실제 불을 낸 담당과장은 비상연락도 되지 않아 현장에 나오지 않았다가 불이 난 줄도 모르고 아침이 되어 정상적으로 출근하였다. 국장에게 아부하여 신임을 얻고는 벌어진 사건이니 그 소행이 밉고 원망스럽기만 했다. 화재 당시 비상연락도 안 되던 다른 과장들은 나중에 알고 보니 불이 나던 밤에 은밀한 장소에서 도박을 하고 있어서 비상연락이 되지 않은 것이었다. 그 당시에 알았다면 중징계를 받아야 할 사안이었으나 이를 덮고 넘어갔다.

화재로 창고 내 목재와 약간의 물품이 소실되었지만 큰 피해는 없었고 소방서와 관할 경찰 파출소에도 수습이 잘되어 문제가 없었으나 내부의 책임추궁은 그냥 넘어가지 않았다. 사실대로라면 창고 일을 시킨 선로과장이 문책을 당하여야 마땅할 것이나 국장이 청장에게 간청하여 화기 책임자인 서무과장만 인사이동 시키고 종결짓는 것으로 끝을 맺었다. 그러면서 내게 청장을 찾아가 인사하라고 하여 이른 아침에 청장 관사에 가서 인사하고 돌아왔다. 그렇게 시골로 좌천될 것이었으나 정상이 참작되어 동대구우체국 서무과장으로 발령이 났고 그곳에서 4개월 정도를 보냈다.

31

특수한 집단에서 특별한 경험

시외전화국 초대 교환과장으로 자리를 옮기다

대구에 동대구전화국이 발족하기 전에는 대구전화국에서 시내전화 교환과 시외전화 교환 및 안내 업무까지 총괄 관리를 담당하였으나 당시는 시내전화가 자동식으로 교환방식이 바뀌고 시외전화만 교환원이 소통하게 되는 등 통신소통의 큰 변환기로 이행하는 시기였다.

시내전화가 공전식 인력교환에서 자동식으로 변경되어 시내전화 교환을 담당하던 수많은 교환원의 일부가 타 부서로 이동하고 대부분은 시외전화 담당으로 이동하였다. 이 당시 처음에는 시외전화 통화량이 그리 많지 않았으나 국가 경제개발 5개년계획 사업이 원활히 추진되고 사회 전 분야가 활성화되니 통신량이 기하급수적으로 늘어나게 되었다.

1960년대 초는 시외전화 한 통화를 하려면 하루 종일 기다려야 가능한 시절이었다. 통신시설이 열악한 원인도 있었지만 통신회선의 절대량이 부족하기 때문이었다. 통신회선의 실선을 여러 회선으로 확장 운용하는 기술이 없어 회선이 통화 수요에 미치지 못하는 것이었다. 서울에 시외통화를 신청하면 하루 종일 기다려야 하는 상황이니 시외전화의 악조건을 해결하는 방책으로 시외전화국을 독립시켜 관리하는 정책이 시행되고 있었다.

대구전화국에서 관리하던 교환 업무 중 안내 업무는 그대로 두고 시외전화만 분리하여 시외전화국으로 이관하고 국사는 동대구전화국 3층으로 지정되어 시외전화국 간판을 걸었다. 시외전화는 전부 교환을 통해 통화하기 때문에 그 업무량이 엄청 많았고 교환원의 수도 700여 명이나 되고 3교대로 운영하였다. 통신은 24시간 쉴 수 없는 특수 업무이고 특히 국가 기간통신은 더욱 엄격하여 작은 착오도 용납되지 않았다. 시설은 열악하고 통신 수요는 급증하여 항상 이용자들과 마찰 및 충돌이 있어 관리자들이 이런 신고 때문에 고충이 많았고 교환 담당 관리자들도 항상 마음을 놓을 수가 없었다. 특히 수많은 교환원의 복무 관리와 시민과의 대화에서의 교양 및 관리 통제가 어려워서 말썽이 끊이질 않았다.

이런 상황에서 시외전화국이 발족하였고 동대구우체국장이 초대 국장으로 발령이 났다. 나는 현 보직이 전보 제한기간인 6개월도 되지 않아 할 일 없는 이곳에서 한가로이 쉬고 있으려는데 본의 아니게 교환과장으로 발령이나 당황스러웠다. 교환 업무를 담당하는 여직원을 관리해야 하는 것이 부담되었고 또한 전화 업무는 아는 것이 없어 걱정도 되었다. 알고 보니 전 국장이 나를 강력히 추천하여 전보 제한 기간도 되지 않았지만 발령이 난 것이었다.

당시는 지역별로 자동식 전화로 변경하는 과정이었으나 대도시 이외에는 전부 수동식이었다. 그래서 교환원도 엄청 많았지만 통화 교환도 어렵고 느려서 말썽도 많았다. 그 예는 주로 우리 쪽 교환원과 상대방 교환원이 다투는 일, 통화대기 시간이 너무 길어 통화 접수자와 다투는 일, 교환을 정상으로 하지 않고 가입자와 잡담하거나 업무에 성의가 없어 통화소통의 양이 수준 이하인 경우 등이었다. 이렇게 작업상의 교착 사항을 교정·통제하기 위해 교환부장 10명이 각기 50~60명의 교환원을 통솔하고 그 교환부장은 과장이 통솔하는 형태로 조직이 편성되어 있었다.

당시 나는 대구전화국에 과장실이 있어 그곳에서 근무했고 국장과 여타 조직은 동대구전화국에 있어 본국을 왕래하며 일을 수행하였다. 이곳은 특수한 집단으로 여자만 700여 명이 있고 남자 하나뿐인 내가 이 많은 교환원을 통솔해야 하기 때문에 말 못할 어려움이 많았다. 파란 가운에 흰 칼라를 한 수백 명의 교환원을 내려다보면 기가 질릴 정도로 심리적 압박을 받곤 했다.

나는 교환부장에 대해 조금의 오차도 허용하지 않고 엄격하게 대했다. 또한 자신이 통솔하는 업무량과 처리하지 못한 업무량을 보고하게 하고 처리하지 못한 내역을 설명하도록 하였다. 보고가 미진할 경우 퇴근을 못하도록 하여 그 규칙을 엄격히 지키도록 하니 교환부장은 계속 업무를 파악하고 소통이 되지 않은 사항을 분석하는 등 업무 자세를 바로잡아 나갔다. 그러자 대외의 신고도 많이 줄고 소통도 원활해져 좋은 분위기로 질서가 잡혀 가고 있었지만 직원들은 나를 두려워하였다. 그래서 회식자리를 마련해 화기애애한 분위기를 조성하니 처음에 불평하던 부장들도 시간이 지날수록 이해와 협조를 잘하여 특별한 어려움 없이 보낼 수 있었다. 내게는 전에 없이 여자 직원의 심리에 대해 조금이나마 이해할 수 있는 특별한 경험이었다.

32 체신청에서의 여유롭고 활기찬 생활

정 들자 이별, 체신청 회계과로 보직이 변경되다

시외전화국에서 10개월 여 교환실 업무를 새롭게 고쳐가며 질서가 잡혀가고 있을 무렵 체신청 회계과 물자관리계장으로 발령이 났다. 체신청 근무를 희망한 적도 없었는데 의아한 일이었다. 이제 정이 들어가고 업무도 숙달되면서 공직 생활에서 특이한 집단을 관리하는 성취감도 있어 편한 마음으로 지내고 있었으나 본의 아니게 누가 추천하였는지 회계과 물자관리계장으로 발령이 난 것이다.

그렇게 1975년 2월 21일자로 경북체신청 회계과로 가게 되었다. 나는 현업에서 실무를 관리하는 것보다 감독기관의 기획 업무가 적성에 맞아 내심 환영하는 마음이었다. 물자관리계장의 임무는 관내 현업의 물자관리 기준과 재고관리 준칙을 시행·감독하고 청 내의 물자 구입조달 업무를 관장하는 일이었다. 우체국이나 전화국에서 중앙 조달 인쇄물 이외에 사용되는 인쇄물의 구입이 주요 업무였으며, 주기적으로 시행하는 모든 관서의 재고조사 업무를 총괄 지휘하여 전신전화국 보유 물자에 대해 원활한 소통을 하도록 지원하였다. 그리고 물자 구매의 계약 업무에서는 납품업자로부터 약간의 사례금을 받아 과의 비공식 출연금을 부담한다. 그러나 나는 비정상적인 업무 처리로 대가를 만들어 윗사람에게 환심을 사려고 하지 않았으니 나를 사적으로 좋아하는 상사는 없었고 나 또한 항상 편한 마음이 아니었다.

테니스를 배우다

경북체신청 청사는 동대구전화국에 있었으나 청사 확장 관계로 회계과는 동대구우체국으로 임시로 가 있을 때였다. 드디어 금연에 성공하고 1개월여가 지나니 식욕이 갑자기 왕성해지고 체중이 불어나기 시작했다. 평소에는 아침 밥맛이 없어 밥 한술을 국에 말아 억지로 먹는가 하면 참기름에 날달걀을 풀어서 한 종지 마시고 출근하는 정도였는데 금연을 하자 아침을 주는 대로 다 먹어도 점심때가 되기 전에 배가 고파 군것질이 생각나는 일대 변화가 생겼다. 퇴근 시간 전에는 동대구우체국 앞 식당에 가서 우동 한 그릇을 사 먹어야 했고 저녁에도 자기 전에 밤참을 먹어야 했다. 그간 62~63킬로그램을 오가던 체중이 70킬로그램을 넘어섰다. 그렇게 6개월 정도 지나니 80킬로그램에 육박했다.

몸이 갑자기 불어나니 척추도 뼈근하여 기동조차 느리고 둔해져 운동을 하기로 마음을 먹었다. 당시에는 테니스 붐이 일고 있었고 청장도 테니스를 좋아하니 이참에 테니스를 하기로 마음먹고 신발과 라켓을 구입하고는 주말은 물론 아침 조기회에도 나가 운동한 후 출근하였다. 그렇게 1년 정도 지나자 체중이 70킬로그램 정도로 줄어들었다.

그즈음 새로 맡은 회계과 업무도 익숙해져 몸과 마음이 다 안정되어 즐거운 시간을 보내고 있었다. 체신청의 단골 인쇄업자인 박 사장과 저녁 때 술집을 전전하며 즐거운 세월을 보내기도 했다. 일상의 주요 업무인 물자 조달 업무도 기정 질서대로 진행되어 별 신경을 쓸 일도 없었다. 연중 정기적으로 재무부에서 시행하는 전 관서 재물조사를 하는 것이 중요 업무였고 이 업무도 치밀한 계획을 짜서 현업 관서의 지도·통제를 효과적으로 시행하여 재무부장관 표창도 받았다.

회계과에서의 업무도 특별한 일이 없었다. 직원들이 작성한 문서에 결재하는 일이 일상이었는데 이것도 하루에 몇 건 되지 않았으니 한가하고 조용한 시간이 많았다. 일요일에는 빠지지 않고 시내 관서의 정구장(테니스장)이나 일반 임대 정구장에서 시합을 하고 같이 식사도 술도 즐기다 보니 평생 깡마른 몸에 날카로운 품성으로 보였던 것이 몸도 풍성해지고 성격도 호걸로 변한 것 같아 더 없이 즐거웠다. 주말에는 항상 총무과장의 주도 아래 3~4개 팀을 구성하여 시합을 하곤 하였다.

그렇게 1년 8개월 정도가 흐르자 이번에는 우정과 업무계장으로 발령이 났다. 우정 업무는 내 전공 업무였다. 우정이란 우체국의 업무를 통칭하는 명칭으로 관내 수많은 우체국의 업무를 관리·감독하는 자리이기 때문에 업무량이 많았지만 체신 업무의 근간(根幹)이기도 했다.

33

체신청 우정과로 다시 돌아가다

우정 업무는 내 전공 업무

우편 업무는 24시간 주야 없이 이동하고 연결되어야 하기 때문에 각 우체국에서 취급하는 절차와 방법이 통일되어 있고 이것이 막힘없이 물 흐르듯 유통되어야 했다. 또한 업무에 따른 소요예산도 적기에 적정액을 배정하고 집행되도록 해야 했다. 그러므로 이 업무의 원활한 운영을 위해서는 우편 업무 규정과 현업 업무 사정을 소상히 파악해야 하고 우정 분야의 전문적인 공부를 하는 노력도 겸해야 했다.

도내 각 면소재지 우체국까지 현지 점검을 하는 일이 많아 도내 곳곳에 출장 다니는 일이 많았다. 현지에 도착하면 그 국의 국장 이하 전 직원들이 긴장하고 사전에 지체되었던 업무도 정리정돈하는 것이 상례였다. 이런 점이 현지 출장의 효과이기도 했다. 당시는 교통이 불편하여 울진까지 출장가려면 아침에 대구에서 출발하여 저녁 늦게 목적지에 도착하면 마중 나온 직원과 바로 식당으로 가야만 하는 경우도 많았다. 이렇게 산간오지에 출장가려면 일반 버스의 사정이 아주 좋지 않아 고생이 이만저만이 아니나 그래도 출장비의 여유도 있어 고생도 마다 않고 다니는 재미를 보기도 하였다.

이 분야에서 예하 관서가 가장 선호하는 것은 우편 집배 구역을 확장하는 일이었다. 우체국에는 우편 집배 구역이라는 구역제가 있어 한 구역을 한 집배원이 담당하여 우편물의 수집과 배달 업무를 전담한다. 집배 구역의 수에 따라 집배원의 수가 정해지기 때문에 구역이 늘어나면 사람에 따른 인건비 예산도 증액된다. 특히 별정 우체국장들은 증액된 인건비로 적당한 임금을 주고 남는 돈을 다른 운영비에 충당하기도 하니 일거양득의 효과를 누릴 수 있어 집배원의 증원을 희망했다. 또한 우편차량이 있는 국에는 차량유지비 산정 시 약간의 융통성이 있어 이 예산 배정을 위해 성의를 다하는 우체국도 있었다.

제일 어려운 일은 선거 때 선거 우편물 처리에 온 신경을 써야 한다는 것이었다. 잘못하면 큰 말썽이 생길 수 있기 때문이었다. 선거 홍보물은 엄청난 양을 처리해야 하므로 평소 인원으로는 처리가 불가능하여 임시 요원을 고용할 수 있도록 예산을 여유 있게 책정하는 융통성을 발휘하여 현업의 환심을 사기도 했고 더불어 보람도 느꼈다. 이 자리에 있을 때 여러 번 선거를 치러 그 경험으로 큰 오류 없이 무난히 일을 처리할 수 있었다. 그 노고로 장관 표창도 받은 바 있다.

우체국 직원들은 이곳을 제일 경외(敬畏)하는 곳으로 꼽았는데 나는 이곳에서 무려 3년간이나 장기 근무를 하며 공정하고 깨끗한 업무 처리를 위해 노력하였다. 단지 문제는 청의 비공식적인 공식적 비용의 처리였다. 이를 해결하기 위해서는 적당한 요령이 필요한데 관서로부터 예산을 더 받아 해결하기보다 자체에서 해결하기 위해 부하직원들로 하여금 출장비를 할애하도록 하는 것이 묵시적인 관례로 되어 있었다. 나 또한 이 방법을 계속하였다가 직원들이 집단으로 항의하는 항명사고가 발생한 적이 있었다. 말썽을 일으킨 직원은 내 하부직원 중에서도 상석자로 대졸 출신의 고참 주사였는데 원래 성격이 고지식하고 융통성이 없는 자로 여섯 명의 직원 중에 세 사람을 설득하여 반기를 든 것이었다.

당시는 이러한 방법이 청의 다른 부서에서도 관행처럼 통용되고 있는 실정이라 그에 항의하는 자들은 용납이 안 되었으나 당장 인사이동을 시킬 수도 없고 흥정을 할 수도 없는 처지여서 상당 기간 고통을 받았다. 체신청의 상하관계는 상명하복이 군대와 같아서 잘못하면 현업으로 인사 조치되는 엄격한 체계를 갖추고 있어 이런 일이 일어나는 것은 상상할 수 없어서 더욱 난처하였다. 간접적으로 설득하고 이해시켜서 출장비를 일부 현실화해주는 것으로 무마는 하였으나 이 일로 그는 공직 생활 내내 불량자로 낙인이 찍혀 불이익을 당해 안타까웠다.

승진 기회를 놓치다

나는 사무관 경력 10년으로 정상적인 인사라면 7년에서 10년 사이에 승진되어야 정당하나 그러지 못하였다. 인사권자는 장관이나 발령은 대통령이 내렸다. 서기관 승진 심사에 공정을 기하기 위하여 서울에서 10여 명의 승진위원을 위촉하여 심사하도록 하였고 최종 결정은 장관이 했다. 승진 대상 심사는 근무평정 점수와 경력 점수, 교육원 교육 성적, 훈포장 점수를 합산하여 서열 순으로 승진 예정 인원의 5배수 내에서 심사하도록 되어 있어 5배수 내에 들지 않으면 심사 대상이 되지도 못하였다.

나는 경력 점수도 만점이고 교육 점수도 우등이며 훈포장도 대통령표창으로 훈장보다는 낮았으나 근무성적 평점이 만점이라 서열은 항상 최상은 아니어도 상위권에 들었다. 승진은 본인의 능력, 즉 담당 업무의 수행능력보다 상사로부터의 인정과 심사위원들에 대한 로비에 의해 결정되었다. 또한 조직 내부의 정황에 따라 좌우되는 경향도 있었는데 이를 관운이라고 할까. 내 승진 시기에는 조직이 경직되고 정부가 기능의 확대보다 축소·감축을 강력히 추진하여 작은 정부 쪽으로 기울었다. 기구 축소로 감원 정책이 4~5년 지속되니 서기관 자리도 축소되는 등 불리한 여건들이 작용했던 불운의 시기였다.

정부의 내부조직도 불안하고 유동적이었으므로 승진이라는 것은 생각도 하지 못하는 기간이 길었다. 또한 어쩌다 한두 자리 승진 자리가 생기면 경쟁이 치열했다. 정체된 인사 기간이 길었던 탓이었는데 특히 지방의 승진 대상자는 엄두도 못 내는 형편이었고 승진하려는 자는 군부나 실세의 힘이 없으면 불가능하였다. 군부의 정부 장악으로 인한 과도기적 상황에서 승진 경쟁을 하다 가진 재력마저도 날리는 형국이었다.

근무성적이 서열에 결정적인 점수였다. 수십 명의 사무관 중 1개 청에 2명 정도가 수(秀)를 받는 비율이라 나 혼자 여러 해를 차지할 수도 없었다. 그래도 다년간 수위를 차지하였지만 승진을 못하니 불평이 심해지고 노(老) 대상자가 되어 뒤로 처지고 마는 지경에까지 이르렀다. 그렇다고 특별한 인맥도 지인도 없는 처지라 더욱 절망적이었다.

1977년도에 새로 부임한 청장은 부임하자마자 내게 개인적인 과제를 맡겼다. 승진하여 처음 대구에 온 청장이었는데 승진 전에 서울대학교 행정대학원에 재학하면서 연구과제로 '우정사업 발전방향'이라는 석사과정 논문을 준비하다가 대구로 승진 발령되어 내려온 것이었고 바로 이 논문을 내게 써 달라는 부탁을 해 온 것이다. 내게는 생소한 연구과제인 데다 자료도 없어 자신이 없었으나 거절할 수도 없었다. 청장의 인정을 받지 못하면 승진도 청 근무도 영영 불가능하기 때문에 막막하기만 하여 며칠 밤잠을 설쳤다. 학위논문은 구상해 본 일이 없어 방향도 못 잡고 몇 날을 걱정만 하던 차에 청장이 나를 불러 자신이 가지고 있던 자료를 다 내어 주었다. 자료 중에 선진국의 우정 업무 분야 현황이 있어 이를 토대로 선진국 수준과 비교해 우리나라의 현상을 분석하여 발전방향으로 서술하려고 가닥을 잡았다. 사업 계획이 아니기 때문에 실제 실행 가능 여부는 중요하지 않았다.

당시 우편사업은 적자를 면치 못하고 우편물도 소식 우편, 안부성 우편이 다수이고 광고성 우편물은 희박하였으니 우정사업의 발전은 캄캄하였다. 그간 사업 성장을 위하여 아이들의 편지쓰기 주간을 만들어 권장하고 서중문안(暑中問安) 편지나 쓰게 하는 등 별 기대할 것 없는 내용의 사업을 벌인 정도에 불과하였다. 그러나 선진국에서는 엄청나게 발전한 기업에서 생산되는 상품 및 기업 선전 홍보물이 우편물의 대다수를 차지한다는 사실을 알게 되었다. 그리고 이런 산업 발달에 따르는 사업 홍보물을 적극 활용하는 것이 효과적이라는 결론을 내렸다. 내 자신이 이 논문을 평가하더라도 합격 점수를 줄 수 없는 보잘것없는 논문이라고 자평하였다. 양심이 허락하지 않았으나 나로서는 다른 방도가 없고 최선을 다한 것이니 그대로 제출하였다. 여하간 청장도 이 논문을 그다지 마음에 들어 하지 않는 것 같았으나 그래도 심사에서 통과되어 석사 학위논문으로 인정받았다.

얼마 후 청장이 불러서 가니 논문을 써 주어 고마웠다고 하며 구두를 선물로 주었다. 그 결과는 한심했고 지금도 부끄러운 기억이다. 그래도 업무 중 수개월 동안 사력을 다하여 논문을 쓸 때는 승진이라도 될까 하는 기대를 하였으나 그 청장이 경질될 즈음에 우리 청의 승진자는 나보다 조금 선배인 이 모씨가 되었다. 승신 심사 과정에서 많은 이야기들이 있었다고 하는데 서열도 나보다 낮았지만 고참이라 이번에도 탈락되면 영원히 승진이 불가한 사람이고 나는 다음 기회가 있으니 그렇게 결정하였다는 것이다. 이때부터 승진에 대한 기대는 더욱 절실해졌다.

그해에 승진은 되지 않았으나 근무평정은 만점으로 청에서 항상 최상으로 평가받았으므로 그 이후에도 승진 기회가 있을 것이라고 위안을 삼고 누구보다 더 열심히 일하였다. 그러나 그것은 오산이었고 세상은 공정하지 않았다. 서열이 낮은 사람이 승진 열망은 더 강하여 수단과 방법을 가리지 않고 체면도 불사하며 찾아가고 갖다 주니 그 사람에게 기회를 주게 되더라.

그 후 입사 동기인 신현대 지사장이 부임하고 감사실장에서 경산국장으로 가고 난 후 승진은 완전히 포기하고 말았다.

34

공직 생활의 변환기를 맞다

전무과 업무계장으로 이동하다

우정과에서 3년이 지나니 근속기간도 지나 체신청 전무과 업무계장으로 발령이 났다. 1979년 10월 18일자이니 사무관으로 승진한 지 12년째였다. 전무과는 전신전화 업무의 총사령탑으로 관내 전신전화국의 업무를 시행·조정하는 부서였다. 나는 전신전화 분야는 문외한이었지만 이 자리에서 1년을 근무하면서 전신전화 업무에 대한 전기통신 법규와 규정 등을 숙지하였고 관내 전신전화국의 실정을 파악하는 데 주력하였다. 체신청은 현업 전화국에 예산 지원과 업무 수행을 뒷받침하고 추진·독려하며 과오를 예방하고 시정하는 업무를 하는 곳이었다. 그 내용을 잘 알지 못하면 현업을 지도·감독할 수가 없었기 때문에 공식적인 것 이외에 이면의 실정을 파악하는 것이 중요하였다.

당시 산업이 급성장하여 전화 수요는 엄청나게 많아졌으나 시설이 부족하여 전화 업무의 부작용으로 말썽이 자주 일어나곤 하였다. 전화 한 건의 승낙을 받으면 수십만 원의 이득이 생기기 때문으로 이 과정에서 말썽이 생겨 형사 사건도 더러 있었고 희생된 간부의 숫자도 상당했다. 이런 부작용을 사

전에 예방하고 전화 업무를 효율적으로 시행하기 위해 지도·감독 차 현장 출장점검을 수시로 다니기도 하였는데 다행히 내가 있는 기간에는 별 문제 없이 정상적으로 운영되었다.

전무과 관리계장으로 보직이 변경되다

1980년 11월 6일자로 같은 과 내에서 관리계장으로 자리를 이동하였다. 이 자리는 전무과의 3개 계장 중에 수석계장으로 전신전화 업무 전반의 예산 편성 및 운용, 예하 관서의 국별 수요조사와 시설투자 중 단기 계획과 운영계획의 수립·시행, 전화국소, 즉 전화국 수 관리를 담당하는 명실공히 전신전화 기획 총괄부서인 중요한 보직이었다. 이 자리는 후일 공직 생활의 아주 주요한 신분 변동을 가져오는 계기가 되었다. 그리고 내 이력 중에 가장 중요한 업무 몇 가지를 담당 처리했던 것도 이 자리였다.

첫째가 전화의 광역화 사업이었다. 당시 대구를 제외한 도내 전 지역이 수동식 전화, 즉 공전식 및 자석식 전화로 운용되고 있었다. 공전식이란 전화 교환원에 의한 교환 접속으로 전화 소통을 하는 방식으로 주로 중소도시, 즉 시 단위에서 운용되었다. 자석식이란 가입자가 전화기의 핸들을 돌려서 교환 원이 신호를 받고 응대하여 상대방을 연결하는 방식으로 교환대도 1인 1대로 100명의 가입자만 수용할 수 있는 소도시인 면 단위의 통신방식이었다.

이상의 두 가지 통신방식은 사회경제의 급속한 발달로 인해 전화가입자의 수요와 전화통화량을 감당할 수 없었다. 이에 자동화 방식으로 발전시켜야 할 시대적 필요성에 부응하여야 했고 통신기술의 급속한 발달로 이것이 가능하게 되었다. 전 지역을 자동화하는 계획은 광역화 사업계획이라 명명되었다. 면 단위로 운용되던 교환을 군 단위로 통합하고 면 단위 교환이 없어지는 획기적인 통신의 발전이자 혁명적인 사업이었다.

이 계획은 대구와 경북 전 지역을 대상으로 3개년 계획으로 추진하였고 연도와 지역의 특수성을 고려하여 지역별로 연차 계획을 수립·시행하게 되었다. 이 사업이 완료되면 면 단위 우체국의 전화 업무는 없어지고 군 단위로 통합된다. 하지만 이로 인해 면 단위 별정우체국의 각종 수수료와 부대비용 수입 또한 없어지기에 이를 달갑지 않게 여겼다. 우리 고향인 성주는 맨 마지막 연도에 계획하여 오차 없이 완성하였고 우리나라 광역화 사업 완성 기념식이 성주전화국에서 거행됐다. 체신부장관과 본사 한국통신 사장이 참석하는 전국 행사였다.

두 번째는 대구 시내 가입구역의 조정 작업이었다. 당시 대구에는 전화국이 네 개가 있어 이 전화국의 가입구역이라는 구역이 설정되어 있었고 전화를 수용할 수 있는 시설 수가 많은 국은 전화 가입이 용이하였다. 당시는 전화를 매매할 수 있었고 전화 시설이 적은 국은 신규 전화 가입이 어려워 전화 값이 매우 비쌌다. 시설 수에 비하여 청약 수가 너무 많아 추첨을 통하여 결정하기도 했다. 전화 놓기가 별 따기와 같이 어려운 시절이라 전화 가입구역 획정은 지역 주민의 전화 가입 난이도에 큰 영향을 주는 사항이었다.

이때 대구에 신암전화국이 새로 개국하게 되어 시내에 전화국별로 되어 있던 기존 구역을 다시 설정하게 되었다. 전화국별로 지역적 특수 여건, 즉 주요 국가기관 소재 등을 감안하고, 가입자들의 재산권이 결부되는 것이라 특별한 사정이 없는 한 구역 변경을 하지 않도록 해야 했다. 이렇게 중대한 작업이라 비밀리에 계획을 수립하여 한 건의 오차 없이 완수하였는데 수십 년이 지난 지금까지도 그 구역이 유지되고 있으니 내 업무 성과라 자부한다.

세 번째는 국소 관리이다. 당시 엄청나게 늘어나는 전화 수요를 충족하기 위해서는 기존 전화국 면적으로는 기계시설 설치 공간이 부족하였다. 대구 시가지가 확장되고 공공기관도 변두리 지역으로 이전되며 각 구청도 새로이 생기는 시기였으므로 확장되는 지역에 전화국 국소의 설치가 필요하였다. 이 전화국 신설 계획도 대구전화국 서대구 분국, 동대구전화국 범어 분국 등 여러 분국 건물을 지을 장소를 설정하는 중장기 계획을 수립해 치밀하게 효과적으로 실행하였다. 대구의 전화국과 몇 개 분국이 본국으로 변경되기는 하였으나 지금까지도 유지·운용되고 있는 것에 자부심과 만족감을 갖는다.

35 한국통신으로 이동하여 공무원 신분이 종료되다

국영기업이 공사로 전환되다

1982년 1월 1일자로 체신 관서는 역사적 변환기를 맞게 되었다. 국가에서 관장하던 체신부 전신전화 사업을 공기업인 공사 체제로 전환하게 된 것이었다. 이 계획은 체신부 본부와 정부 관련 부처에서 법률을 제정하여 시행하였고 그 방침에 따라 지방에서는 각 지역 체신청 전무과에서 종합적인 실시계획을 수립하였는데 이것이 시행안으로 확정된 것이었다.

나는 전무과 관리계장으로 보직을 맡고는 그 이듬해부터 이 계획의 준비 작업을 하였다. 이 자리에 오자마자 행정 선례도 경험자도 없는 공사 전환 준비 업무를 총괄하여야 하니 막막하고 두렵기도 하였다. 최고의 자질과 능력을 갖춘 우수한 부하직원이 8~9명 있었으나 이 공사 전환 업무에는 생소하여 우왕좌왕하는 일이 생겼다. 특히 대구체신청은 특별한 사정들로 더욱 어려움을 겪게 되었는데 중요한 사항들 중에는 내 스스로 판단해야 할 것들이 많았다.

첫째로 다른 청에서는 전신전화 업무를 총괄하던 전무과장이 공사 전환 총책임자로 임명되었으나 대구는 이 업무와 무관한 회계과장으로 지명 결정하여 업무 처리 체계가 기현상으로 운용될 위기에 놓이게 되었다. 이렇게 된 원인은 청장이었다. 당시 청장은 전무과장을 불신임하여 평소에도 사사건건 책망하는 탓에 업무 추진에 어려움이 많았다. 청장은 이런 이유로 전무과장을 공사 전환 업무에서 배제하고 회계과장을 책임자로 지정한 것이다.

그 결과 실무 총책임자인 나는 타 부서장에게 결정을 받아야 하니 업무 추진 지연과 번거로움이 배가되었다. 담당부서장은 당연한 사안이라도 이를 비틀고 지연시키고는 하여 더욱 힘들었다. 그래도 청장이 내 시안은 전적으로 신임해 설명도 듣지 않고 결재와 결정을 해 주어 불행 중 다행이었다.

다음은 체신부 국가 소유의 부동산을 전화국 업무 수행에 공여하는 부동산 이전 작업 문제였다. 부동산 업무는 회계과 관재계 소관이었는데 분리 작업을 하는 과정에서 담당계장이 체신부에 잔류하려는 의도로 공사에는 가급적 적게 이전시키려는 심산이었다. 전화국 경내에 있는 정구장 같은 부동산을 분할하여 공사로 넘기지 않으려는 사례도 있었다. 전화국사 옆에 있는 관사 등 실제 전화시설이 되어 있는 부동산이 이관되지 않은 것도 문제가 되어 여러 번 수정 작업을 하는 경우도 생겼다.

또 하나의 애로사항은 청장 이하 청 직원들도 공사로 넘어가는 것이 유리한지, 잔류하는 것이 유리한지를 놓고 우왕좌왕하는 문제였다. 청장은 내심 체신부에 잔류하는 쪽으로 굳히고 있어 공사로 이관하는 시설과 물자 등을 통제하여 가능한 한 최소한의 물자와 재산을 넘기는 방향으로 처리하였다. 그러니 공사로 넘어가려는 나로서는 가급적 많은 물자와 시설을 가져가고자 하였고 우리 과장은 청장과 대화가 되지 않으니 임무 수행에 큰 어려움이 있었다. 오직 이관 실무 책임자인 나만이 공사로 이관 후에 전신전화 업무를 지속적으로 수행할 수 있도록 준비하고 업무 수행에 필요한 기구나 도구와 창구를 마련해야 했다.

다음은 군 단위 전화국에 별도의 창구를 신설하는 계획이었다. 그런데 우리 관내 군 단위마다 있는 우체국이 문제였다. 독립된 전화국은 그대로 업무를 수행하면 되었으나 한 건물에 있는 우체국은 전신전화 업무를 분리하여 영업을 할 수 있도록 영업창구를 만들어야 했다. 이를 위해 각 지방에 현지 출장하여 독립된 창구를 시설할 공간과 공사 방안을 마련해야 했으며 예산을 확보하기 위한 작업도 어렵고 복잡하여 개국 일정을 맞추는 데 큰 애로사항으로 작용했다.

지사 사무실을 신설하다

　　신설되는 대구지사는 태평전화국 건물 4층 전부를 사무실로 사용하도록 계획되었는데 단층이 수백 평인 큰 건물이었다. 이 건물의 평면은 아무런 구분도 없이 큰 기둥만 있는 넓은 공간이었다. 이것을 각 부서별로 구분하여 지사장실과 부속실 및 총무부, 영업부, 공무부의 3개부로 구분 작업을 하였다. 지사장실의 책상 등 비품 일체는 우리 부서에서 조달하였다. 사무용 집기 등을 일괄 구입해야 하니 예산도 엄청났고 이 물품들의 물색과 수량 조달 등의 어려움도 한둘이 아니었으며 실제 소요량 산출과 용도에 따른 물품 구입도 어려웠다.

　　이런 수많은 업무 중에도 구입요구 결재를 받기가 어려운 것이 더 큰 장애였다. 이 업무의 담당부서장인 영업부장의 결재가 어려운 것은 다른 의도가 있기 때문이었다. 바로 업자로부터 사례를 받는 것이었는데 이런 적절치 못한 일로 중앙까지 소문이 퍼져 지탄을 받았고 업무 수행에도 큰 지장을 초래했다.

　　나아가 이분의 주장은 국가기관이 공기업으로 전환되면 업무 지원 부서로 인사와 예산을 관장하는 총무부가 영업부의 하위조직으로 들어가고 경영 체제도 영업 위주가 되어야 한다는 것이었다. 영업부 사무실도 지사장과 가장 가까운 위치에 두어야 한다고 하였다. 이는 대구에만 있는 영업부장의 전횡으로 간주되어 비난을 면치 못하고 비웃음을 사게 되었다. 결국은 이사를 마치고 집무한 지 얼마 되지 않아 사무실을 총무부와 바꾸는 소동이 일어나게 됐다.

당시 총무과의 인원은 각자의 의사에 따라 이관을 결정할 수가 없었다. 이관 대상을 선정할 기준도 없고 기준을 만들 수도 없어 결국은 추첨 형식으로 결정하였다. 연말에 개사(開社) 직전에 총무과 직원이 확정되었으나 시기도 늦고 경황도 없어 1982년 1월 1일자로 개사하였다. 개사 당초에는 지사장이 결위(缺位)로 발령이 나지 않아 총무부장이 지사장 권한 대행권자였으나 실질적인 권한대행은 영업부장이 하였다.

영업부장은 기업의 업무는 영업부장 중심으로 수행해야 하기 때문에 자신이 상석으로 업무 수행 체계를 수립해야 한다고 과잉 해석하고 시행착오를 하여 그를 보좌하는 실무 책임자인 내가 곤혹스러웠다. 이렇게 공사 초창기에 어려움이 많았으나 6개월이 경과하자 새 지사장이 부임하여 시행 착오 부분을 보완해서 큰 과오 없이 개사 업무를 끝낼 수 있었다.

개인적으로는 공사로 이관되어 달라진 것은 보수였다. 공무원 보수보다 배 정도가 많아져 대단한 혜택을 받았으니 그 이후에도 여러 차례에 걸쳐 직원들이 경쟁적으로 공사로 넘어 왔다. 그리고 공무원 신분의 면직과 동시에 공무원 재직 21년 근속 연금수령권이 인정되었다. 일부 직원은 이를 일시금으로 수령하여 목돈을 마련하였으나 나는 유불리를 따져보지도 않고 무조건 연금으로 전환하여 놓았다. 당시 은행 정기적금 이자도 고액이었던 때라 퇴직 일시금으로 정기적금을 가입하면 연금액보다는 유리하였다. 월급이 많아

지니 집안 살림살이도 좋아지고 어려웠던 가정 형편도 조금 나아져 셋째 딸 경아는 경북여고에서 열심히 공부하여 고려대학교 사범대학에 합격해서 유일하게 서울로 유학을 보낼 수 있었다. 공무원 연금도 기본 액의 반액을 지급받게 되어 전액을 재산형성 저축에 넣어 두었다.

전화국 홍보 방안을 고민하다

6개월간 공석으로 있던 지사장이 새로 부임하였다. 새 지사장은 기술직으로, 승진하여 초임지로 부임하게 되었는데 이분도 성격이 특이하여 자기 위주로 업무를 처리하려 하였고 일반 상례 및 사리와는 거리가 있는 이색적인 주관의 소유자라서 소속 직원들이 이에 맞추느라 많은 일을 덤으로 하게 되었다.

전신전화공사가 실질적인 개사는 되었으나 일반 국민들 중에는 이를 아는 사람도 별로 없었고 홍보도 부족하였다. 독점 사업에 따른 고자세적인 위상에서 벗어나 오직 시민을 위한 전신전화 업무로 전환하여야 한다는 시대적 요구에 부응하기 위하여 어떻게 하면 빨리 시민이 요구하는 낮은 자세로 의식변화를 이룰 수 있을 것인지를 연구하라는 과제가 주어졌다.

이를 위하여 관하 전화국에 문서 지시 정도로는 부족하여 여러 날 여러 가지 고심 끝에 종사자들의 의식전환 운동이 나왔다. '사랑 받는 전화국 만들기'라는 제하에 구체적인 실천계획을 수립하고 관내 전화국에 지시를 하달하는 것이었다. 이 아이디어는 일본 AT&T의 '업무'라는 잡지에 실린 '마찌노 댕화교구(시의 전화국)'라는 운동에서 힌트를 얻은 것이었다. 그 내용도 우리와 같이 시민에게 좋은 인상을 주기 위해 노력하고 시민의 편의를 도와주는 봉사 사업이었다.

일본 전화국의 실례로 이런 내용의 이야기가 있었다. 북해도에 눈이 너무 많이 와서 옥외 인입 전화선에 눈이 붙어 무게를 이기지 못하고 절단되어 전화 고장이 너무 많이 발생하였다. 이에 사전에 전화국 직원이 마이크를 들고 골목골목 돌아다니며 주민들을 향해 전화선에 붙은 눈을 털어 달라는 방송을 하는 예도 있었다. 또 콘크리트 전주 상단에 구멍이 나 있어 이 구멍에 새들이 빠져 죽는 경우가 많아 전주 위에 뚜껑을 씌워 조류의 안전을 기해 자연보호협회로부터 찬사를 받고 방송국에서도 그 선행을 크게 보도하였다. 지방 일개 전화국에서 시행한 방법이 큰 반향을 일으켜 전국 전화국으로 확산한 사례였다.

사랑 받는 전화국 만들기

사랑 받는 전화국 만들기의 내용은 다음과 같았다. 전화국의 전화가 개개인에게 연결되는 과정을 볼 수 있도록 실제 모형 교환기를 만들어 그 과정을 설명하고 경험하게 하여 전화에 대한 기초적인 상식을 갖게 하는 것이었다. 그리고 전국의 전화망을 설명하며 통신의 중요성과 전화국의 임무를 알리고 또한 앞으로 계획에 대한 개념적인 설명도 겸하도록 하였다.

좀 더 구체적이고 의도한 효과를 얻기 위하여 지사에서 직접 차트를 만들어 전 관서에 배부하고 지역 교육기관 및 행정기관과 협조하여 초·중학생들과 일반인들을 초청해서 견학하도록 하였다. 그리고 견학 온 사람들에게 전화가 개개인에게 연결되는 과정을 설명하도록 하였다. 그 결과 상상 외로 좋은 평을 받아 지방 방송에도 여러 차례 보도되었고 여론이 효과적으로 형성되어 현업 관서에서도 더욱 성의를 다하였다. 일부 열성적인 전화국장은 실제 철거 기계를 설치하여 운용 중인 기계와 근사한 모형까지 만들어 열심히 홍보하였다. 이는 상당 기간 후에 본사에까지 알려졌고 체신부장관이 지방 순시 차 내방해서 이 체험실을 보고는 아낌없는 칭찬을 하며 전국 전화국에 확대하는 방안을 검토하라는 지시를 내렸다. 특히 전화 민원이 많아 친절 10배 운동을 추진할 때라 아주 적절한 사항이라는 평을 받았다.

36

대구지사 감사실장으로 영전되다

초대 감사실장이 되다

통신공사가 창사한 지도 2년이 넘어 안정되어 가고 있었다. 수많은 공사를 감시·감독하는 감사기관은 본사에만 있었는데 지방에도 감사 기능을 확대하기 위해 지사에 감사실 편제가 설립되었다. 조직 원칙으로 보면 지사장의 업무 수행 상태를 감사하는 견제 기능을 갖는 책무이기도 하여 막강한 영향력을 가지는 곳이었다. 모두가 선망하는 최상의 보직이라 이 자리에 가기 위한 경쟁이 치열하였고 막강한 배후가 있어야 갈 수 있었다. 이렇게 중요한 자리에 내가 초대 감사실장으로 운 좋게 내정되었다.

초대 감사실장으로서 관내 기관의 기강을 세우기 위해 노력을 다하였다. 감사실 인원 차출도 내 자의로 거의 모든 직원 중에 성실하고 유능한 사람을 선발하였다. 과거에 감사실 경험이 있으면서 정직하고 요령을 부리지 않는 사람과 평소에 책임감이 강하고 불평 없이 일을 잘하는 사람을 뽑았다. 윗사람을 통해 소개받기도 했으나 특별히 무능하지 않으면 수용하였다. 조금 부족해도 내 지도 아래 유능한 사람으로 키울 수 있다고 자신하였기 때문이다.

공사 개사 이후 2년 여간 감사 기능이 부재했기 때문에 감사실의 업무 처리는 완만하고 태만한 부분이 허다하였다. 감사원 수 9명으로는 관내 경상북도와 대구 시내의 많은 전화국 업무 전반을 통찰하는 데 한계가 있어 평상시에도 감사의 눈으로 임해야 함을 강조하였고 피감사기관과의 유착을 막기 위해 직원들에게 엄한 인상을 주었다.

감사 중에 나는 사진기를 자주 사용하였는데 부실공사나 불필요한 공사 현장과 시설물을 사진으로 찍어 증거로 시정명령을 하니 그 파급 효과가 컸다. 공사 시공 부서에서는 불필요한 공사를 한 시설물이나 잘못된 공사의 시설물 등을 촬영해 갈까봐 업무에 신중을 기하는 등 큰 효과가 있었다.

관내 전화국에는 2년에 한 번 5~6일 정도 정기감사가 실시되었다. 이 기간에 피감사기관에 있는 지역 직원들이 업무 처리의 착오나 잘못된 것을 잘 봐 달라고 회유하려 하나 나는 시간 외 외출을 금하고 피감사기관의 직원들과 만나지 못하게 엄중히 단속하였다.

나는 감사실장으로서 서류감사는 부하직원에게 일임하고 각 실내 사무 환경과 건물 관리 상태 등 외형의 관찰을 실시할 때 기관장을 대동하고 점검하였다. 사무실 캐비닛과 창고의 물품 정비 상태를 점검하여 잘 정돈된 서류함도 표본으로 사진을 찍고 정리정돈이 되지 않고 서류함에 각종 물품들을 감추어 놓은 것은 시정할 수 있도록 사진을 찍었다. 이러한 방식이 전 관서에 알려져 감사가 있다 하면 각종 장부와 기구를 스스로 정리하는 분위기가 조성되었다.

이렇게 하여 초창기 각종 업무의 무질서하고 부실한 처리 행태가 점차 사라져 질서를 확보하게 되었다. 감사실장으로 재직 중에 직원들의 기강을 사심 없이 세워 나갔음을 자부한다. 그리고 감사에서의 지적 사항도 공정히 처리하였고 불미한 사건 처리에 있어서도 추호도 사사로운 선입감으로 처리한 것이 없었다. 또한 확보한 사진을 근거로 직원에게 불이익을 주는 처분 또한 단 한 차례도 하지 않았다. 출장 감사 시에도 직원들과의 시간 외에는 우리 직원들과만 함께하였고 객지의 외로움을 달래기 위하여 소주잔을 기울이며 우리끼리 즐거운 시간을 보내곤 하였다. 피감사기관에서 접대하려는 것은 절대로 허용하지 않았다.

감사실장 재임 기간 중에 중징계를 내린 일이 있었다. 대구 시내 전화국 말단 직원이 전화국에 입사시켜 준다며 금전을 사기한 사건이었다. 이자의 모친이 우리 집에 찾아와 용서를 구하고 하였으나 그 죄질이 중하여 면직처분을 내린 것이 지금도 생각하면 마음이 아프다.

시외전화국의 전화 교환이 자동화되면서 수많은 교환원들의 업무가 없어져 인원 과잉이 되어 다른 전화국으로 차출되었는데 그 대상자가 수백 명에 달하였다. 모두가 평생 교환 업무를 해 왔으니 다른 전화국의 창구 영업 업무 등의 일을 꺼렸고 정든 곳을 떠나 낯선 곳으로 가는 것도 힘들어 했다. 어떻게든 가지 않으려고 하는 가운데 국장이 차출 기준도 없이 노조 간부들과 상의 끝에 임의로 결정하여 전출하니 교환원들이 불만을 갖고 이런저런 사유로 투서하는 경우가 자주 있었다. 그 국장은 온갖 욕설을 들어도 이를 시정하려 하지 않았고 이런 투서 때문에 우리 감사실이 고생하였다.

또한 감사실 재임 중에 어려웠던 일 중 하나는 남포항전화국 신축 시 엄청 큰 건물이 부실하게 시공되어 기계동 6층 건물의 지하 기둥에 금이 가서 붕괴 위기에 처해 있던 것이었다. 이 건물의 시공은 본사의 공사로서 건축 자체의 책임은 지방에는 없었으나 건물이 무너질 경우 안전사고 예방과 재산상의 손실 방지 조치가 적절하였는지는 현지 기관의 책임이었으므로 이는 중대한 사안이었다. 이 사고의 처리를 위해 현지에 내방하는 본사 감사실 간부 감사원들과 현지에서 전문기관의 정밀조사를 의뢰한 조사원들의 판단에 협조하고 뒤처리를 하느라 애를 먹었다. 결국 그 건물을 헐고 다시 건축해야 하는 지경에 이르렀다.

여유 있는 업무 처리와 유화적인 감사도 할 수 있는 시기에 본사에서는 전국의 감사실장을 경질하고 현업 국장으로 전보시켰다. 나는 경산전화국장으로 발령이 났다. 이때 지사장은 나와는 입사 동기였는데 이 지사장과는 같이 일하기가 어려워 그러지 않아도 떠나야겠다고 생각하던 차에 본사의 방침으로 경질된 것이다. 왜 그렇게 한시에 경질 방침을 내렸는지는 아직도 알 수 없다.

37

공직 생활 말미에 이르다

경산전화국장으로 전보되다

1986년 6월 18일자로 경산전화국장으로 전보되었다. 현업 관서장은 처음이었고 국가기관이 아닌 공기업 기관장이라 하지만 국가기관의 이미지가 짙은 시기이고 우체국의 위상보다 전화국의 역할이 크기 때문에 일반인의 인식도 많이 달라져 있었다. 경산은 대구의 한 구역, 즉 대구시와 같은 전화구역으로 지방과는 또 다른 특별한 지역이었다. 시민의 의식수준도 도시화되어 대구시와 별다른 점이 없었고 주민들의 이동도 격의 없이 이루어지는 지역이었다.

지역주민의 의식 또한 배타적인 것이 없고 대구의 부속도시로서 국가기관 또한 도 단위(道 單位) 기관도 있고 이름 있는 큰 기업체들도 많았으며 대구의 교육기관도 거의 다 이 지역에 편중되어 편안하고 조용한 곳이었다. 대구에 인접한 접경지역이라 도시 권역이 팽창되는 속도가 빠르고 이에 따른 전화 수요도 급증하여 전화공사도 많은 편이었다.

지방에서 기관장은 대외적으로 타 부서 기관장들과의 유대가 중요하며 직원들의 업무 수행에도 영향이 있었다. 당시 이곳의 군수는 전화국의 사정을 이해하고 협조적이라 도움이 되었다. 경찰서장도 협조적이었고 특히 전화국장과는 더 친근하여 기관장 회의로 지방에 갈 때도 경찰서장 차에 동승하여 같이 가고 하며 남달리 지냈다. 군수도 때로 식사 대접을 받을 기회가 있으면 같이 참석하며 특별히 잘 지냈다. 이와 같이 대내외적으로 국무 운영은 무난하게 이루어졌다.

당시 경산전화국은 대구의 변두리 전화국으로 청사의 관리 예산이 부족하여서 그런지 낙후된 건물이라 이를 새 단장하기 위해 특별예산을 요구하였다. 감사실의 전관예우로 상당한 예산을 받아 청사 주변 인접지를 매입하여 정원을 확장하고 청사를 도색하여 새로이 단장하였다.

국장이 전보되어 지방으로 가면 주민등록을 이전해야 하기 때문에 나 혼자 주민등록을 이전하여 집에서 출퇴근하였고 관사가 있었으나 직원에게 무료로 입주시켜 관리하게 하였다. 경산에서는 내내 기술과장과 화목하게 지내면서 재미있게 회식도 자주 하고 테니스도 즐기며 지냈다.

이곳에서 어려운 고비는 있었으나 그것도 무사히 지나가고 이제 무난한 국무 운영으로 대내외로 편안한 일과를 보내자 어언 3년 세월이 흘러갔다. 현업 기관장 직이 어려울 것으로 생각하고 항상 기피하여 감독기관에만 근무했었는데 여기에서 보니 나름대로 재미도 있고 편안하니 호감이 가나 근무 제한 기간 2년도 넘어 전보 시기가 되었다. 타 지역으로 가면 또 다시 지역 기관장과 새로운 유대도 가져야 하고 직원들도 새롭고 하여 번거로워 이곳에 더 있기를 원하였으나 여의치도 않았고 지사장도 용납하지 않았는지 왜관전화국으로 발령이 났다.

만기가 된 재형저축으로 과수원 200평을 구입하다

공사 전환 후 월급이 이전보다 배가 된 데다 아이들 학비는 연금공단에서 대부도 받고 공사에서 두 자녀의 등록금도 지원해 주니 생활에 어려움이 없었다. 매월 나오는 연금 전액을 재형저축에 든 것이 경산에 있을 때 5년 만기가 되어 일시금으로 찾아 과수원 200평을 평당 16만 원에 사 두었다. 이 저축은 장기 저축으로 이자가 연 20% 이상 고율이라 목돈이 되었다. 그러다가 왜관 국으로 전근을 가 있던 중 이 자리가 우방아파트 조성계획 부지로 확정되어 매도 요청이 간곡해서 매도하고 말았다. 평당 100만 원으로 매각하니 매도 금액이 2억 원이었다.

이때 아파트 생활을 해 보려고 마음먹었는데 당시 아파트 신규분양 당첨이 상당히 어려워 반신반의로 이곳 우방 아파트가 분양 중이라는 공고를 보고 분양 신청을 하였더니 다행히 당첨되어 쾌재를 불렀다. 현재 사는 집은 세를 놓고 있다가 아파트에 살아 보고 시원치 않으면 되돌아오려고 마음먹고 일단 아파트로 이사할 준비를 했다. 아파트 분양금은 일시금으로 납부하는 조건으로 할인을 받아 경산 땅 매도 대금으로 1억 3천만 원을 미리 완납하였다.

왜관전화국으로 발령 나다

1989년 7월 20일자로 왜관전화국장으로 발령이 났다. 경산에서 3년간 있다 오게 된 것이었다. 경산에서는 새로운 지역으로 가는 것이 귀찮고 지겨워서 좀 더 있다 성주로 가려고 하였는데 보통 한 자리에 2년이 직무연한이나 특히 지사장이 잘 봐 주어서 나는 3년을 이곳에서 있게 된 것이었다.

새로이 부임하면 관내 기관장들에게 일일이 인사를 다녀야 했다. 군수와 서장을 비롯하여 그 지역 기관장들을 일일이 찾아가 새로 부임한 전화국장이라며 앞으로 협조를 요청했다. 이렇게 인사를 다니는 것이 쑥스럽고 귀찮았으나 도리 없이 며칠을 두고 인사를 하러 다녔다. 이곳은 경산보다는 시골 기색이었고 지역 유지가 행세를 하려고 텃세를 부릴 정도로 도시화가 되지 않은 후진 곳이라는 느낌이 들었다.

나는 전임 부서에 대한 대우로 관내 전화시설 유지보수 특별예산을 많이 받아와 유지보수 공사를 전례 없이 많이 하는 등 무난한 국무 운영을 하였다. 2년간 무사히 지내다 마음먹은 계획대로 말년에 내 고향에서 정년을 하기 위해 성주전화국으로 떠났다. 내 후임 국장은 직원에게 관사를 빌려 주면서 세를 받아 챙긴 것이 소문나 인격에 손상이 가는 평을 받았다.

내 고향의 성주전화국으로 오다

1992년 1월 13일자로 성주전화국으로 전근되었다. 성주는 내 고향이고 전국에서 자동화가 가장 늦게 된 지역으로 내가 계획한 지역이라 마음속으로 더욱 정감이 깊은 곳이다. 관내 별정우체국장의 전화 수입을 고려하여 마지막 지역으로 늦추어 놓은 곳이었다. 나의 속심을 별정국장들이 알지는 못하였지만 지역 주민들에게는 미안한 짓이었다. 그렇게 되어 전국자동화 완료 기념식을 성주전화국에서 거행하였다.

내 고향에 와서 할 수 있는 일은 전화국 전화시설의 확충과 협소한 청사의 불편함을 해결하는 방책을 모색하여 의미 있는 흔적이라도 남기는 것이었다. 그렇게 마음먹고 역대 국장들이 하지 못한 청사 증축을 위해 지사에도 특별히 부탁하여 어렵지 않게 승인받았다. 이는 서울 본사의 사업이었으므로 본사 간부로 있는 신현대 예산국장에게 부탁하여 예산을 배정받은 것이었다.

부임 이듬해 새로이 별채 한 동을 지어 요원실과 욕조까지 갖춘 날씬한 새 건물이 완성됐다.

전신전화 유지보수 공사비도 특별히 많이 확보하여 지상에 있는 선로를 지하화하는 데 기여하였다. 이는 내가 공사 감독청에 오래 있으면서 본사와 지사에서 다진 힘으로 이뤄낸 내 마지막 공적인 셈이었다. 당시 기술과장인 권명섭은 나를 적극적으로 보좌하여 화기 넘치는 유대로 국무를 원활히 운영하였고 관내 시설 개선에 많은 업적을 남겼다.

고향의 다른 기관장들과도 친목을 돈독히 하였다. 주요 4개 기관(군수, 서장, 교육감, 군 농협장)을 제외한 일반 기관장들과도 매월 모임을 갖고 친하게 지냈다. 농산물 검사소장, 등기소장, 한전 지점장 등과는 특별히 잘 지내서 신기용사 쪽으로 식사도 같이 하는 기회를 자주 가졌다. 군수도 청도 출신으로 무난한 사람이었다. 경찰서장은 벽진의 여씨 집안 사람으로 고향땅에서 경찰서장으로서 주민들 앞에서 연설하기를 좋아하였는데 군수와 사이가 좋지 않았으나 내게는 선배 예우를 하여 무난히 지냈다. 나는 공직 생활의 마지막 기착지인 이곳에서 직원들을 아끼고 그들과 정답게 지내려고 노력하였다.

공장건물을 건축하다

이곳에서 2년 후에 정년퇴직을 하고 고향땅에 삶의 터전을 하나 마련하였으면 하는 생각을 하였다. 이때 동서인 박 서방이 가구공장을 하면서 현풍 구지에서 공장을 세를 내어 운영하고 있었는데 건물주가 나가라고 하여 쫓겨날 처지가 되었다. 나도 퇴직 후에 박 서방과 공장을 같이 하면 직업을 가지고 계속 일할 수 있고 나무와 관련된 업종이라 자연을 좋아하는 내 생리에도 맞아 이 방향으로 추진하려고 마음먹고 이야기하니 박 서방도 대환영을 했다. 공장을 하나 구할 궁리를 하던 중에 동생 기훈이가 대바우에 있는 조그마한 산을 하나 소개했다. 이 산은 창천에 있는 한씨 집 문중 산으로 선대의 산소 한두 위를 이장하고 산의 용도가 없어져 매도하는 것이라 하여 이 산을 매수하였다. 산의 면적은 2,600여 평으로 작은 산이나 면적이 공장부지로는 적절하였다. 여기에 공장을 지으려면 군청에 산림훼손 허가를 받아서 산을 완전히 들어내고 평지를 만든 다음 산의 지번을 공장부지로 변경하여 공장 건축허가를 받아야 했다.

어렵게 허가를 받고 다음은 산의 흙을 파내어 평지를 만드는 작업이 이어졌다. 이는 힘들고 어려운 작업이었으나 당시는 군 전역이 참외 농지로 이 농토에 매년 연작으로 참외를 경작하니 토질이 경화되어 같은 작물을 재배하기가 어렵게 되고 이를 방지하기 위한 유일한 방안이 외부의 흙으로 보토하는 것이었다. 흙이 모자라 농가에 큰 문제가 되고 있던 시기였는데 다행히도 이 산의 토질이 보토에 적합하다는 소문이 나니 모든 농가에서 흙을 요청해 왔다. 산을 파내어 도로 높이로 낮추는데 흙이 수천 트럭분이니 대단한 작업량이고 시간도 많이 들 것이어서 마침 동생 기훈이가 농한기라 할 일도 없고 그런 것을 잘 아는 처지라 흙은 팔아서 가지라고 하고 공장부지만 만들어 놓을 것을 약속하여 일을 맡겼다.

그런데 기훈이가 공사업자와 계약은 치밀하게 했는지, 그래서 흙 값은 제대로 받았는지 알 수 없는 데다 공장부지도 조성되어 있지 않았다. 흙속에 있던 엄청 큰 바위가 몇 개나 노출되어 있고 정리도 채 되지 않는 상태였고 업자와는 연락도 되지 않았다. 기훈이도 난감해 하였지만 업자에게 추궁도 못하는 상황이 되었다. 나도 이런 공사는 경험도 없어 어려운 상황이었으나 시간이 촉박하여 하는 수 없이 갈팡질팡 마무리 공사를 직접 했다. 그 당시 건설업을 하는 지인의 불도저 중장비를 이틀간 무료로 지원받아 큰 힘이 되었다. 땅속에 박혀 있던 높이 3미터나 되는 큰 바위는 경찰서에 허가를 받아 전문가에게 폭파를 맡겨 땅속에 다시 묻고 작은 것은 중장비로 토지 경계로 내어 묻었다. 생각지도 않던 추가 비용이 많이 들었지만 작업을 끝내고 군청에 공사 마무리 신고를 하였다.

그 다음은 지목을 산에서 잡종지로 바꾸는 것이었다. 지목 변경은 매우 까다로운 것이었는데 군청 담당직원에게 공장부지로 변경해 줄 것을 요청하자 잡종지 이상은 불가하다고 하였지만 다행히도 공장을 건축하는 데는 지장이 없었다. 그 일련의 작업은 까다롭고 시간도 많이 들었으며 들인 돈도 엄청 많았다. 산을 들어내고 공장을 짓는다는 것은 행정부서의 수많은 허가를 받아야 하는 어려움이 따랐다. 지금 와서는 이런 작업이 불가능하고 상상도 못하는 일이다.

공장부지는 바로 국도 변에 접하지 않아 국도에 가로 놓인 논을 매수해야만 하여 비싼 가격으로 매수하였고 공장 출입구도 조성하여 좋은 공장부지가 되었다. 내용을 잘 모르고 시작해서 너무 어려워 후회가 되었으나 위치도 좋고 정남향으로 국도 변이라 장래의 전망이 좋아 보였다. 그러고 나니 박 서방이 공장 이사를 시급히 해야 할 사정이 생겼다며 공장 건축을 독촉하여 급하게 건물을 건축할 계획을 세웠다.

시간적인 여유도 없이 급하게 설계해서 170여 평 패널 지붕 공장으로 급조하게 되었다. 내가 퇴직 후에 상주할 것을 고려하여 공장 두 건물 사이에 연못도 파고 고압선 전기도 저렴하게 들여 놓았다. 공장 건축허가도 군청의 특별조치로 받아 단시일 내에 공장은 완공되었으나 완공 단계에 와서는 IMF로 인해 국내 모든 생산기업이 불황을 맞아 대부분의 기업이 부도를 맞으니 박 서방의 공장도 가동을 못하게 되고 공장 이전도 취소되고 말았다.

공사가 시급하다는 박 서방의 독촉도 있어 급속도로 마무리하느라 비용도 더 들고 어려움도 많았으나 내 퇴직 후의 희망사항이니 정성을 다하였다. 그러나 박 서방과 투자되는 금액만 반반으로 부담하고 말았다. 박 서방이 이사를 못하는 처지가 되어 조성한 공장을 비워 두어야 할 형편이 되니 허탈했지만 어쩔 도리가 없었다. 박 서방도 아무런 대안도 없으니 더욱 안타까워하였다. 그리고 공장부지가 2,600평이나 되어 그 중 200평 정도를 내 단독 소유로 하여 전원주택을 지을 생각으로 박 서방에게 양해를 구하였으니 뜻을 이루지 못하였다.

공장 170평과 부대 공장 70평의 준공검사까지 완료한 멋진 새 건물을 그냥 둘 수도 없어 세 들 사람을 구하던 중 박 서방이 아는 사람을 소개했다. 영세 사업자로 공장에서 일하는 사람이라 아주 적은 액수로 세를 주고 말았다. 많은 돈을 투자하여 정성들여 지은 큰 공장을 이렇게 공짜로 주는 것과 같이 되었으니 한심하기 그지없었다. 이렇게 허황하게 4년 여를 보냈다.

그 후 중개인을 통해 목재공장을 하려는 사업자를 구하게 되었다. 임대료도 상당한 액수를 받았다. 반액은 박 서방에게 주었는데 사업자가 1년 여를 지내고는 부도내고 도망가고 말았다. 이 세입자는 처음 사업을 하려고 국고에서 지원받아 경영을 시작한 것이라 국세청에서 조사도 나왔고 나도 밀린 임대료와 공장 내 집기들을 해결하려고 수많은 곳을 찾아 헤매기도 하였다. 공장에 설치한 기계 등을 담보로 대출한 은행에서 공매를 하기 위해서는 장기간에 걸친 소송을 요하는데 근 1년간 고생하였으나 이 문제도 전적으로 혼자 감당하였다.

그 이후 공장에 대한 감정이 좋을 리 없었고 진저리가 나서 매도하여 끝내려고 마음을 굳혔다. 그렇다고 헐값에 팔 수는 없었다. 그러던 중 구미에서 직조공장이 배출하는 폐자재를 이용하여 재생원료 공장을 하는 업자를 만나 몇 년 동안 제대로 세를 받다가 세 든 자에게 팔고 말았다. 하지만 이 사람도 돈이 모자라 은행대출 신청서류를 만들어 주고 대출을 받도록 도와주었다.

　　그렇게 공장을 만든 내 노력에 대한 보상은 아무것도 없이 판매한 대금을 정확히 박 서방과 반반으로 나누었고 이로써 퇴직 후의 희망도 계획도 수포로 돌아가고 말았다. 이런 사연을 두고 인생은 일장춘몽이라 하였는가 싶었다.

38   내 생애의 전부인 공직을 마치고 정년퇴임하다

공직 생활을 마치다

정년퇴임 전에 아이들의 교육을 모두 끝내고 결혼을 모두 시켜서 사회에 새 출발을 시키는 것을 책임으로 생각하고 그 뜻을 이루려고 정성을 다하였으나 여의치 않았다. 아이들이 학업은 다 마쳤으나 끝에 두 남매를 결혼시키지 못해 걱정되었다. 아이들 결혼은 내 의도대로 강행할 수도 없어 때를 기다리고 있었다. 엽이는 의대를 나와 의사 신분으로 재직 중에 결혼이 불가능하나 경아는 성군과 서로 호감이라 혼사의 결실을 서둘러 보기로 했다.

당시 공사에서는 간부들의 퇴임식을 성대히 하여 재직 지인들의 송별금과 가족들의 축하도 받는 이가 많아 내게 퇴임식을 하자는 조언자도 있었다. 그러나 나는 소리 없이 가고 싶어 퇴임식을 생략하기로 하였다. 마침 경아의 결혼이 성사되어 신랑 가족과 상견례도 하고 결혼도 내 퇴임 직전에 대구에서 하기로 결정되어 경아의 결혼 초청장으로 퇴임 인사를 대신하였다.

1993년 12월 31일자로 정년퇴임하고 심신을 바쳐 일하던 직장에서 소지품을 싸서 나오니 전 직원이 도열하여 전별 인사를 하는 것이 인생의 송별인가도 싶었다. 어려운 가정에서 태어나 하고 싶은 공부도 못하고 전란으로 모진 세파를 거쳐 오며 나를 지원해 주는 이 없는 세상에서 그래도 최선의 노력으로 대학까지 공부하고 고향의 기관장까지 하였다. 그러나 이제 원점으로 돌아온 감회는 태산같이 무겁고 깊어 잠 못 들며 지나온 나날들을 뉘우쳐 보기도 하고 웃고 울기도 했지만 계획된 공직 생활의 임기를 무사히 마쳐 그나마 위안이 되었다.

39 퇴임 후 소박한 생활을 꾸려가다

산채 수집을 취미삼아

1961년부터 1993년까지 32년간의 공직 생활에서 해방되었으나 아침에 출근하던 습관이 굳어 있어 해이해지면 건강에도 좋지 않을 것 같고 할일이 없으니 잡념으로 헤맬 것이라 생각하였다. 이에 삼화간장 전무였던 배석위 씨와 농협에서 정년퇴임한 4·5명의 회원들과 같이 매일 더덕과 참나물을 수집하려고 도시락을 싸 들고 산채 채집에 나섰다.

처음에는 산채라고는 전혀 몰라 산에 도착하여 대략 이런 것이라 설명을 듣고는 각자 채집하러 흩어졌다. 봄날에 수목의 새싹이 부드럽고 좋아 보여 설명한 것이 그것인가 싶어 있는 대로 따고는 회원들에게 보여 주면 전부 먹지 못하는 것이라 하여 다 버리기도 하였다. 그래서 집에 올 때는 같이 간 회원들이 조금씩 나누어 준 것을 가지고 돌아오기도 하였다.

나는 특히 더덕을 좋아하여 주로 배석위 씨와 둘이서 성주의 창전에 있는 산으로 더덕 채집을 여러 번 간 일이 있었다. 점심으로 가져간 도시락을 먹어도 산을 헤매다 보면 힘도 들고 계속 산속을 오르내려서 그런지 시장기가 심했다. 돌아오면서 창천 면소재지 중국집에 들르면 그 짬뽕 맛이 좋아 그

맛을 지금도 기억한다. 두릅은 운문산 인근 야산에 집단 서식지가 있어 채집 차 늦은 봄까지 다니곤 했다. 고사리 채집은 울산 근처 야산과 경주 인근 산으로 가고, 또 가창 댐 위쪽 비슬산 동쪽으로도 많이 다녔다. 참나물은 군위 고로의 야산으로 농협 퇴직자들과 여러 사람들이 같이 가서 채집하였다. 처음에는 모르고 온 산에 널려 있는 참나물을 한 배낭 뜯어 가져와 보니 너무 세어서 못 먹을 것도 있어 대부분 버리고 남은 것을 뒤쳐서 말린 적도 있었다.

합천 가북에 있는 산에는 숙이 식구도 같이 가서 더덕과 산채도 뜯고 고기를 구워 야외 회식도 간혹 즐겼다. 권 서방도 건강이 좋지 않을 때라 그 계곡에서 돈내이와 돌미나리며 다른 산채도 열심히 뜯었다. 울진 백암산, 웅봉산에도 가서 더덕과 참나물을 캐고 뜯고 문경 태백산 언저리에 가기도 하는 등 산채 채집으로 소일하며 지내기도 하였다.

서예를 하며 귀 기능을 상실하다

서예는 체신청 재직 시절에 시작한 것이었다. 홍강이 하는 청아서예(靑牙書藝) 실이 종로에 있을 때부터 시작하여 시간이 날 때마다 붓글씨를 쓰며 마음을 정화하였다. 통신공사 감사실에 있을 때는 지방기관의 정기감사 시 일과 후에 시간을 보내려고 문구를 다 가지고 다니기도 하였는데, 이것이 현업 관서에 소문나서 벼루 선물을 여러 분으로부터 받은 것을 아직도 쓰고 있다.

이렇게 붓글씨에 몰두하여 연습하던 어느 날 새벽에 글을 쓰다 어지러워 그대로 누웠다. 아침에 경북대 병원에 있는 엽이에게 이야기하였더니 즉시 입원하라고 해서 며칠을 입원하여 치료받았으나 결국 왼쪽 청각 기능을 상실하였다. 일상생활에 약간 지장이 있는 정도이고 공개된 장소에서 여러 사람의 언어가 혼합되면 상대방 말을 알아듣지 못하는 불편함이 있다. 그러나 글 쓰는 데는 아무런 지장이 없어 주로 사경(寫經)을 하였고 3년 동안 매일 쓴 반야심경 800여 장을 보관하고 있다. 그렇게 쓰니 글씨도 진전이 있어 영남 서예대전에 출품하여 입상도 여러 번 하였다. 써 놓은 사경은 집안에 상사(喪事)가 있으면 가신 분의 명복을 비는 마음으로 분경(焚經)도 하였고 친한 친구가 유명을 달리하면 희사하기도 하였으며 불교를 숭상하는 이가 희망하면 선물하기도 하였다. 지금도 수백 장을 보관하고 있다.

지금은 공무원연금공단에서 연금 수급자에게 무료로 하는 문인화 강습을 받고 사군자를 매일 한두 장씩 연습하고 있다.

퇴직 후에도 등산을 멈추지 않다

재직 시 대한산악연맹 대구지회에 이효상 씨가 회장으로 있을 때 이사(理事)를 맡으며 산을 남달리 좋아하여 등산을 많이 하였다. 그 전에도 등산 선배이자 직장 선배인 하갑상 씨외 같이 미군 A천막을 지고 단양 팔경을 돌이 다니며 상선암에서 천막도 치고 여러 산에서 숙박도 하곤 하였다. 이분은 사무관 선배로 술도 담배도 하지 않고 단지 산을 좋아하여 같이 다녔으나 일찍 작고하였다.

우리 식구와 설악산을 오르다

재직 시 설악산 오색지구에 KT 직원 휴양관이 있어 그곳에서 묵으며 우리 식구와 경아, 엽이를 데리고 대청봉에 올랐는데 낯선 등산객들이 이 사람에게 용감한 노인이라며 극찬했다. 당일 정상을 보고 내려왔는데 비가 내려 오밤중에 시내의 여관에서 자고 돌아온 적도 있었다.

다섯 식구와의 지리산 등행

　한번은 지리산에 간 일이 있었다. 숙이와 경희는 출가 후라 빠지고 남은 우리 가족 전원인 경아, 규호, 엽이 등 다섯 식구가 모두 장터목에서 천막을 치고 자고 아침에 천왕봉에 올랐다. 세석평전에서 진주 쪽으로 내려오다 태풍을 만났다. 험한 길은 없었으나 날이 저물고 어두워 도저히 더 내려갈 수 없어 개울가에 천막을 치고 잠을 잤다. 너무 어두워 코앞도 보이지 않는 칠흑 같은 밤에 태풍으로 바람이 세차고 비가 내리는 개울가에 혹시나 물이 불어 덮칠까 하여 아이들은 잠을 잘 자는데도 나는 한잠도 못자고 경계를 하며 밤을 새웠다. 아침에 무사히 진주에 내려오니 진주 남강의 다리가 유실되어 없어졌다. 한참을 기다려 해병대의 고무보트를 타고 강을 건너가 대구로 오는 버스를 탔다. 엄청나게 고생한 기억 중 하나이다.

　산행 기록은 수십 편으로 별도로 기록하여 남기고 이것으로 글을 마친다.

나의 약력

姓名	李虎勳
號	曉堂, 虎亭
出生地	慶尙北道 星州郡 碧珍面 鳳溪里 1103番地
出生時	1932年 10月 25日 (陰 壬申年 9月 19日)
族譜	星州李氏 23世孫 (中始祖 長庚)
祖	馨源 (字 乃文)
祖母	星州都氏 진외가 倉川面 所在地 泉倉
父	東榮
母	呂文貴 (星山呂氏) 外家는 金水面 廣山洞 골마
兄弟	三男 二女 中 次男

1961. 3. 2.	嶺南大學校 法文學課 卒業 (法學士)
1961. 2.	第2共和國 國家公務員任用試驗 合格
1961. 2. 27.	國土建設事業推進要員任命 (善山郡)
1961. 5. 31.	遞信部 大邱郵遞局에서 公職 始作
1967. 8. 1.	行政事務官 任官 後 浦項郵遞局 郵便課長, 大邱遞信廳 保險係長,
~	大邱電信電話 建設局 庶務課長, 大邱 市外電話局 交換課長,
	大邱遞信廳 電務課 管理係長 歷任
1967. 8. 23.~	遞信部長官 表彰 受賞 以後 財務部長官 等 表彰 8回
1977. 12. 28.	大統領 表彰
1982. 1. 1.	韓國電氣通信公社 大邱支社 營業部 管理課長 任命 以後
~	大邱支社 監査室長, 慶山電話局長, 倭館電話局長, 星州電話局長
	歷任
1993. 12. 31.	停年退職